De groene gravin

Marjanne de Jong

Rob Schouten

DE GROENE GRAVIN

Roman

Uitgeverij De Arbeiderspers
Amsterdam • Antwerpen

Bij het achterhalen van de rechthebbenden en het verkrijgen van toestemming voor het gebruik van de omslagillustratie is de grootste zorgvuldigheid betracht. Mocht u echter menen dat uw recht niet is gehonoreerd, dan vragen wij u dit aan Uitgeverij De Arbeiderspers kenbaar te maken.

De auteur ontving voor dit boek een projectsubsidie van het Nederlands Letterenfonds.

Nederlands letterenfonds
dutch foundation
for literature

MIX
Papier van verantwoorde herkomst
FSC
www.fsc.org
FSC® C004472

Afbeelding p. 114: Karel van Mander d.y. III, Christian 4., 1643 (The Museum of National History, Frederiksborg Castle)
Afbeelding p. 175: Erwin Merz, Porträt der Großeltern (Staatliche Museen Preußischer Kulturbesitz, Nationalgalerie, Berlin)

Omslagontwerp: Bram van Baal
Omslagillustratie: Sime s.r.l./Hollandse Hoogte
Portret auteur: Koos Breukel
Typografie: Mat-Zet bv, Soest

ISBN 978 90 295 2649 4/ NUR 301

www.arbeiderspers.nl

'So love with phantoms cheats our longing eyes,
Which hourly seeing never satisfies;
Our hands pull nothing from the parts they strain,
But wander o'er the lovely limbs in vain:
Nor when the Youthful pair more clossely joyn,
When hands in hands they lock, and thighs in thighs they twine
Just in the raging foam of full desire,
When both press on, both murmur, both expire,
They gripe, they squeeze, their humid tongues they dart,
As each wou'd force their way to t'others heart:
In vain; they only cruze about the coast,
For bodies cannot pierce, nor be in bodies lost:
As sure they strive to be, when both engage,
In that tumultuous momentary rage,
So 'tangled in the Nets of Love they lie,
Till Man dissolves in that excess of Joy.'

Lucretius, *De Rerum Natura dl. IV* (vertaling John Dryden)

Inhoud

Postludium

Vrij, eindelijk vrij, free at last! Wat klinkt dat! Overdrijf ik niet schromelijk, edelachtbare? Ach het is ook een kunst! Nou vooruit dan, 'Wir sind ein wenig frei', aldus uw landgenoot Hans Sachs. Ik heb op mijn bureau een foto van mijn moeder als jong meisje op de dag dat we van de Duitsers bevrijd werden. 'De moffen' bleven mijn grootouders zeggen tegen uw voorouders, ook toen ze allang weer met hun Wirtschaftswunder door de Nederlandse straten denderden en als bij toverklap fatsoenlijk leken te zijn geworden. Mijn moeder staat daar in de deur van haar ouderlijk huis, een beetje wantrouwig haast, alsof ze het niet gelooft, al die omkranste tanks, al die vlaggen. Een jonge meid nog, geen weet van mij, niet erg onder de indruk van de bevrijders zo te zien. Misschien moet ik ook wat wantrouwiger zijn want wie garandeert dat het goed komt? Maar vooruit, niet zo hypochondrisch: bevrijd is bevrijd! De blouse rechtgetrokken, de riem vastgegespt, met zelfverzekerde blik door de gangen. Nooit meer! Nooit meer! Nooit meer wát eigenlijk? Ach, niet aarzelen, ik had bijna geschreven: lief dagboek. Ach niet aarzelen, lief dagboek!

Anders wel een komische scène. Vlak voor we het zaaltje betraden stelde ze me nog aan haar advocaat voor: 'Mein Mann,' zei ze. Krijg nou wat, dacht ik, al die tijd je man nauwelijks geweest en nu op het nippertje nog even. Hij gaf me een slap handje, helemaal een slappe vent zo te zien, met dat achterovergekamde haar en die ogen van afwaswater. Echt zo'n advocaat van niks. Nooit eens een vette vis, of een groot crimineel, alleen maar ruzies over schuttingen en scheidingen. Z'n naam verstond ik niet. Herr Pfeffer of zoiets, of Pfefferkorn, zoals bij Thomas Mann. Je zou bijna een hekel aan die taal krijgen. 'Jetzt sind Sie abgetrennt,' zei de rechter even later. Ik verstond het eerst niet goed: abgebrennt? En waarom abgetrennt en niet gewoon getrennt, mag het ook een onsje minder: jetzt sind Sie getrennt, maar nee hoor, het moest me nog even ingepeperd worden. Losgerukt. Afgescheiden. Alsof ik voortaan in m'n eentje een sekte zou vormen. Maar goed, de strekking was duidelijk. Ze las nog wat voor, het was een vrouw die rechter, ach waarom ook niet, Frau Richterin? We ondertekenden een papier, ik zonder te lezen wat er stond, zou het eigenlijk een akte zijn waarin ik een levenslange schuld op me nam? En daarna zijn we met z'n tweeën nog een kop koffie gaan drinken in het café tegenover het gerechtsgebouw. Mijn laatste flintertje dumpfes deutsches Stubenglück!

Edeka Kirsch, zo'n affreus burgerlijk Duits ding, je kon er ook nog een broodje krijgen, zelf aanwijzen bij de glazen toonbank. De gastvrouw, bol, illusieloos, keurig, nooit, nee nooit zou zij van haar man weggaan, had niet het flauwste vermoeden van wat wij zojuist hadden verricht, dat we de moederkerk hadden verlaten en allebei een nieuwe sekte hadden gesticht, stichtingsakte te bevragen bij de ambtenarij. Eindeloos ver was ze van me verwijderd met haar kanten schortje, al meende ze misschien dat wij toch iets gemeen hadden, zij als neringhoudster, ik als klant, en dat alleen seropositieve zwervers en tot tippelen vervallen ex-ballerina's niet in haar leven thuishoorden, maar ik dwaal af.

Enfin, zo snel gaat dat dus. Even een bemoedigend knikje, u kúnt het, handtekening en voorbij. Al die tijd mee bezig geweest, er het beste van geprobeerd te maken, gedacht dat het ging lukken, geschreeuwd, langs de Leda godverdomme lopen vloeken, godverdomme hoe kan dat nou, hoe kan dat nou?! Pilletjes genomen, avondenlang naar *Scènes uit een huwelijk* gekeken, 'I think it's gonna rain today' geneuried, overwogen tegen een brugbeer aan te rijden, en dan in één keer abgebrennt, getrennt, whatever. Eén minuut stilte graag.

Ik voelde me, excuses voor de afgelikte beeldspraak, een gevangene die zojuist zijn burgermanskleren heeft teruggekregen en de riem waaraan hij zich in zijn cel ongetwijfeld had opgeknoopt en het zakmesje waarmee hij een medegevangene overhoop zou steken. En nu de gevangenenpoort door naar buiten, voor het eerst sinds jaren weer vrij ademhalend, straks een biertje en een Big Mac. Volgende keer beter.

Voelde ik me werkelijk zo, of wilde ik per se een beeld voor mijn gevoelens, omdat ze dan meer waar zouden zijn? Ik had helemaal geen tijd om me iets te voelen denk ik nu, noch realiseerde ik me dat er een nieuw leven op me lag te wachten. Ik voelde helemaal niks, niet eens spijt om wat ooit begonnen was en wat nu opeens, knikje van Frau Richterin, definitief voorbij was, voorbij voorbij o en voorgoed voorbij. Ooit zou ik erop terugblikken, dat stond wel vast natuurlijk, dat hoorde bij de loop der dingen, maar nu nog even niet.

We waren aan een tafeltje gaan zitten waar een bosje lichtpaarse fresia's de boel opfleurde, Else wenkte vrouw Bollejans en bestelde de koffie voor ons beiden alsof ik nu ook nooit meer Duits hoefde te spreken. Ik keek haar aan met mijn zojuist in gang gezette gescheidenmannenblik en ik zag dat het goed was. Soms zie je dat, zoals de Almachtige na zijn schepping, al bleek die zich danig vergist te hebben, anders zaten we hier nu niet. We hadden een aardig plukje van ons leven kaalgevreten maar nu was het wederzijdse kannibalisme afgelopen, we waren weer toegetreden tot het rijk der levenden. Ik althans. Wat er door mijn ex-vrouw heen ging wist ik niet, had ik misschien wel nooit geweten, maar het knaagde niet meer aan me. Laat haar alsjeblieft zonder mij gelukkig worden, dacht ik grootmoedig. Wat een zegen om zonder verwachtingen te leven, zonder inlevingsvermogen, zonder solidariteit. Een oud Duits zomerhitje kwam speciaal voor ons even langs: 'Und was wird aus einer verlorenen Liebe?' Nou, dit dus. Nobele en verheven gevoelens stroomden door mij heen alsof ik een gevangen vogel in de hand nam en vanuit de torenkamer weer vrijliet zodat hij over de aarde uit kon vliegen. Zo beloonde ik mijzelf, door mij groots en edelmoedig te voelen, met een hoofse scheiding; je moet iets verzinnen op het menselijk tekort nietwaar, ook al blijf je je ervan bewust.

Verbeeldde ik het me of keken Elses ogen al naar de deur waardoor ze straks zou vertrekken, misschien ietsje eerder dan ik, om te laten zien dat wij niet langer samen waren. Alsof de wereld zich met ons bezighield, met hoe wij ons gedroegen, alsof wij tot het plaatselijk belang behoorden! Met die vorm van betrekkingswaan was het nu ook afgelopen. We waren weer teruggeslingerd, het onverschillige universum in; en echt, het voelde niet slecht. Nog even haar rug in de deuropening en dan, ffft. Die rug, waar ik zo vaak tegenaan had gekeken. Haar berenrug die nooit iets verried, geen emotie, geen spanning, geen toenadering, alleen maar afwijzing op het laatst. Had ik eigenlijk van haar gehouden? O jazeker, maar op mijn manier natuurlijk en dat zal het probleem wel zijn geweest, zoals altijd.

Andere gedachten alstublieft, komt binnen, betreedt onbewogen dit nietszeggende koffiehuis. Welkom, wij vieren bij die dikke daar onze scheiding, de ontbinding van ons huwelijk. Onze gemeenschap bestaat niet meer, fysiek was het al tijden niks meer, en nu ook formeel niet meer; heft daarom het kopje koffie. Hoe zegt de dichter dat, 'De aarde is niet uit haar baan gedreven', dat doet ze nu eenmaal zelden, maar wij wel.

Zeiden we eigenlijk ook nog wat daar bij Edeka Kirsch of zaten we zwijgend van onze herwonnen vrijheid te genieten? Jazeker zeiden we wat, al zou ik niet willen beweren dat we elkaar nu opeens echt dingen mededeelden, dat we waarlijk communiceerden.

'Waarom gebruikte die vrouw eigenlijk "abgetrennt?"' vroeg ik terwijl ik een bierviltje van het merk Krombacher zat te verpulveren, 'was "getrennt" misschien niet voldoende voor ons geval? Moesten we van elkaar losgerukt worden?'

'Getrennt had net zo goed gekund hoor,' zei Else, op die redelijke toon die me lang geleden zo onweerstaanbaar in haar had aangetrokken, 'ik veronderstel dat het officieel taalgebruik is. Duitse bureaucratie. Zoals je bij jullie een huwelijk ontbindt, en dat woord gebruiken wij voor een bevalling.'

Jullie! Van 'mein Mann' was ik binnen een half uur 'jullie' geworden, ik kauwde er even op. Wat voor waterige gesprekken zouden wij in de toekomst nog voeren? Of zou ik haar nooit meer zien? Zou ze als een haas naar het noorden of oosten van dit land vertrekken en snel hertrouwen met de achterlijke diplomaat. Die gedachte bezorgde me waarachtig even een schokje, zwakstroom allicht maar het schrijnde toch. Dat lichaam, opeens willig naar de ander toe gekeerd. 'Toe maar, kom er maar in.' Het was zaak dit soort gedachten uit te bannen, voelde ik. Het bedierf de smaak van de vrijheid, als de ontdekking van een afgebrand dorp het zojuist gesloten vredesverdrag.

'Ik blijf niet heel lang,' kondigde ze aan, 'ik heb alleen voor vanochtend vrij genomen.' Ik knikte en telde mijn zegeningen. Vroeger zou ik zo'n opmerking als een halve kwetsuur hebben ervaren, een teken dat ze me zo veel mogelijk probeerde te mijden. Nu zag ik de dingen weer in het juiste perspectief. Ze moest gewoon terug naar haar werk. Instanties verwachtten haar.

Even keek ik haar in de grijze ogen die kalm stonden, afwezig bijna. Ze had opeens iets alpiens, een onwereldse verhevenheid die door een merkwaardige gril van het lot haar filisterachtige volk ook soms aankleefde. Maar ik zou mij niet langer door haar laten verslaan. Wat zij kon, doen of er niks aan de hand was, kon ik ook: 'O prima, ik ga ook zo. Ik moet nog even langs het hotel, koffer halen.'

Ik had de nacht voor onze officiële scheiding in Hotel Leertor doorgebracht, van dezelfde smakeloze snit als het café hier, doorsnee-Duits, alsof ik mezelf nog even goed wilde inwrijven waar ik eigenlijk allemaal afscheid van nam. Even had ik overwogen of ik niet zou vragen of ik voor deze speciale gelegenheid bij haar, in ons oude huis, mocht slapen, op het veldbed in de Wasa-kamer, als goede vrienden, maar ik voelde dat de penaten het ons afraadden, ze waren net aan mijn afwezigheid gewend en ik zou ze onnodig verwarren. Duidelijkheid was het nieuwe devies. Klarheit, meine Herren! Keine Lobhudeleien!

Om te laten zien dat ik haar niks meer verschuldigd was rekende ik de koffie af bij het illusieloze corpus dat me nog een halfbetekenisvolle blik toezond ook, bij wijze van klantenbinding. Mijn kersverse ex liet het zonder commentaar gebeuren, was met haar gedachten waarschijnlijk al bij de docentenvergadering van vanmiddag of een ander evenement waar mijn aanwezigheid niet gevraagd was. En ik realiseerde me dat ik eigenlijk al die tijd in elk geval in haar hoofd had willen zitten. Iets in mij had me gezegd dat het zo hoorde, dat je je vrouw en kinderen op het dashboard plakte om ze altijd bij je te hebben en dat zij jou in hun portefeuilles met zich meedroegen als ze ergens ondergoed of snoepgoed gingen kopen.

Het was een voorstelling van zaken die ik vroeger altijd ver van me had geworpen, alsof ze slechts bestemd was voor een ondersoort van mensen, maar toen het erop aankwam had ik er wellicht toch iets voor gevoeld, de brave en afgezaagde vanzelfsprekendheden van een relatie. Nu de hele boel was afgebrand, uit elkaar gescheurd, voelde ik de oude minachting weer opkomen, als een atavisme.

En terwijl ik mijzelf peilde als een veilingmeester van oude en nieuwe gevoelens, liepen we toch nog samen de deur van Edeka Kirsch uit, naar ons beider ouders die op het grindachtige parkeerterrein stonden. Zei ik ouders? Ik bedoel auto's.

AMERIKA

I

Komt allen tezamen

Een twee drie, vooruit maar.

Het vroor dat het kraakte maar als je dacht dat iemand daarvan opkeek... De poolkou stroomt hier nu eenmaal ieder jaar aan het begin van de vier witneuzige maanden, zoals een groot schrijver ze heeft genoemd, door een enorme geografische trechter het land binnen. Een paar honderd mijl noordelijker, vlak bij de grens met Canada, in International Falls, testen ze zelfs auto's onder dieprvriescondities in de open lucht, heb ik me laten vertellen. Maar die hebben natuurlijk niet zoals die van mij een zijraam dat afgeplakt is met een plastic zak van Walmart.

Zes opeengepakte personen in een auto geven overigens genoeg gloed af om ijsbloemen snel te doen verwelken.

Mijn oude rood-zwarte Dodge Dart, editie 1975, je weet wel, die met de convexe achterruit, reed diep in z'n veren gezakt over de glazige straten, waarlangs de nog tamelijk verse sneeuw lag opgetast. Dat klinkt alsof-ie het in z'n eentje deed, autonoom. Maar ik reed natuurlijk in die auto, trok aan het stuur, trapte op de pedalen, drukte op de knoppen, maar vanbuiten lijkt zo'n ding soms een door geheimzinnige krachten voortbewogen dinky toy, stel ik me zo voor. Je kunt je soms zo klein voelen in de grote wereld.

We beleefden de eerste koudegolf van de winter, tegen de jaarwisseling zou de rest wel volgen. Wie van een witte kerst verzekerd wil zijn kan hier terecht en zelfs een witte sint behoort tot de mogelijkheden heb ik me laten vertellen, alleen moet je dan wel naar de Nederlandse Club, die trouwens ook aan een van deze diepvriesplassen ligt.

Niet zo makkelijk om onze bestemming te vinden. Het feesthuis moest aan Lake Halcyon liggen maar om de kapitale panden daaromheen en hun bewoners tegen verkeersoverlast te beschermen hadden ze er een eenrichtingslus omheen gelegd en het was volstrekt niet duidelijk omstreeks welk nummer je die ringweg op reed en welke richting je vervolgens op gestuurd werd want de villa's en dus ook de huisnummers waarmee je ze zou kunnen thuisbrengen, lagen een heel eind van de weg af, achter inmiddels wit getoverde heggen en bomen. Dat zijn van die dingen die de wereld soms lastiger maken dan nodig lijkt. Ik hoopte maar dat een van ons de buurt hier een beetje kende.

Ons? Jazeker: ons! Ik reed daar met een heel gezelschap van laten we het kennissen noemen, wie weet vrienden in wording, die ik een voor een had opgepikt want je kunt wel denken dat iedereen in Amerika een auto heeft maar in de academische wereld is dat helemaal niet zo vanzelfsprekend. Oké, ik loop ze eventjes langs: wie waren deze mensen eigenlijk? Ik kende hun namen, jazeker, ze werkten stuk voor stuk op het German Department van de University of Minnesota, het waren mijn collega's, ik plakte hun namen moeiteloos onder de bijbehorende gezichten, maar wie ze ten diepste waren wist ik natuurlijk niet. Misschien dacht een van hen wel voortdurend aan de dood en worstelde de ander met een erectie. En wie weet kwam er opeens een pijnlijke bekentenis: ik heb jarenlang iets met de beste vriendin van mijn vriendin gehad, die wilde me namelijk niet pijpen, mijn eigen vriendin dus, maar die vriendin van haar wilde dat wel, niets liever dan dat, jawel. Als kind heb ik een nog kleiner jongetje in de vijver geduwd, hij werd gered natuurlijk, tetanusprik en verder maar weer. Of een cri de coeur: wat een eikels vind ik jullie allemaal! En na de meer extreme bekentenissen, zoals verliefden ze tegen elkaar doen tijdens hun emotionele bokspartij, langzaamaan het kalme en gewone spul; ik kom uit Amsterdam, uit Riga, mijn vader werkt op een makelaarskantoor, ik heb thuis twee zusjes, mijn moeder is wasvrouw, was isvrouw; tot er op den duur niks meer viel te vertellen. Ik bedoel maar, wat weet je eigenlijk van mensen?

Of probeer ik te veel te maken van zo'n gezelschap, injecteer ik ze met levens die ze helemaal niet hebben? Hier poes, brokjes leven, en waag het niet ze te versmaden! Allemaal zelf bedacht en hoe dan verder, meneer de auteur, hoe moeten ze nu met al dat gul uitgedeelde leven verder?

Ik voelde me een soort taxichauffeur die zijn klanten afluistert zonder tot onmachtige woede te vervallen. Een bont gezelschap, kleurige winterkleding, zeker dat ook, maar ook allerlei boeiende taalverschillen om uit te zoeken, hier een Saksisch accentje, daar iets Beiers, ook wat Nederlands (van mij) en iets, moeilijk thuis te brengen, uit wie weet Letland. O, ligt dat dan niet in Duitsland? Nee, lieve Amerikaanse vrienden, en Nederland ook niet. Nederland? O, ik dacht Denemarken. Nee Nederland! Maar alles in goed verstaanbaar Engels hoor, de lingua franca in mijn auto. Ik heb 'm, die auto dus, overgenomen van een oudere collega, het is een bejaardenbak, ontworpen voor Amerikanen die vrezen dat de maximumsnelheid zal worden verhoogd. Maar in mijn Europese ogen is het een slee zoals die waarin onze slager vroeger reed. Veld heette die, slager Veld, en hij had een Chevrolet Impala, we kregen altijd iets bij 'm. 'Blieft de jongeheer een stukje worst, mevrouw?' Klantenbinding, cliëntelisme, de Oude Wereld dreef erop en de Nieuwe Wereld niet minder.

Intussen noteerden we in mijn Dodge Dart een hoe noem je dat? levendige, verwachtingsvolle stemming, die niettemin getemperd leek door een zekere onvertrouwdheid van iedereen met elkaar. Reuze veel zin in vanavond maar hoe laat je dat aan elkaar merken zonder al te kinderachtig over te komen of, nog erger, als gereserveerde intellectueel door de mand te vallen. Alle zes op ons qui-vive: feestje ja leuk, maar je was slechts tijdelijk op elkaar aangewezen en je zat hier alleen maar zo dicht op elkaar omdat het niet anders ging.

'Zou Martins vriend er ook zijn?' vroeg Vicky, een kittig donkerharig meisje zich hardop af. Ze zat, benieuwd en al, achterin ingeklemd tussen de anderen, als het kleinste kind van een gezin op weg naar de vakantiebestemming. Als enige klonk ze accentvrij Amerikaans, en 'Martin' zo zonder meer, geen achternaam, dat zei je toch ook niet zomaar. Of toch wel? Je paste je in dit land wonderlijk snel aan de plaatselijke zeden aan, had ik gemerkt. Maar nee, dit leek toch heus een geboren Amerikaanse. Kittig, dat zeg ik goed.

'Martins vriend?' echode Else, de vrouw naast mij, terwijl ze zich stevig vasthield aan de passagierslus, alsof ze bang was bij een scherpe bocht met deur en al naar buiten te vallen, Spitsbergen in. 'Hoezo?'

'Ja, wist je dat niet? Martin is gay.' Even voorstellen, Holger, Holger Grapzow, aangenaam.

'En Joods,' vulde ik aan, 'ik weet het trouwens ook nog maar sinds gisteren; Haynes Menke vertelde het me. Bij de opening van het jaar zat hij naast zijn vrouw dacht ik, die met dat paarse haar, Galinsky bedoel ik zat naast die vrouw.'

'O die, dat is Martha, Martha Erikson of zo, nee joh, dat is de weduwe van zijn voorganger of die daar weer voor, die mag ieder jaar mee uit eten, omdat het zo zielig is.'

'Meen je dat nou, is Galinsky homo?' vroeg Else; ze had zo te zien wat te stellen met het bericht.

'Nou en of.' De bevestiging kwam van achteren en er klonk een zekere gretigheid in door, alsof het voor iedereen heel goed was dat Martin Galinsky homo was.

'Dat had ik nooit gedacht, hij ziet er zo, hoe zal ik het zeggen, zo gewoon uit.'

'Wat had je dan verwacht? Leren pet? Kleren met ijzerbeslag? Hij is professor hoor. Full.'

'Weet je, eerlijk gezegd ken ik geen homo's,' bekende ze, ze sprak heel precieus Amerikaans-Engels, als een daartoe opgeleide spionne, 'tenminste niet van dichtbij. Nee, eigenlijk helemaal niet.'

Er viel een stilte. Geen homo's kennen? Waar kwam dit creatuur in godsnaam vandaan? Ik keek haar van opzij aan: strak profiel, iets... hoe moest je het noemen? Baltisch ja, dat was het woord, lang steil haar. Else heette ze, wist ik, Else eh... Alstein, ja zoiets, of nee, Ahlsteen. Else, wel een passende naam voor iemand die geen homo's kende. En ook geen Joden, schatte ik. Ze had zo de Lebensborn-kwekerijen in gekund. Maar niet hardop zeggen. Duitsers zijn zo gevoelig over hun verleden. En deze hier was zo te zien door de naoorlogse geest bekeerd tot de onflatteuzen: ze droeg zelfs met dit ingevroren weer Birkenstock-sandalen en een slobbertrui. Ook voor het feestje bij de Joodse flikker aan het grote Amerikaans stadsmeer zou ze niet iets speciaals aantrekken, vermoedde ik.

Ik mag misschien dezelfde vooroordelen hebben over Duitsers en alternativo's als zij over homo's, sprak een stem in mij, maar zou zij zich er ook zo van bewust zijn want daar gaat het tenslotte om: bewustzijn, reflectie? Ik voelde een faustische vlaag door me heen trekken, alsof ik ter plekke tot inkeer wilde komen, maar dan alleen maar om het te voelen. Van al die weeromstuitende gedachten begon ik harder te rijden, om een stoplicht te halen; ik voelde dat onze Else in gedachten met me meestuurde en gas gaf, er bijna iets van zei. Halt, Polizei!

Want het was hoogst on-Amerikaans om zo gas te geven, als ik nog iets generaliserends mag zeggen. Ja toch? Zonder algemene conclusies kun je geen progressie maken in de wereld, mee eens? Als alles iets afzonderlijks is vervalt de wereld tot chaos. En wat stond er vroeger, toen vrouwen nog geen rijbewijs hadden en ontslagen werden als ze zwanger waren, ook alweer op die bordjes op het handschoenenkastje: rijjijofrijik. Ouderlijke humor. Gooi uw as niet in de pisbak, u pist toch ook niet in de asbak. Zo maakte in de jaren zestig Nederland zich langzaam maar zeker los van zijn correcte calvinistische levenshouding. Nederland, waar lag dat dan ergens, toch wel in Europa? In de buurt van Rusland? Ja, ietsje meer naar links, zo ja, nog wat, ja daar op het puntje. Nee, nog wat verder, dat daar is Estland.

'Nou weet ik het echt niet meer, links of rechts?' Beste maar toegeven dat ik de weg kwijt was. De resterende man achterin die tot nu toe had gezwegen, hij heette Gert, Gert Stockel, had kort blond haar, een ietwat bars gezicht en het zwaarste accent van het hele gezelschap, net alsof hij in een Amerikaanse film een Duitse Wehrmachtofficier speelde of een ss'er, weten we het verschil eigenlijk nog wel? Hij meende van links.

Even kijken, hebben we ze nu allemaal gehad? O ja, Gaby nog die nooit iets zei. Gaby dinges, eh Thorspecken of Thorbecke neespecken. Zo dat was het appel, iedereen present, zoals je in familieromans op bruiloften of tijdens een goed diner bij wijze van introductie het hele gezelschap langsgaat.

'Naar links mag helemaal niet,' merkte ik op.

'Dan maar van de andere kant ernaartoe, of terug en dan via Clairfield, Clinton, Cromwell, langs die 7-Eleven weet je wel.' De c-buurt, zo te horen.

Ik gaf de auto een draai, inderdaad, via de andere kant van Lake Halcyon ging het wel, we hadden geen haast. Hoewel mijn auto een verre nazaat was van de Amerikaanse slagschepen uit het Eisenhower-tijdperk, was hij niet echt berekend op het aantal passagiers dat-ie kon herbergen. Hij had een misselijkmakende balans, alsof je in een boot zat in plaats van in een auto. Een boot met een patrijspoort in de Noordelijke IJszee.

Maar hij deed het tenminste. Bij andere auto's in dit ijzige klimaat weigert de startmotor algauw of begint in november, december de diesel te klonteren. Accu- en sleepdiensten hebben hier een dikbelegde boterham, samen met fabrikanten van oorwarmers. Alles voor de poolreiziger! Het stadscentrum, dat er rond deze tijd van de dag overigens volkomen bevroren en levenloos bij ligt, kun je helemaal via glazen luchttunnels, 'skywalks' geheten, doorkruisen, teneinde de kou te ontlopen, en de verschillende gebouwen op de campus zijn via onderaardse, snikheet gestookte gangen met elkaar verbonden. Dit is diepvriesland, maar niemand laat zich erdoor uit het veld slaan, integendeel, de kou dient zich jaarlijks aan teneinde onderworpen te worden.

Nou zeg, moet je dat eens zien! Ik geloofde mijn ogen niet. Het huis van professor dr. Martin Galinsky was immens en overweldigend. Het deed op het eerste gezicht een beetje aan het Witte Huis denken. De buitenverlichting was aan en in de scherpe koude lucht waarin ieder levend wezen wolkjes van betekenis blies zag het eruit als een wintersprookje. De architectuur was van een ontegenzeggelijke wansmaak, het zoveelste derivaat van Monticello waarmee een van mijn helden, de grote Thomas Jefferson, van het nogal zeldzame en exclusieve tweedollarbiljet dat iedereen altijd achteroverdrukt, ooit de Amerikaanse stijl had ingezet, maar het lokte je onweerstaanbaar naar binnen, met een oprijlaan en twee gulle, maagdelijk witte, taps toelopende muren die naar een reusachtige veranda leidden, en dan onder de verplichte Griekse nepzuilen door de grote ontvangsthal in.

Nicht Martin, semiet Galinsky, hoofd van de sectie Duits van de U, zoals iedereen de Universiteit hier noemde, de Joe op z'n fonetisch, had goed geboerd als je het bij zoveel geleerdheid zo mocht formuleren, zoveel was wel duidelijk. Door de ramen zag je dat hij het zich bovendien kon permitteren mooie feesten aan te richten; in alle vensters stonden achter het condenswater gestalten als opgewonden planten te bewegen. Ik moest aan Assepoester denken en aan het meisje met de zwavelstokjes.

Ons Dodge-gezelschap viel na aankomst onmiddellijk uit elkaar, als reizigers uit een treincoupé die te lang op elkaars gezelschap aangewezen zijn geweest. Kittige Vicky die Martin Galinsky's homoseksualiteit had aangesneden, bleek ineens door diezelfde te zijn aangetrokken om voor wat bediening te zorgen. De twee mannen van de achterbank, Holger en Gert, maar ik geef u toestemming hun namen verder te vergeten, zochten een collega op die reeds op de leuning van een comfortabele maar volstrekt protserige bank zat te praten met een grote vrouw met krullerig rood haar. Traute Hirschwald was dat, opperwiglit van het departement. Van de resterende Dodge-vrouwen sloot Gaby, zwijgzame nummer drie, zich direct op in de wc, om wie weet een tampon tussen haar dijen te plaatsen, terwijl Baltische Else met haar spionnenaccent bij mij in de buurt bleef, ik denk omdat ze niet wist tot wie anders ze zich moest richten.

Uitgevouwen had ze iets van een wolkenkrabber. Ze was lang, of eerder volumineus, 1,85 schatte ik, niet dik maar enorm en overrompelend. Toch leek ze ook een meisje dat te groot was uitgevallen, met haar lange donkerblonde steile haar in een paardenstaart en met van voren een pony, en dan die linkse, oncharmante bewegingen! Het zou me niet verbazen als ze ook paardreed of lesbisch was of dat laatste juist niet omdat ze er nog nooit van had gehoord.

Het opvallendst was haar gezicht, niet knap of lief of innemend, maar imponerend, alsof Albert Speer zich ermee bemoeid had, misschien wat je benig noemde maar zonder magerte, duidelijke kaken en jukbeenderen, ogen die een beetje scheef stonden en waar een immens grijs heerste. Je zou denken dat het in- en inblauw moest zijn, maar het was grijs, koud en mistig, een Iers eilandje in een arische zee. Verder had de natuur er voor haar een brede mond bij uitgezocht die ook niet helemaal paste, te gulzig, maar op zichzelf was dit exemplaar ook wel weer de moeite waard, alsof er onder het geheimzinnige gezicht een streep werd gezet. Geen parfum, ook geen make-up natuurlijk, geen spoortje mascara of lipstick. Alles aan haar was naturel. Ze leek me iemand die je ongevraagd vertelde dat slangen gemarteld werden om er lipstick van te maken.

De rest van Else viel voorlopig te verwaarlozen. Ik kreeg geen flauw idee van haar figuur dat schuilging in die slobbertrui en dat wel groot en vormeloos zou zijn. Ze droeg een spijkerbroek, zoals vrouwen die geen vleiende kleding durven te dragen, en daaronder kwamen grote voeten uit die ze in sandalen hulde. Een slecht geklede, indrukwekkende vrouw. In elk geval heel iets anders dan het genus Duitse vrouwen waaraan ik gewend was geraakt tijdens mijn studiereizen, mager en ascetisch, de vissenogen zwemmend achter brillenglazen, apothekersassistentes, Hitler zou zich voor hen hebben geschaamd. Het examen kon dus beginnen maar nee, niks voor mij natuurlijk, ik val op dun en beweeglijk, op Parijse hotelratjes, op verveelde danseresjes met balletgezichten, maar juist omdat ze daar zo niks van weg had intrigeerde ze me. Het bijzondere aan haar was misschien wel dat er niets bijzonders aan haar was, dat ze dit altijd al moest zijn geweest, buiten mij om, achter mijn rug om uitgebroed in wie weet wat voor nest, dat ze op aarde had rondgelopen zonder dat ik er iets van wist, haar zelfs niet op een of andere mysterieuze wijze had voorvoeld en dat de reden van haar bestaan niet was dat ze mij ontmoette. Maar zo was het immers, je leven was een kamer waarvan je slechts een klein stukje kende. Denn wie wir dieses Dasein des einzelnen als einen größeren oder kleineren Raum denken, so zeigt sich, daß die meisten nur eine Ecke ihres Raumes kennen lernen, einen Fensterplatz, einen Streifen, auf dem sie auf und nieder gehen. Tot je dan dat nieuwe stukje leerde kennen. Ze kwam, ondanks haar weinig engelachtige verschijning, een beetje op mij over als een epifanie: Germania, de Loreley. Ja, daar was ik goed in, vrouwen in de adelstand verheffen. Rilke trouwens, *Briefe an einen jungen Dichter*, ik ben dol op Rilke, jazeker, ook zijn proza. Júíst zijn proza.

Nu even inzoomen op dat vriendje van Galinsky, even kijken, ja daar had je hem, good heavens wat een nietszeggende middelbare man – had helemaal niks van het goed geconserveerde Latijns-Amerikaanse danstype dat je er misschien van verwachtte, maar misschien was dat wel de ware homo-emancipatie: ook de grijze muizen vrij! – 'Hi,' zei ik, de gebruikelijke openingszet in deze streken, 'I am Titus Orbaan.' Ik overwon de aanvechting om 'urban' te zeggen. Hij prevelde een naam die ik niet verstond en bracht Else en mij, onwennig tweetal, hoffelijk naar de keuken waar Vicky opeens, alsof ze er al uren aanwezig was, in een enorme pot stond te roeren. Punch. Nee, bier was er niet, maar wel een sprookjesvat vol punch.

Wát? Geen bier?! Geen Leinenkugel, dat smakelijke vocht uit deze streek?! Echt niet? Nee, echt niet! Ook niet op een geheime bergplaats? Het beviel me helemaal niet. Maar wat kon je van een open huis bij de chairman thuis eigenlijk verwachten? Zaten we straks allemaal in ondergoed langs de rand van een binnenzwembad? Toonde een van de vrouwelijke docentes haar decolleté en meer? Werd er in rondingen geknepen? Fluisterde ik straks in Elses oor: 'Laten we alles vergeten en onverantwoordelijk zijn'? Daar zag het allemaal niet naar uit. En verder ook geen house, geen coke, en dat begreep je, maar geen bier…? Als ik het geweten had had ik een sixpack meegenomen. Punch, ik wist eerlijk gezegd niet eens precies wat het was, iets met fruit? Wie dronk er nou punch? Het deed me vagelijk denken aan romans bij mijn ouders thuis, Top Naeff, een boek uit de Cultuurserie is een geschenk voor het leven.

Zo te zien had professor dr. Martin Galinsky geen zin om na afloop de door het hele huis verspreide, met sigaretten volgepropte, of wie weet volgepiste flesjes allemaal op te moeten ruimen. Vandaar punch in plastic bekertjes. Flikkerdrankje.

Er liep daar in dat Witte Huis ook een hond rond, zagen we, een sint-bernard maar liefst. Ja, dit waren nichten om zo'n sint-bernard te hebben. Zolang je niks van ze wist kon je dat niet bevroeden maar nu ik hen, althans hun huis leerde kennen, en die bijbehorende hond zag, wist ik het ineens zeker: ze móésten wel een sint-bernard hebben: log, goedmoedig en toch groots en nobel.

Een van hen liet die huisdinosaurus uit, elke avond, langs het meer; ook homo's hebben hun huiselijke ritme, en ze kochten kilo's vlees voor hem – mijn computer suggereert bij het typen van het woordje 'hem' 'hemelgewelf' alsof 'hem' niet genoeg is, maar dat neem ik natuurlijk niet over; 'ze kochten vlees voor hemelgewelf'. Wie zegt trouwens dat het een hem is... Maar het zou natuurlijk best kunnen dat die hond Hemelgewelf heette, Sky, het onlinewoordenboek geeft voor 'hemelgewelf 'doodleuk sky, alsof er geen poëzie bestaat. Hier Sky, eet maar lekker op, meiske! Zolang niemand ze onderbrak zaten mijn gedachten maar voor zich uit te dazen en te kwijlen, als idioten in een gesloten inrichting. Het beest kwam even aan mijn hand snuffelen. Hond hand, dacht ik een tel en daarna niet meer.

Samen met Else, die per slot van rekening naast me in de auto had gezeten, al had ze die ereplaats uitsluitend te danken aan het feit dat zij het dichtst bij me woonde en als eerste was ingestapt, ging ik ergens in een van de vele uitbouwen van de woonkamer zitten en luisterde naar het verhaal dat een oudere vrouw, die ik wel eens bij de facultaire postvakken had zien rondlopen en die me was opgevallen vanwege haar haast transparant blauwe ogen, had te vertellen over de politie in haar woonplaats, iets ten noorden van de Twin Cities, die een campagne was begonnen met fluitjes. Fluitjes? Ja fluitjes, om bij onraad te gebruiken, snap je? Onraad? Nou ja, als er iemand raar liep rond te scharrelen of je hoorde iets in het botenhuis, terwijl je man, dat wist je toch heel zeker, in de achtertuin aan het boogschieten was. Je kon ze bij de buurtagent kopen, die fluitjes. En die kleur ogen van haar, die was niet echt. Ik hoefde er niet eens naar te vragen, ze gaf het zo al toe. Perry heette ze. Nee niet Vandekar. Ook niet Como. Troft.

Hoewel het academisch jaar al lang en breed was begonnen en men elkaar de hele dag passeerde in het oververhitte faculteitsgebouw, dat naar een voormalige rector magnificus Waindell Hall heette, kenden lang niet alle medewerkers van het German Department elkaar al. Tijdens het openingsdiner had iedereen, van gaststudent tot Doktorvater, verteld wie hij was en wat hij dit jaar kwam doen, maar tot structurele verbanden had dat niet geleid.

Eerder zat daardoor niemand echt onbezorgd te kouten en te eten, omdat je in de tussentijd moest broeden op formuleringen waarmee je zo voordelig en geestig mogelijk zou overkomen. Echt zo'n gelegenheid waar iedereen denkt dat alle andere gasten elkaar al lang bij de voornaam noemen en de deur bij elkaar platlopen en jij de enige nieuweling bent, terwijl na afloop blijkt dat het gros elkaar nooit eerder heeft ontmoet.

Kennelijk om deze algauw blootgelegde misverstanden na een paar maanden alsnog uit de weg te ruimen, organiseerde het hoofd van het departement dan ook ieder academisch jaar tegen het einde van het burgerlijke jaar deze informele bijeenkomst, overigens op kosten van de universiteit natuurlijk.

Martin Galinsky was een kleine, grijze man van een jaar of zestig. Vanachter zijn brillenglazen keek hij je vriendelijk loensend maar zonder bijzondere belangstelling aan. Hij was een autoriteit op zijn vakgebied, naar verluidt had hij gestudeerd bij Funaioli en hij moest nog altijd bevriend zijn met internationale kopstukken als Liberman en Doppagne, wie dat ook mochten wezen. Wat daar allemaal van over was gebleven in de Verenigde Staten moet je maar raden, maar zijn academische betrekkingen omringden hem als een soort stralenkrans, een goddelijke grandeur die hij aanwakkerde door zich vrijwel nergens mee te bemoeien.

Zelfs op zijn eigen feest zou men nauwelijks iets van hem vernemen, geen bijzondere verwelkomingen, geen toespraken; zijn paleis diende vanavond voornamelijk als een filiaal van Waindell Hall. Misschien had hij zich wel op zijn studeerkamer teruggetrokken, ja, daar zat hij, in een fijne kanasterlucht lezend in *Il concetto di Filologia* en op afstand begeleid door het door hemzelf aangerichte gedruis. Wie weet trok hij zo nu en dan de foto van een jonge matroos tevoorschijn, die bedekt door verzekeringspolissen en documenten onder in zijn la rustte. Van zijn vaste vriendje zou hij in elk geval geen last hebben, die ontving de gasten.

Ik was er inmiddels achter dat op de afdeling Germaanse talen van de universiteit al decennialang twee academische facties de dienst uitmaakten, een oude filologische die het traditioneel in de bestuurlijke praktijk voor het zeggen had en waarvan Martin Galinsky dan ook de voornaamste vertegenwoordiger was, en een jongere, als vanzelf opgebloeide tegenbeweging die het vooral op de sociale context van literatuur gemunt had. Hier trof men allerhande radicaalfeministische inzichten aan – 'wiglit' betekende Women in German Literature, aha, en ze hielden zich vast niet bezig met oude bakerrijmpjes – naast werkgroepen waarin de structuur van Amerikaanse westerns werd bestudeerd. De Duitser Karl May had niet voor niets geleefd. Karl Marx (later meer) trouwens ook niet.

Voor de buitenlandse gastdocenten en -studenten, het onderscheid was mij niet altijd duidelijk, was het zaak de juiste alliantie te kiezen. Voor je het wist was je hopeloos ouderwets of onverdraaglijk modern. En wat je al helemaal niet bevroedde was dat je je huidige positie geheel en al te danken had aan signalen en sporen die je in je sollicitatiebrief had gezaaid. Zo vertelde Else mij die avond dat ze hier als lector voor twee jaar aangenomen was omdat ze zich een sociaal bewogen analiste van de overtuigingskracht van reclameteksten had betoond en en passant iets naars over Chomsky had laten vallen, ikzelf had in mijn brief zo te zien onbewust een filologische snaar geraakt, waarschijnlijk met die verwijzing naar een door mij geschreven en door niemand gelezen artikel over *Der gestiefelte Kater* van Ludwig Tieck, een ernstig gedateerd toneelstuk dat eerstejaarsstudenten Germanistiek hier, zo begreep ik later, volstrekt toevallig afgelopen jaar hadden ingestudeerd en zelfs uitgevoerd voor een mager maar langdurig applaus van trotse familieleden die er geen laars van hadden begrepen en zeker niet wie die Popanz was. Nou, dat had ik eerlijk gezegd ook moeten opzoeken, Popanz. Vogelverschrikker maar ook marionet of zoiets. Ook als germanist wist je echt niet alles, Kulturbeutel bijvoorbeeld, dat woord kwam je nooit tegen als je niet een keer met een Duitse naar bed ging. Toilettas. Heia machen. Maar ik loop op de zaken vooruit.

Volgens de ongeschreven regels van deze academische wereld hoorden Else en ik qua bloedgroep dus niet bij elkaar, maar anderszins had de god van de Verenigde Staten ons als twee emigranten vlak bij elkaar neergelaten, we woonden slechts één blok bij elkaar vandaan, en dat was misschien wel het soort toeval dat je niet mocht miskennen in zo'n immens land. Ach, wat deed het er ook toe, dit was de Nieuwe Wereld, iedereen was welkom en het maakte niet uit wat voor naam er bij je brievenbus stond, Wladimir Jetski, Abinadrath Radakishun of Anne Chauvis.

Het meest opwindende vond ik geloof ik dat er eigenlijk niets opwindends aan was; iedereen in dit land wist voortreffelijk de indruk te wekken dat hij hier thuishoorde of zelfs dat dit de enige wereld was die ertoe deed. En wat al die kritische intellectuelen vanuit Europa gispend ontmaskerden als xenofobie en isolationisme ontpopte zich, als je dan eindelijk aangekomen was in dit stompzinnige, cultuurloze land van de kansarme drommels die via Ellis Island zo gauw mogelijk naar binnen waren gestoven, als een heel aangenaam soort paradijselijke alledaagsheid, iets waarvan mijn ouders via *Het Beste* en Doris Day-films hadden kennisgenomen en wat ze vervolgens als een onzichtbare apanage in mij hadden achtergelaten. Ja, een beetje het land van melk en honing was het wel. Kokanje, Shangri-La.

En keken we niet onze ogen uit in Galinsky Palace?! Alles was er ruim, de talloze banken waarin je wegzonk, maar ook de witte vleugel die met nietsontziende smakeloosheid ergens in een hoek als een enorme zwaan wachtte op begaafdere bespelers dan dat duffe vriendje. Zelfs de metallic ijskast had iets weg van een klein huisje op zich, een woning waar Holle Bolle Gijs zich had laten invriezen om tot in lengte van dagen te kunnen schransen.

Gedreven door de collectieve angst om ooit weer teruggeworpen te worden in het illusieloze proletariaat, waarop Marx op het achtergelaten continent achter de rug der emigranten om alsnog een verwerpelijk soort toekomst had gevestigd, hadden ze de voorraadschuren tot de nok toe gevuld: alles moest hier zo omvangrijk mogelijk zijn. In supermarkten kon je hele teilen vol pindakaas kopen. Vruchtensappen gingen niet in de leptosome pakken en flessen waar wij in Europa aan gewend zijn, maar in bolle vierliterketels, zakken chips en popcorn leken op voorraden olifantenvoer. En het verlangen naar omvang en gewicht had zich klaarblijkelijk vanzelf voortgeplant in de mensen, van wie sommige exemplaren tot ongehoorde diameters waren opgezwollen, ten teken dat schraalhans niet langer keukenmeester was. Ze waren er hier allang aan gewend geraakt, in televisieshows kwamen ze dag in, dag uit schaamteloos binnenzetten, lillende trollen, overbloezende reuzenamoeben, de nieuwe mens.

Op mijn eerste dag in dit land, waaraan Aristoteles zo ruimschoots zijn zegen had gegeven, had ik in een bus (ze hadden hier gewone stadsbussen, met doodgewone chauffeurs, die je iets ongeinteresseerds toefluisterden als je binnenkwam, niet te geloven!) naast een vrouw gezeten die drie keer de middellijn van mijzelf was, haar hoofd was op de kolossale romp zo klein dat het leek of het in perspectief lag, wat verder naar achteren, en hetzelfde gold voor haar benen die ergens onder aan die gordels van vlees bengelden en elke dag in min of meer normale schoenen geperst moesten worden. Het was een levende, aanraakbare lachspiegel en ik moest de neiging onderdrukken om in dat voze vlees te prikken en te zien of er vocht uit zou lekken omdat er binnenin een leertje stuk was.

Het kwam allemaal door de vrijheidsoorlog die de Amerikanen hadden uitgevochten, door de constitutie die zei dat je mocht doen wat je wilde, inclusief jezelf opblazen tot je knapte als Mr Creosote in Monty Pythons *The Meaning of Life*. Net zoals je jezelf uit naam van de vrijheid mocht doodhongeren. Maar dat was de minder populaire variant. Amerika was het land van de vrijheid, en daarmee van het overgewicht. De Fransen, die de Amerikanen het Vrijheidsbeeld hadden geschonken, hadden er beter aan gedaan een vleesberg met onderkin, vleesschort, puilogen en een hotdog in de knuist te sturen.

Je vroeg je wel eens af waar al die leden van deze immense familie Turf hun geld verdienden. Maar ook op het feest van Galinsky liepen van die ongehoorde papzakken rond, iets wat zich maar moeilijk met Aufklärung en academische status liet verenigen, vond ik. Een mal cliché natuurlijk, ik weet het, alsof je om goed na te kunnen denken schraal en tanig moet wezen. Ik merkte dat mijn vooroordelen in dit land van de opzichtige proporties steeds meer begonnen uit te steken, alsof ze erom smeekten opgemerkt en wie weet vervolgens weggesneden te worden.

De tijdelijke vrouw aan mijn zijde daarentegen, Else, scheen zich nauwelijks te realiseren dat ze zich in het kitschpaleis van een Amerikaanse homo bevond. Het leek wel of ze zich erop had voorbereid om zo veel mogelijk op te gaan in de Nieuwe Wereld, hoe die er ook uit mocht zien. Dat proefde je in de eerste plaats aan haar taalgebruik. Mijn eigen Engels was erin gehamerd met het BBC-Engels dat bij ons op de middelbare school als maatgevend werd beschouwd. Else scheen zich echter op wonderbaarlijke wijze een zuiver Amerikaans accent te hebben verworven, misschien door thuis in Duitsland een overmaat aan Amerikaanse tv-series te bekijken, maar daar leek ze me nu juist niet het type naar en o nee, in haar vaderland synchroniseerden ze alles na, zodat niemand er wist hoe Woody Allen en Meryl Streep in werkelijkheid klonken. Misschien had ze wel een Linguaphone-cursus Amerikaans gevolgd. Je dacht graag dat Duitsers alleen maar met het ergst mogelijke accent Engels konden spreken, altijd en eeuwig alsof ze schreeuwend op een deur moesten bonzen en onderduikers ophalen, Aufmachen! Mitkommen!, zij bewees het tegendeel. Het enige typisch Duitse dat ik in haar taalgebruik aantrof was het perfectionisme waarmee ze de vreemde taal sprak.

Ik zat nog naast haar te denken aan de vrouwen in ondergoed bij het zwembad en zonder ondergoed in de bezemkast toen zij allengs in gesprek sukkelde met Apel Clausthaler, de wandelende Lukács-encyclopedie van het department. Apel (hoe kwam je om godswil aan zo'n naam? Nou, door ouders te hebben die je Apollonius lieten dopen) vertelde haar iets dat hijzelf heel erg komisch vond. Hij had een eerstejaarsstudente de film *Die weisse Rose* uit de mediatheek had laten halen. *Die weisse Rose* was een soort inaugurele film voor iedereen die hier kwam studeren: hij introduceerde in één klap de weerbare student en het goede Duitsland die hier onderwezen werden. Dat het daarbij een halfzacht product uit de Trauerarbeit-school was, scheen niemand te deren. Hoe dan ook, het schaap was in plaats van met *Die weisse Rose* aan komen zetten met *Der weisse Rausch*, een of andere kitschfilm over skieën, waaraan nota bene Leni Riefenstahl had meegewerkt. Zoiets onderstreepte toch ook wel weer het belang van een goede uitspraak van het Duits, iets wat ik Else hoorde beamen: 'Wenn wir eine Fremdsprache erlernen wollen müssen wir uns an erster Stelle mit der Aussprache beschäftigen!' Dat was een zin uit het Duitse grammaticaboek van de middelbare school die in mijn hersenlobben was blijven hangen. Maar dat ze zo'n smoezelige skifilm hier überhaupt bezaten, was dat niet het eigenlijke mirakel?

Apel Clausthaler lachte geheimzinnig, alsof er in Waindell Hall wel meer mysteries waren waar je je bij had neer te leggen, en ik vermoedde dat hij het hoofdprofessoraat van onze gastheer ook als zodanig beschouwde. Want professor Clausthaler (iedereen die geen student was werd in dit democratische land voor het gemak professor genoemd; ook ik had het tijdens mijn Atlantische overtocht van doctorandus in één klap tot professor geschopt) was een onvervalste academische marxist, die niet begreep waarom de filologen, die trage lezers, niet allang in steengroeven tewerk waren gesteld.

Else luisterde attent, op dit feestje moest je het van het gesprek en niet van decolletés hebben. Zo nu en dan maakte ze een pop-upgebaar, alsof iemand in haar een blad omsloeg, maar ze zei niets. Onzichtbare Martin Galinsky bestond het inmiddels om voortdurend *De vier jaargetijden* van Vivaldi te draaien: geen plek in het huis ontkwam eraan, zelfs in zijn roomblanke badkamer streken lente, zomer, herfst en winter eindeloos langs, alsof de muren het uitzweetten, en nooit, nee nooit een ander, een vijfde seizoen. Of hij tot deze muziek had besloten als compromis tussen wat hij zelf veel liever had gedraaid (wie weet Mahler of Hindemith) en wat hij beslist niet wilde horen (The Stones? Prince, de plaatselijke held?) dan wel om zijn bezoek te doordringen van de cyclische aard van het bestaan, viel niet uit te maken, maar het gevolg van zijn populistische maatregel was in elk geval dat niemand ernaar luisterde. Punch en Vivaldi, zo wilde hij kennelijk de geschiedenis in gaan.

Wat Else aan Apel natuurlijk niet begreep was wat zo'n marxistische literatuurbeschouwer eigenlijk in Amerika uitspookte, het land dat toch helemaal niks met het marxisme had, of begreep ze dat woord misschien verkeerd? Van *Die weisse Rose* had ze natuurlijk ook nooit eerder gehoord. Goed, maar niet laten merken.

Daarentegen sprak ze hardop een heel andere gedachte uit: 'Apel, weet jij of ik in de weekends ook in Waindell Hall terechtkan?'

Apel Clausthaler leek me enigszins uit het veld geslagen, alsof Else hem bekende komende zondag graag in het videozaaltje naar *Der weisse Rausch* te kijken en vervolgens naar een kapitalistische zonsondergang. Maar beste Else, onnozele nieuwkoomster, du dumme Gans, vanzelfsprekend kun je ook zondag op de alma mater terecht, dit is immers het Rijk der Verenigde Staten, alles is permanent geopend. Eigenlijk moest je er iets op tegen hebben, dat wist onze Apel ook wel, vanwege de sociale ontwrichtingen die dat allemaal teweegbracht, maar het was toch wel verdomd gemakkelijk, moest hij toegeven.

Ik zat dit alles met belangstelling aan te horen, maar het verhelderde mijn beeld van Amerika en het academische leven niet.

'Ik wil in het weekend graag op de uni werken, als het zo lekker stil is,' lichtte Else toe, 'ik heb thuis niet zo gek veel mogelijkheden.' Ze klonk als een workaholic maar was ze het ook? Via die lichte, grijze, grijsgroene, nee toch vooral grijze ogen van haar kwam je er niet achter. Maar goed, dan was dit wel het juiste land voor haar want wat je ook op het politieke systeem tegen kon hebben, er werd hard gewerkt; je kwam je studenten niet alleen in de collegezalen tegen maar ook bij Burger King waar ook mensen als Apel in de pauze wel eens een Whopper ging halen, als om hun marxisme steeds opnieuw in de waagschaal te zetten. Daarom hielden ze hier ook zo van Duitsers, die immers als degelijke en noeste werkers bekendstonden. Tüchtig an Leib und Seele für den Dienst an Volk und Staat.

Dat ik germanist ben betekent niet per se dat ik van Duitsland houd. Weliswaar heb ik jarenlang in onze hoofdstad hun taal en literatuur bestudeerd maar veel echte Duitsers hebben tot nu toe mijn pad niet gekruist. Met uitzondering van die paar jaar die ik lesgaf op het Cartesius College en met een tweetal werkweken was meegeweest, wist ik eigenlijk niet veel van het hedendaagse Duitsland, het alledaagse Duitsland bedoel ik; voor mij was Duitsland het land van Bach en Goethe, maar daar merkte je in het dagelijks leven nu eenmaal net zo weinig van als thuis bij mijn ouders van het land van Rembrandt. Integendeel, de Duitsers die ik ontwaarde scheen er alles aan gelegen om hun erfenis te verdoezelen; ze dronken zich vette pensen, schunkelden er lustig op los onder regie van flauwe, verkeerd gekapte quizmasters en deden ze dat niet dan zaten ze in lotuszit op handgeweven kleden uit derdewereldwinkels of schreven onleesbare wetenschappelijke artikelen vol tacitaanse volzinnen. Je hoefde niet op de Tweede Wereldoorlog terug te grijpen om aan veel Duitsland een hekel te hebben. Maar ik was altijd goed in hun taal geweest, al die naamvallen en meervouden waren bij mij op vruchtbare bodem gevallen en ik had leren houden van de Duitse romantiek maar ook van het expressionisme. Daarvoor hoefde je niet naar *Wetten dass* of *Der goldene Schuss* te kijken.

De Duitsers die ik hier aantrof waren ook van heel ander snit dan de achtergebleven filistijnen met hun wansmaak; wereldburgers, met linkse maar niet al te ideologische sympathieën, snelle gedachtenkronkels en een prettig soort opportunisme. Zelfs met voetballen, een door alle Europagezinde faculteiten aan deze Amerikaanse universiteit zorgvuldig gekoesterde vrijetijdsbesteding, verloren ze rustig en zonder zich op te winden, had ik gemerkt. Kennelijk pakte de fusie met de Nieuwe Wereld voor hun oude land wonderwel uit; het leek wel of ze zich hier zo op hun gemak voelden omdat ze zo ver van huis eindelijk hun stijve stand niet langer hoefden op te houden. Ik moest maar eens van die Nederlandse vooroordelen af. Trouwens, Nederland speelde hier toch al geen enkele rol, en het Nederlands, zo was mij op niet eens arrogante en daardoor toch ook wel weer ergerlijke wijze duidelijk gemaakt, was hoogstens een soort plat-Duits. Hebben jullie de tweede Lautverschiebung wel gehad? Hmm, zie je wel.

Het feest dat gestaag vorderde beviel me overigens maar matig. In tegenstelling tot de luidruchtige braspartijen vol eindeloos uitwaaierende discussies die ik in Nederland gewend was, kwam het hier voor mijn gevoel maar niet goed van de grond. In films zag je wel eens Amerikaanse party's waar de meest flitsende mensen elkaar met oneliners stonden af te troeven, als het een B-film was niet zelden bekroond met een steels wipje van enkele genodigden in een slaapkamer, maar dat was zeker een van de vele Amerikaanse dromen die zorgvuldig door Hollywood in stand werden gehouden. Hier dronken ze drankjes waarin de alcohol pas na enkele dagen door gisting merkbaar zou worden en de meeste gasten maakten de indruk om een uur of elf weer op te willen stappen. Ik kwam erachter dat die mythische Amerikaanse feesten in de fantasie net zo opgeblazen waren als de spreekwoordelijke Amerikaanse autoachtervolgingen over de highroads: in werkelijkheid reden ze hier als oudjes die bang waren dat de 55 mijlslimiet zou worden verhoogd.

'Vind je?' vroeg Brent Gullikson, een vent naast wie ik op de jaaropening volstrekt toevallig gestrand was en die niet alleen vanwege zijn bril een verrassende gelijkenis vertoonde met Brains, de nerd uit de *Thunderbirds*, verouderde SF uit mijn jeugd. Nu zat ik opnieuw naast die eendagsvriend.

Meesterbrein zag eruit alsof hij bij een verkeerskruising liever een kwartier zou staan wachten dan per ongeluk te vroeg rechtsafslaan. Misschien hing het samen met zijn specialisatie die, naar ik begrepen had, runologie was, geen vak waar je Porsche-rijders en spetterende conversaties van mocht verwachten. Maar je wist het nooit met dit soort mensen, misschien koesterden ze geheime passies die opeens konden losbreken.

Ik zag geen kans om hem met goed fatsoen snel van me af te schudden. Het zag ernaar uit dat de runoloog na het kennismakingsetentje een zeker recht op me dacht te hebben. Hij wilde me in elk geval van alles en nog wat uitleggen over futhark en uthark en boeren uit Dalekarlië die tot in de achttiende eeuw nog een soort runentekens hadden herkend. Ja ja ja, interessant allemaal zeg. En had ik wel eens van Ole Worm gehoord? Ole Worm, meen je dat nou, in elk geval een naam om te onthouden: Ole Worm uit Dalekarlië. Enfin, als je van de drank niet dronken werd dan maar van de runologie.

'En de swastika?' vroeg ik om niet al te opzichtig ongeïnteresseerd over te komen.

'De swastika, hoezo zeg, maar dat is helemaal geen rune en zelfs niet eens een Indo-Germaans symbool. Wist je dat zowel Chinezen als Indianen het hakenkruis ook kenden?' Meesterbrein deed zijn uiterste best om zijn minachting voor mijn onkunde om te zetten in leerzame mededelingen. Hij wist natuurlijk al jaren dat zijn specialisme nergens ook maar de minste aandacht trok en dat het zaak was de luisteraar zo lang mogelijk gevangen te houden in een knevelende stortvloed van wetenswaardigheden, tot er toch onvermijdelijk ergens een pauze viel waarin het slachtoffer hoognodig naar de wc moest, om de runen door te spoelen en nooit meer terug te keren. Het lot, het heilige lot van de runoloog!

Ook dit keer lukte het niet met de belangstelling. Ergens in een gaping tijdens zijn betoog, één moment van onoplettendheid wist ik hem alsnog te ontglippen. Sorry, even naar de bathroom. Even later zag hij mij staan praten met een zo te zien wel mooie en imposante vrouw die hij niet thuis wist te brengen, ook nieuw hier. Allemachtig wat een oer-Germaans type, iets waarvoor men runen zou willen bestuderen. En hij besefte dat hij zijn nieuwe luisteraar voorgoed verloren had.

Nooit zou ik meer een woord wisselen met Meesterbrein en in de loop van het collegejaar zouden zelfs onze obligate herkenningsknikjes in de gang van Waindell Hall langzaam uitsterven, zoals de runen zelf, behalve in Dalekarlië dan.

Misschien, bedacht ik namens Brains, die wel slecht tegen alcohol zou kunnen en bij wie zelfs na een paar glaasjes punch de hersencellen allengs vreemdere verbindingen begonnen aan te gaan, misschien moest hij maar eens een vrouw zoeken, een beetje een lekker dikkerdje dat tegen hem en zijn kennis opkeek, met wie hij samen naar de gouden hoorns van Gallehus kon turen en die hem wat nieuwe runologen zou baren. Hij viel vast meer op zulke grote teutoonse wijven als die daar in de verte maar dat was voor hem niet weggelegd; zachte, zeepachtige vrouwen bezweken eerder voor runen dan de vrouwen die er historisch het best bij pasten. Of een man tongzoenen. Ek hlewagastir holtijar horna tawido.

Zijn voormalige gesprekspartner, met wie het nu uit was, ik dus, uw dienaar en voorlichter, was inmiddels in een andere sector van de kamer gearriveerd, daar waar Else zo te zien al die tijd bij gebrek aan beter in de buurt van Apel was blijven plakken. Ik had, nu hopeloos personage Meesterbrein zichzelf naar de vergetelheid had geholpen, onderhand genoeg van het feest, dat maar niet echt van de grond wilde komen. Slappe gesprekken met slaaptabletten die niet uitstegen boven het gebruikelijke geneuzel in academische gangen. Hoe had ik kunnen denken dat dit feest een mooi klik-moment had kunnen opleveren? Wat een saaie en voorspelbare bedoening was het geworden, met nergens bronstige paren in de garage of een gesprek dat je hele gedachtenwereld op z'n kop zette. Ik wilde weg, naar huis. Ik keek op mijn horloge, wachtte nog een paar minuten tot het precies kwart over elf was en zei toen tegen Else: 'Als je nog mee wilt, ik ga er vandoor.'

Ze keek me aan, alsof mijn aanwezigheid haar verraste.

'Met jou?' zei ze, 'nee hoor, jij hebt me veel te veel gedronken.'

Ik te veel gedronken? Van die slappe waterwijn? Hoe kwam die Loreley erbij! En trouwens, had ze me soms al die tijd in de gaten gehouden?

'Rij jij dan,' stelde ik voor. Goeie ingeving zeg.

'Ik? Nee, ik heb ook gedronken.'

Ik probeerde me Elses alcoholinname voor de geest te halen. Meer dan één glas traag gistend ouwewijvensap kon het onmogelijk zijn.

'Nou, graag of niet,' zei ik, 'ga je soms langlaufen?'

Ze kon er niet om lachen, absoluut nul komma nul gevoel voor humor, die Duitsers, een van de laatste gemeenplaatsen die ik in mijn nieuwe omgeving maar eens zou trachten hoog te houden.

Zou ze ooit sniklachend tegen een vriendin hebben aangehangen? De slappe lach kennen? Nou vooruit, beetje giechelen dan? Ik wist niet wat ik intrigerender aan haar vond, haar lichte ogen of haar stijve truttigheid.

'Ik rij met iemand mee die niet gedronken heeft, of ik neem een taxi, straks rij je iemand dood.'

Straks rij je iemand dood, jazeker, zo was het. Ik was, nee beledigd kon je het heus niet noemen – ik was trouwens de achternaam van die hele Else alweer vergeten, wat interesseerde die vrouw me eigenlijk? – verbaasd was het woord, ja verbaasd. Op een of andere manier intrigeerde me een soort spanning die ik tussen ons voelde, en het was zeker geen positieve spanning. Misschien had ik haar beter met iets kunnen complimenteren, haar trui bijvoorbeeld, maar ze wist vast wel dat ze een trui van niks aan had en ze zou het waarschijnlijk als een steek onder water opvatten en terecht. In haar hand knijpen dan, bij wijze van vertrouwelijkheid en om haar het beste te wensen op de rest van het feest. Maar nee.

Even later reed ik in m'n eentje naar huis, niemand dood. Want weet je, er loopt 's avonds laat en zeker met zulk weer geen hond op straat in zo'n noordelijke Amerikaanse stad. Veel te koud en te eng. Vandaar ook die fluitjes.

II

Oerzee

Conceptuele kunst, geen twijfel mogelijk. Techniek nul. Niet bij een meester in de leer geweest, geen kneepjes van het vak geleerd. Gewoon je vriendin een camera in handen gedouwd en ze heeft je gefilmd, onder de douche, ogen dicht, gezicht een beetje verwrongen, een ouderwetse gargouille, water gutsend over je kop, langs de kin, over je borst. Almaar door. Geluidloos, niet het traditionele douchebelcanto maar je geniet toch, dat is duidelijk. En dat alles op de meest publieke plek die zich maar denken laat, het ondergrondse treinstation bij Schiphol. Toen ik er aankwam om naar de Nieuwe Wereld af te reizen, nu vier maanden geleden, hing de man er te douchen, hemels verrukt onder de hoosbui of misschien huilde hij wel tranen met tuiten, je weet maar nooit, en als hij niet gestorven is dan doucht hij er ongetwijfeld nog steeds. Eindexamen Rietveld schat ik, ideetje uitgevoerd, ik hou er meestal niet van maar dit filmpje biologeerde me. Bedenksel. Leuk. Intiem moment op het centrale plein. En wat me nog het meest intrigeerde: de eindeloze doucher lijkt niets te zien, niet te weten waar hij zich bevindt. Hij doucht de hele dag door met zijn ogen dicht, de idioot in het bad.

Ik ook ogen dicht maar ik weet zeker dat ik niet op station Schiphol sta te douchen, te kijk voor alle passagiers. En er staat niemand met een camera klaar om me te filmen. Daarom film ik me in gedachten zelf.

Er is een tijd geweest dat ik me niet wilde douchen. Eind jaren zestig. We hadden net onze eerste watersproeier thuis ontvangen, tot dan toe wasten we ons in een zinken teil, of we werden gewassen, ja zo zal het wel zijn gegaan. Ook ging ik wel eens met mijn vader mee naar het badhuis, een wonderlijk gebouwtje in een achterbuurt in wording, inmiddels monument geworden maar toentertijd deel uitmakend van de gewone, alledaagse wereld – soms prijs ik me gelukkig dat ik nog een glimp heb opgevangen van dat verleden, van een opa die een holle kies met een stuk kurk vulde, van de molen bij mijn tante om bonen in te snijden, van de toverlantaarn, ja kinderen, ik heb nog met mijn vader in het badhuis gestaan! De douche hoorde bij de grote sprong voorwaarts die de wereld in mijn jeugd opeens maakte, 'a giant leap for mankind' riep Neil Armstrong vanaf de maan en vatte zo naast zijn eigen hupje voorwaarts alle vooruitgang samen en vooral ook de gedachte dat vooruitgang goed was. Profijtelijk. Het leek wel of binnen een paar maanden heel die oude zinken, houten, achterlijke, trage en precieze wereld overboord werd gekieperd. Er verschenen Fiatjes 500 en Opel Kadetts in onze straat, kolenkachels werden ingeruild voor centraleverwarmingsbuizen, her en der kwamen televisietoestellen in kamerhoeken te staan, eieren en vleeswaren werden uit de kelder gehaald en voortaan in de koelkast gestald, wringer en wasbord maakten plaats voor het cyclopenoog van de wasmachine waarin ik en mijn zusjes gefascineerd staarden naar de woest slingerende was. En de douche. Ik was erbij, ooggetuige van het welvaartswonder. Maar ónder de douche wilde ik voorals-nog niet. Eén keer per week hoefde het aanvankelijk maar, op vrijdagmiddag, alsof we nog een beetje huiverig waren voor de gevolgen van het douchen, niet te vaak, je weet nooit wat voor effect het op de gezondheid heeft. Middeleeuwers die ergens in een weiland een vreemd rund zien staan, op vier ronde rubberen poten, een zilver glinsterende bek, ogen van glas. Nieuwsgierig komen ze aangeslopen, de manhaftigste gebaart naar achteren dat het wellicht geen kwaad kan maar toch: voorzichtigheid geboden!

Het is inmiddels onbegrijpelijk, maar ik wilde me niet wassen, edelachtbare. Maar omdat ik toch de schijn moest wekken van een wekelijks stortbad hing ik het douchegordijn aan de binnenkant van het bad zodat het water niet over de vloer liep, draaide ik aan de doucheknop en hield ik met mijn kleren aan mijn hand zo nu en dan onder de straal, zodat de omstanders wel zouden denken dat ik stond te douchen. Alsof de hele familie aan de deur stond te luisteren of het me zou lukken. Misschien had ik het van koning Hazevoet, kinderboekenheld uit mijn jeugd, kent u die schrijver, Daan Zonderland? Nee natuurlijk, nooit vertaald. Enfin, die wilde zich ook niet wassen, Hazevoet bedoel ik, maar werd er door zijn onderdanen toe gedwongen. Dus ging hij met tegenzin zijn koninklijke badkamer binnen om na afloop te bekennen: 'Ik heb helemaal geen bad genomen, ik neem nooit een bad. Ik maak alleen mijn haren maar nat. En de plons die iedereen hoort en waarom iedereen zo hard hoera roept is het lawaai dat ik maak met mijn zwaard in het water. Ik steek het stuk badzeep aan mijn zwaard en roer dan hevig in het water. Dat klinkt precies alsof ik zelf in het water plons. En dan ga ik rustig op de rand van de badkuip zitten en roer nu en dan opnieuw in het badwater met mijn zwaard. En dan verkondigt de kanselier plechtig dat ik schoon ben.' Wat een kinderboek niet allemaal vermag! Houden de schrijvers ervan daar wel rekening mee? Of is het gewoonweg onmogelijk te voorzien wat je met schrijven allemaal in de geest van de individuele lezer aanricht? Van Roland Barthes heb ik geleerd dat het in de eerste plaats de lezer is die bepaalt wat een boek betekent. Barthes, jazeker, even college, ze hebben me niet voor niks naar Amerika gestuurd!

Net als zijn initiaalgenoot Patrick Bateman uit *American Psycho* vermoordde de Canadees Paul Bernardo, gekleed in dezelfde merkkleding als Bateman, rijdend in een soortgelijke auto en wonend in hetzelfde soort yuppieappartement, op gruwelijke wijze een stelletje tieners. Life imitates art. Nou en? Is intussen wel wat anders natuurlijk, een stortbad veinzen of iemand vermoorden. Niet alles nivelleren a.u.b.

De douche is een vruchtbare plaats voor dit soort overpeinzingen, geen wonder met zoveel water. Dat waar we uit zijn gekropen om aan land te gaan en waar we weer in kruipen om te ontdekken wat we intuïtief al wisten. Eureka. Iemand zou eens moeten onderzoeken of het verschijnen van de douche in ons leven de cultuur en a fortiori de literatuur heeft veranderd. A fortiori, zeg hou eens op.

Door een floers van water zie ik nog even het planchet aan de overkant, met de zeepdispenser, het doosje wattenstaafjes, de beker met de tandenborstel en, al vager, de aftershave, niks bijzonders hoor, gewoon het groene flesje Fresh Up van Valdelis dat ik uit Nederland heb meegenomen. Als om afscheid te nemen van het concrete leven. Dan sluit ik de ogen en ga op reis. Terwijl de regen hard op mijn schedel petst en al wat zachter op mijn bovenlichaam om ten slotte helemaal verdruppeld beneden aan te komen, heb ik me in mijn hoofd begeven, waar de eeuwige hersenspinsels golven en de gedachten ruisen om wakker gekust te worden.

Ze zeggen dat het verstand er zetelt maar dat van mij zei al na een paar minuten de rationele overwegingen vaarwel. Jezelf inzepen is jezelf strelen en koesteren, de commercials liegen daar niet over. En al stond ik overwegend in rust, zo'n beetje als de *David* van Michelangelo, toch veegde ik de vlokken schuim over mijn borst, het water biggelde over mijn schouders naar beneden, langs sleutelbeen en tepels, ik probeerde, met toch even een oog voor een kwart open, die ene uitverkoren druppel te volgen, maar hij verdween tussen zijn broertjes en zusjes, versmolt met zijn verwanten, werd water, water, water. Je voelt je een jong meisje, ja heus. Terloops raakte ik mijn lul aan, helemaal van mij, vooral hier waar hij zich ongezien kon tentoonstellen, vreemde glijbaan in dat waterpark, de vlokken bleven er even omheen hangen als om uit te rusten en dan weer verder te vallen, er liep ook een straaltje uit alsof ik stond te urineren maar ik wist zeker dat dat niet zo was, zoiets voel je ondanks alles wel in die enorme waterhuishouding, bovendien is je urine net wat geler.

Nu ik er toch in de buurt was streelde ik hem even, de trouwe vazal. Ik hoorde mijn moeder zeggen: je moet je dingetje goed schoonmaken en ze liet zien hóé, opende het tuitje en veegde er een beetje smeer uit. Ik huiver. Zie je, zegt ze. Ik kijk griezelend naar het blote eikeltje, dat er zo kwetsbaar bij ligt, zo een en al zwellichaam en slijmvlies. Het behoort tot de dagelijkse hygiëne om het smegma achter de rand van de eikel weg te wassen. Also sprach Zarathustra. Trouwens zwellichaam, slijmvlies, smegma? Die woorden kende ik toen nog niet hoor.

Dertig jaar later stond ik voor ik het wist onder de douche in Het Land van alle Vooruitgang aan mijn lul te trekken, het warme vleeskokertje noemt Van Deyssel het en ook hij draaide eraan, die benaming zal me nooit meer verlaten. Eerst graaide ik maar een beetje, alsof het allemaal een soort toeval was, daarna trok ik er gedachteloos aan alsof het nog bij de wasbeurt hoorde, maar allengs stond ik me daar af te trekken.

Masturberen onder de douche heeft iets van tegen de stroom in roeien. Het neerstortende warme water probeert hardnekkig je lul te verschrompelen tot het lieve onschuldige plassertje uit je jeugd; alleen door hem te masseren en eraan te rukken zorg je ervoor dat hij zijn normale proporties behoudt en nu je toch bezig bent kun je net zo goed doorgaan en zwelt hij tegen de kracht van die neerbuigende waterval in, tot een fikse erectie. Beschaafde vorm van koro, kent u dat verschijnsel? Genitaal retractiesyndroom; hebben ze in Azië nogal eens last van, bang dat hun penis verdwijnt hangen ze er allerlei voorwerpen aan. Pas als-ie stijf is komen de vrouwen erbij, als door al die waterbeweging aangetrokken nixen. De onontbeerlijke geile wijven, de animeermeiden, de sjieke hoeren, de nette dames in mantelpakjes.

Ik begon met Clau...

Wacht even, daarin zijn lezers niet geïnteresseerd, zo is onlangs na de nodige leesonderzoeken gebleken, dat slaan we dus over, dat vult u zelf maar naar believen in. Ga gerust uw gang. Alles toegestaan, geen gedachtepolitie hier, laat uw eigen vrouwen (of mannen) maar binnenvallen...

...pijpte, jazeker, dat deed ze, al kon ik me daar in werkelijkheid niks van herinneren, en het witte vocht waar mijn moeder het toen ik klein was nooit over had gehad gulpte onder een paar lichte krampen uit de tuit, waarna het dier met de verpieterende stijve zich er triest van vergewiste dat het hele defilé met water en al het putje in biggelde. Ja jongens, weer een heel volk naar de filistijnen geholpen! Tot slot bladerde ik voor de zekerheid nog even goed door mijn natte dromen om er helemaal zeker van te zijn. Inderdaad, de struise Duitse was nergens te bekennen.

Trouwens, het woord douche is ontleend aan het Frans en komt van het Italiaanse doccia, buis, of van doccione, pijp. Waarom wil ik dat soort dingen toch altijd weten?

III

Sigaretten, bagels, koffie

Het feest in het Witte Huis van professor Galinsky raakte al snel weer vergeten. De bellen in Waindell Hall zoemden het ieder academisch uur een beetje verder weg de geschiedenis van non-events in, de bewoners leegden hun postvakjes in het secretariaat, professor Clausthaler sprak over de grote Georg Lukács, professor Hirschwald oreerde over de rol van de animeermeiden in westerns en professor Gullikson vertelde dat de Elchrune naar alle waarschijnlijkheid van een dubbel hertengewei was afgeleid.

En na afloop van al die geweldig interessante colleges stroomden studenten en docenten gezamenlijk door de gangen op weg naar nieuwe vorderingen van de geest plus broodjes en drankjes. Soms vergat professor Orbaan zelfs helemaal dat dit de Midwest was, graanschuren, tractors, icefishing 's winters.

Maar voorlopig was ik de enige op de overloop van het trappenhuis. Nou ja, een moet de eerste zijn. En gek, al was er niemand om me te observeren, toch probeerde ik mezelf een houding te geven: zo stond ik als in een Engelse college novel met mijn elleboog geleund in het hoge venster, waarmee het immense edwardiaanse gebouw uitzag op een grasveld, maagdelijk blank vanwege de vannacht vers gevallen sneeuw – wees mijn houding op verveling of introspectie? Of nee, het was denk ik neotudor. Ik heb niet echt verstand van architectuur, als ik aan kom rijden zie ik slechts dat Waindell Hall exuberant is en kolossale schoorstenen in de lucht steekt. Op het eerste gezicht had het gebouw een overweldigende indruk op me gemaakt, met zijn imposante bordes en die schoorstenen. Alsof wie er lesgaf ook direct een Cambridgeachtige allure kreeg. Alles zo heel anders dan de betonnen kraamkamer waar mijn eigen academische loopbaan ter wereld was gekomen. Maar vanbinnen was het uitgehold en sfeerloos, alsof het verkeer van studenten en docenten het gebouw langzaam had leeggevreten. Alles grijs of grijsbruin met hier en daar iets snotgroens, de marmeren vloeren, ooit ontworpen door iemand met een klassieke neus, uitgesleten en vervuild. En het was er altijd, ook in de zomermaanden, snoeiheet, dertig graden of meer omdat een of andere gek er de kachels tot vulkanen opstookte.

Mijn voor vandaag geroosterde colleges moesten nog beginnen. De bel die elk uur de lessen afkondigde had nog niet geklonken en het verkeer dat dan de trappen op en af ging, moest nog op gang komen. Ik floot zachtjes voor me uit. Een oerdeuntje: Een twee drie vier, hoedje van, hoedje van. Tot ik mezelf erop betrapte en er schielijk mee ophield.

Het lijkt misschien of ik op de uitkijk stond maar dat was zeker niet waar. Trouwens, op wie zou ik daar moeten wachten? Niemand toch zeker? Niemand hield me bezig, dat durf ik met de hand op m'n hart te verklaren. En zeker niet op de manier die men in dit soort gevallen veronderstelt, of zoals films graag suggereren met een dromerige, intense of voluit hunkerende blik, ad libitum. Het was een zuiver platonisch wachten, of zelfs dat niet. Een doodgewoon wachten zonder ook maar de minste teleurstelling dat er niemand komt opdagen. Zoals je voor een stoplicht wacht. Ik merkte wel dat mijn gedachten ergens omheen draaiden maar dat betekende niets. Dat doen ze zo vaak en bij zoveel gelegenheden. Ik registreer het nu alleen maar bij wijze van punctie. Hier ben ik, hier sta ik, in de rokersvleugel van Waindell Hall, University of Minnesota, Twin Cities, USA, en ik verwacht niemand, waarvan akte.

Om de tijd verder te doden en me een bezet air te geven las ik het foldertje dat ik vanochtend in mijn postvak had aangetroffen. Intussen zoog ik de rook van een sigaret naar binnen. Zo nu en dan nam ik een slok uit een bruin plastic bekertje met koffie of wat daarvoor doorging. Ook wierp ik blikken op de grote klok in de gang, zodat ik al met al toch nogal bezig was. Om precies elf uur, precies op het moment dat de kleine wijzer de XII passeerde, nam ik me voor eventjes een eindje de trap af te lopen, zogenaamd in gedachten verzonken maar in feite om niet het gevoel te hebben dat ik niks te doen had, misschien kon ik wel even naar het toilet. Daar heb je Flipper, Flipper, hij is geweldig, wat een dolfijn, om trots op te zijn! Nu ik me opnieuw realiseerde wat ik tussen mijn tanden door floot wilde ik ermee ophouden, maar dat lukte dit keer niet erg. Kenden ze die hier ook, Flipper?

Het trappenhuis in de oostvleugel van Waindell Hall was de enige locatie in het gebouw waar je mocht roken of misschien mocht het niet eens, dat wist ik niet zeker, maar dan fungeerde het toch als een soort officieuze vrijplaats. Hier stond het handjevol studenten en docenten dat nog niet bevangen was door het Amerikaanse gezondheidsvirus, want zo mocht je het wel noemen. Het was daardoor tevens een plek van de geest. Je wist natuurlijk nooit zeker of de conversaties ter plekke werkelijk scherper en de grappen sarcastischer waren dan in de rest van Waindell Hall, maar feit was dat in de academische kwartiertjes hier een kritischer geluid leek op te stijgen dan elders. Van koffie en tabak werd de mens immers wakker, dat weet iedereen! Verslavingen zijn er niet voor niets. En het kwam misschien ook omdat de academici hier noodgedwongen stilstonden in plaats van ijverig naar iets belangwekkends toe te lopen of deel te nemen aan de werveling van het bestaan.

Door het gebruik ervan te isoleren van het gezonde deel der natie was roken in Amerika tot een soort uithangbord geworden voor iets dissidents, iets wat zich leek af te zetten tegen de klassieke bustes van Goethe en Schiller elders in het gebouw, die als enig anarchisme in hun buurt duldden dat een stelletje lolbroeken een paar keer per jaar een honkbalpet op hun marmeren schedel drukte of ze een das van de Timberwolves omstrikten. Gek genoeg tijdloze humor, die volvette anachronismen, maar het leek een beetje te passen in de studentencultuur hier, waar ze om te laten zien dat men ook in de Nieuwe Wereld eigenlijk uit de Oude kwam, bijvoorbeeld ook graag in huizen met Griekse letters woonden, Psi Omikron Pi.

Iemand als Apel Clausthaler zag je niet in dit trappenhuis, om van Brent Gullikson (ik neem me, met dank voor zijn gastoptreden, voor zijn naam niet meer te noemen) maar helemaal te zwijgen. Wel passeerde Martin Galinsky van tijd tot tijd in zijn eeuwig onthechte filologenstemming, allicht omdat hij als enige 'full' professor was en ook de rokers onder hem vielen en hij zich voorgenomen had geen onderscheid te maken tussen liefhebbers van een gezond leven en zelfmoordenaars. Overigens scheen de bekende tweedeling op de faculteit tussen filologen en structuralisten hier voor de duur van een sigaret niet van toepassing. De rokers vormden een oecumenische gemeente want zo te zien had iedereen wel zijn eigen, persoonlijke redenen om ongezond maar scherpzinnig te staan inhaleren en kringelen.

Ook ik stond hier niet omdat deze omgeving me zoveel goeds beloofde maar omdat ik trek had in de levensgevaarlijke lekkernij.

In de Oude Wereld was het zover nog niet, maar in de Nieuwe rolde juist een intimiderende golf van antirookcampagnes over het land. Al in mijn eerste dagen in de Verenigde Staten was ik erachter gekomen dat het tabaksgebruik, dat de westerse wereld tenslotte van de indianen op dit continent had afgekeken en vervolgens in zwart-witfilms uit Hollywood tot grote, democratische hoogte had opgestuwd, op datzelfde grondgebied ook weer werd uitgeroeid. Het Hubert Humphrey-vliegveld waar ik op een doordeweekse, regenachtige avond in september gearriveerd was, stond niet toe dat je na de urenlange rookvrije vlucht ook maar ergens een sigaretje opstak, zelfs buiten was er een aparte plek voor de viespeuken aangewezen. In restaurants werden rokers gedwongen extra lang in de rij te staan omdat er slechts een of twee tafeltjes voor jouw ondersoort gereserveerd waren, vlak bij de wc's als het even kon – ze dachten zeker dat iemand die rookte toch niks meer rook, haha. En in mijn eigen appartement was ik na een etmaal op het keukentrapje geklommen om het brandalarm onklaar te maken dat als een speenvarken begon te gillen telkens wanneer ik er met een kringeltje rook in de buurt kwam. Het was zaak niet direct voor deze intimiderende signalen te buigen, toch besloot ik ze wel in mijn hart op te slaan.

Als je dan toch tegen de zin van de Verenigde Staten in wilde blijven paffen moest het maar in dit soort nicotinegetto's, waar van lieverlede een soort subcultuur ontstond.

Ook mijn eigen studenten zag ik hier nauwelijks, dat waren allemaal van die gezonde jongens en meisjes, zo uit de highschools gerold om Duits te studeren, omdat hun overgrootouders uit Mecklenburg hiernaartoe waren gekomen of omdat Duitsers zo'n goede naam hadden of gewoon omdat ze niks beters wisten te bedenken. Ze schenen niet eens gebruik te willen maken van het recht van overpad dat het rokershol hun gunde en namen liever een ander, verder gelegen maar heel wat frisser trappenhuis om van verdieping te wisselen en voor de lunch over het knerpende sneeuwtapijt naar The Egg and I of Fingals Bagels Cave te lopen.

Het ei en ik en even vroeg ik me af wie behalve het ei ik dan eigenlijk was, meer niet: wie ben ik? Het was een gedachte als een langsjagende ambulance, eerst vaagweg die sirene die zich ongemerkt in je bewustzijn boort, dan de trage alarmtonen, dan opeens heel dichtbij, snel, er is haast geboden, dan langzaam en ongemerkt weer weggeëbt, Nachklänge von Ossian. Het dopplereffect van je gedachten. En weg weer!

Op dat moment kwam Mike me gezelschap houden. Wat Mike, die geloof ik Langholm of Langholz van achteren heette, doceerde of studeerde zou ik eerlijk gezegd niet precies kunnen zeggen, maar hij was op een of andere wijze aan het Scandinavisch Instituut verbonden, dat ook in Waindell Hall was ondergebracht. Het eerste wat de kijker aan hem opviel was zijn imposante kaaklijn, wat hem iets van een houthakker of skileraar gaf, een misleidend beeld dat hij probeerde tegen te spreken door ieder moment dat hij vrijaf had van zijn academische verplichtingen er hartgrondig op los te roken.

Ik keek hem aan, in dat gezicht van Amerikaanse atleet dat hij probeert te logenstraffen met die stinkstok, de krachtige kin, de helderblauwe ogen. Meisjes vielen als een blok voor hem, hij zou ze redden als ze struikelden of dreigden te verdrinken. Maar waarom onze All American Guy in godsnaam Scandinavisch was gaan studeren in plaats van basketbal? Misschien toch iets wat streed met zijn uiterlijk, toch een atleet maar dan een mentale. En nu zag ik dat hij weliswaar die krachtige sportkop had maar toch ook een wat kromme rug, misschien was hij door de dokter wel afgekeurd voor basketbal. Een persoonlijk drama. Jammer jammer, beste hunk, een lichte scoliose. Heeft tien procent van de bevolking, niks aan de hand, denksporten zijn natuurlijk geen probleem.

'Ook gehad?' vroeg ik terwijl ik hem het foldertje liet zien dat ik vanochtend uit mijn postvak had gevist. Mike was direct begonnen een sigaret te draaien want hij rookte ook nog eens shag, wat hem tot een nog zeldzamer exemplaar maakte dan de gemiddelde Amerikaanse roker want om de passende vloeitjes te krijgen moest je naar winkels waar ze ook wierookstaafjes verkochten, boeddhistische tantra's en ander vaag, licht gezins- en gezagsondermijnend spul.

'Wat voor?'

'Sexual harassment.'

'O die, krijg je ieder jaar. Niet van Wippenstein met de stuudjes, liever ook niet mee uitgaan om geen misverstand te wekken, bedoel je die?' Mikes taalgebruik had iets gewild puberaals dat me tegelijk imponeerde en flauw voorkwam.

'Ja, die. Krijgen studenten er ook een? Lijkt me wel zo fair. Geen decolletés a.u.b., bij gebleken charmes graag onopvallend achter in het lokaal plaatsnemen, eventueel thuisblijven en een transfer naar Starbucks Coffee. Ja toch?' Verkeerd, dacht ik terwijl ik mezelf hoorde, mislukt, ik doe te makkelijk mee. Dat was werkelijk een probleem; maar ik was er nog niet helemaal achter wat het gevoel voor humor van Amerikanen nou was. Áls ze al een algemeen gemiddelde voor humor hadden natuurlijk want je mocht niet generaliseren.

'Ook bekend als de onthoudingsbrief. De rector magnificus raadt je eigenlijk aan 'm er maar af te halen.'

'Met een Moulinex bedoel je? *La dernière femme*?'

Weer verkeerd. Moulinex? *La dernière femme*? Waar had ik het in godsnaam over? Ik zag dat Mike de hint miste, hij keek me vragend aan.

'O, Franse film, Gérard Depardieu haalt aan het eind zijn pik er met een elektrisch keukenmes af.'

'O oké, don't try this at home. Yes sir, zoiets.'

Eindelijk had hij zijn shaggie voor elkaar, het was weer eens een pierdun exemplaar geworden, zo strak gedraaid dat het in het vervolg telkens uit zou gaan.

Daar ging de bel, of althans de zoemer die iedereen nog een bel noemde. Binnen een minuut zou het trappenhuis nu vollopen met tabaksverslaafde studenten en docenten van beiderlei kunne, die als het goed was allemaal die ochtend de jaarlijkse vermaning aangaande sexual harassment in de bus hadden gekregen. In alle hoogleraren, dominees, psychiaters en studenten gingen nu eenmaal bronstige gorilla's en geile teefjes schuil; de rector magnificus wist er alles van en had het sermoen ondertekend.

Echt Amerikaans, zo'n briefje. Om te voorkomen dat een gedupeerde je voor de rechter sleepte en een miljoen van je eiste omdat je verzuimd had de wereld te waarschuwen, stonden alle Verenigde Staten volgetimmerd met dergelijke borden: Doe het niet kerel! Je kunt eraan overlijden! U betreedt dit geschenk Gods op eigen risico! Een land vol durfals, op de kop gezeten door wezels.

Mike was alweer naar zijn onbekende noordse bezigheden vertrokken en had plaatsgemaakt voor Else en Apel. Die twee zouden toch niks hebben? vroeg ik mij ineens af. Hoe dan ook, met z'n drieën gingen we lunchen in een restaurant dat geheel in het teken stond van het broodje met gat: Fingals Bagels Cave. Het winkelcentrumpje, lieflijk Cherrytown geheten, lag vlak bij Waindell Hall, en bestond behalve uit academische boekhandels en drugstores voornamelijk uit eetgelegenheden en koffiehuizen. Op straat was een constante beweging van studenten en docenten gaande, groepjes, enkelingen, mensen zoals wijzelf. Op een strookje gras tussen twee voetpaden stond een meisje met een bord JESUS IS THE ROCK! Het zou zóveel schelen als de mensen dat nou eens geloofden! Iemand had me verteld dat de CIA in deze buurt mensen ronselde. Waarvoor, vroeg je je af. Hoe open en democratisch ook, een land zonder actieve geheime dienst nam zichzelf kennelijk niet serieus.

Zoals in alle restaurantjes in de buurt van de campus was het ook bij Fingals een rommeltje vanjewelste. Men kwam er weliswaar in de eerste plaats om er de populaire ronde, doorboorde broodjes te eten, maar de locatie werd tevens gebruikt als studie- en discussieruimte. Misschien had Mr Fingal bij de opening van zijn zaak nog de illusie gehad dat er nette bezoekers zouden komen die op gepaste wijze de broodjes en de drankjes zouden nuttigen en daarna weer zouden opkrassen (het was een goed Amerikaans gebruik om ervoor te zorgen dat er flinke doorstroming in je zaak was; te lang blijven hangen werd als een affront beschouwd en misschien zelfs als een economisch delict), maar dat was op de campus nu eenmaal onmogelijk. Van lieverlede was zijn bagelzaak dan ook veranderd in een soort hang-out van de universiteit en omdat de kleine ronde tafeltjes hardnekkig bleven doen of ze alleen maar tegen servetjes en papieren bekers bestand waren, bloesden overal de boeken en de paperassen van de academische stand over.

Maar Amerikanen, zeker de zakenlui en kooplieden onder hen, lieten zich niet zo snel uit het veld slaan. Nu bleek dat de omloopsnelheid van de koopwaar en de klandizie te wensen overliet gingen de prijzen van de bagels omhoog, maar daarvoor mocht je dan ook lekker een tijdje blijven hangen. Je huurde als het ware een zitplaats, zoals lieden van aanzien vroeger in de kerk een stukje bank. Bij de aanpalende Burger King moest je daar niet om komen. Ook daar dreigden sommige bezoekers wel eens studieus te worden, maar er stond bij de ingang een bordje dat je niet langer dan een halfuur op de 'premises' mocht blijven, dan moest je oprotten, of een nieuwe consumptie bestellen natuurlijk. De klant mocht dan koning zijn, de Burger King was toch nog altijd baas boven baas.

Enfin, en het eten was natuurlijk ook veel beter bij Fingals.

Terwijl ik alvast een tafeltje bezet ging houden, deden Else en Apel de bestelling. Ik had een sesamy chicken opgegeven, zoals altijd sinds ik hier bagelde, met een frozen yoghurt. Small, niet zo'n teil alsjeblieft.

'Ik vrees,' zei ik toen Else het gevraagde voor me neerzette, 'dat ik hier nooit iets anders ga nemen. Sesamy chicken, my treat.'

'Ik neem geen vlees,' zei ze terwijl ze een servetje uit de houder plukte, 'en zeker niet hier.'

Jezus, wat een principiële vrouw, dacht ik, ik zou denk ik gestoord van haar worden. Misschien wat voor Apel? Maar Apel mocht dan ideologisch gesproken wat strak in zijn vel zitten, voor de bevrediging van stoffelijke lusten draaide ook hij zijn hand niet om. Bertolt Brecht had ook van vrouwen en sportauto's gehouden, wisten we dat wel? Apel vond het leuk de verse krachten uit Europa op te voeden in zijn favoriete melange van socialisme en materialisme. Brecht, dat was een echte 'Lebemann' geweest!

Ik nam een hap uit mijn bagel, zodat aan alle kanten de kipsalade eruit gulpte. De spil van alle overvloed, dacht ik, eten... Apels opgewekte politieke opportunisme verbaasde me, die moeiteloosheid om het linkse gedachtegoed met genotzucht te combineren. Zelf had ik in mijn puberteit haar tot over mijn schouders gehad en een legerjasje gedragen, dat toen Vietnamjasje heette, mijn contributie aan de geest des tijds. Het voelde alsof het inmiddels op een oude schoolplaat thuishoorde, ondertitel: de jeugd demonstreert tegen de oorlog in Vietnam, 1969. Het gevoel was allang verdampt, wat ervan restte was een onbestemd gevoel van anarchisme, verzet tegen welke orde dan ook, of misschien nog meer tegen degenen die orde predikten. Je tegenstander ontmaskeren, altijd maar ontmaskeren tot er niets meer te ontmaskeren viel.

Apel vroeg of we gisteravond de State of the Union van de regerende cowboy nog hadden gezien. Ja, knikte ik en nam een nieuwe hap, maar Else zei dat ze nooit televisie keek, wat een Schund zeg, die Amerikaanse televisie. Ik vroeg maar niet hoe ze dat dan kon weten.

'Is ook zo, is ook zo,' zei Apel, 'maar je moet toch peilen waar je je bevindt.' Nou ja, je zag natuurlijk direct dat Reagan glashard over die hele kwestie van wapens aan Iran had staan liegen. Alle Amerikanen zagen dat, ze gaven het zelfs min of meer toe op het nieuws, maar niemand vond het erg. Het interesseerde ze geen flikker, echt. Als je maar goed en geroutineerd loog. Dat was het wezen van deze wereld, je kon beter geolied liegen dan stumperig de waarheid spreken, zoals zijn voorganger, de brave christelijke pindaboer. Dat was dus wat al die geëmigreerde volkeren onderweg hadden geleerd, de waarheid stond bij de schijn ten achter. Waarheid was armoede, schijn rijkdom. Zelfs Hitler had dat al ingezien, in *Mein Kampf*, dat agitprop leugens verspreidde die tot waarheid werden.

Apel knikte tevreden met zijn eigen waarheid, hoe sjofel ook. Ik vroeg me af of hij Hitlers woorden wel correct weergaf maar verbaasde me er vooral over dat hij *Mein Kampf* gelezen had. Of zwetste hij maar wat?

'Nou nou,' zei ik, terwijl ik net een afgevallen klontje kip had weggewerkt, 'of de Sovjet-Unie zo waarheidsgetrouw is. Mensen die iets vinden wat niet bevalt maar direct wegstoppen. Toch? En wordt er in de Doema soms niet braaf geklapt bij alles wat de grote leider beweert?'

'Dat is een rituele vorm van democratie,' zei Apel, 'niet toe te juichen, geef ik toe, maar altijd nog beter dan de schijnheilige versie, zoals hier.'

'Waar hebben jullie het over?' vroeg Else, 'hebben jullie niks anders om over te praten?'

'En in elk geval hangen ze in de VS geen grote roergangers aan de muur,' voer ik bevlogen voort, 'kijk maar om je heen, in Rusland zou er direct zo'n varkenskop ingelijst aan de muur hebben gehangen, nog helemaal afgezien van het feit dat je er geen bagels met kipsalade kunt krijgen.' Ik realiseerde me dat ik twintig jaar geleden nog anti-Amerikaanse slogans had lopen roepen en de Verenigde Satan nu leek te verdedigen. Renversement des alliances zogezegd, maar wat was daar op tegen, je moest zorgen niet vast te roesten, ook niet in politieke principes. En ja, het land beviel me nu eenmaal, beter dan de ingestudeerde, programmatische praatjes van Apel tenminste. Maar als ik heel eerlijk was was ik helemaal niet zo politiek bewust, mijn geweten reageerde alleen maar op wat anderen zeiden. Trouwens, ik moet gaan, jongens. De studenten wachten.

IV

O, rijkdom van het verleden!

Het klonk natuurlijk goed en indrukwekkend, Professor of Germanic Studies, maar in m'n hart wist ik dat het niet zoveel voorstelde. Nog net niet zo weinig als in Italië waar de eenvoudigste dorpsonderwijzer zich met 'professore' laat aanspreken, maar veel scheelde het niet. Alleen in West-Europa had je nog echte professoren, vooral in Duitsland, waar je zelfs een soort extra proefschrift moest schrijven, 'habilitieren', om het te worden. Wat moesten die Duitsers wel van die slappe Amerikaanse professoraten denken, daar keken ze natuurlijk geweldig op neer! Anderzijds waren ze ook weer hypergevoelig voor titels, die ze het liefst overal opplakten, boven hun brievenbussen, in het telefoonboek, als ze een keer iets op tv mochten zeggen. Beter professor in de Verenigde Staten dan helemaal niks tenslotte.

Wat je er ook van mocht vinden, het beviel me uitstekend, die titel 'Professor' op het I-94-formulier dat me werk in de Verenigde Staten toestond. Prof, dat was ik immers nog nooit geweest. Pietje Bell in Amerika. Maar bij mijn eerste stappen op Amerikaanse bodem had ik de beperkte houdbaarheid van mijn zo recentelijk toegenomen eigenwaarde direct ingepeperd gekregen. De douanebeambte had geen enkele moeite gedaan om af te wijken van de klassieke brigges; hij had me achterdochtig aangekeken en me zelfs gevraagd wat dat betekende 'G.S.' alsof het een onbekend virus was dat ik had meegesmokkeld van het Europese platteland om zijn landgenoten te vergiftigen. Germanic Studies, en wat mocht dat dan wel wezen? Wat kun je doen tegen zoveel wantrouwen? Had ik hem misschien mijn artikel in *Monatshefte für*

Deutschsprachige Literatur und Kultur, vol. 16 (1983), pp. 76-96 onder de neus moeten duwen?

De colleges van professor Orbaan in zaal 113 op de eerste etage van Waindell Hall gingen dit semester over de Duitse romantiek, verplichte stof voor tweedejaars. Als je in dit land ooit Duits wilde doceren kon je er niet omheen die wonderbaarlijke periode te leren kennen waarin schrijvers, schilders en componisten opeens wouden en draken waren gaan oproepen, en smeltende blikken tussen gelieven en duivels die zieke kinderen achtervolgden, of eenzame orgeldraaiers die over 's heren wegen dwaalden.

Zo werd er hier natuurlijk niet over gepraat, het was geen kleuterschooltje. Men had het over de Tweede Romantische School, de Heidelberger schrijvers, het cultuurkarakter van *Des Knaben Wunderhorn*, het ontstaan van de filologie.

Maar ik begreep heel goed dat je het een beetje smeuïg moest brengen want de meeste studenten hier beschouwden Duits weliswaar als een taal die ze moesten leren, maar de bijbehorende literatuur als een vervelend gezwel, goedaardig allicht, maar vanzelf weg ging het niet. Talenstudies waren in dit rijk van de toekomst niet langer alfawetenschappen die je dichter bij de rijkdom van de geschiedenis en de cultuur brachten, maar een soort gammastudies, tovermiddelen om met collega's in het buitenland te corresponderen, andermans huishouden te begrijpen, de vreemdeling iets aan te smeren. Ik zou er iets van moeten zien te maken als ik wilde voorkomen dat mijn studenten aan het eind van de lessen nog altijd dachten dat Biedermeier een hoogleraar Germaanse talen was.

Niet dat de studenten het me erg moeilijk maakten. Ik vond ze een stuk gezeglijker dan ik me uit mijn eigen studietijd in de betonnen doos herinnerde. Maar daar zat 'm ook juist de kneep. Het leek wel of ze alles voor zoete koek slikten, om maar zo snel mogelijk een credit te halen en door te hollen naar het volgende college. Kritische vragen leken taboe, wie de boel ophield met eigen wijsheid kreeg verwijtende blikken: studenten waren hier wezens met een doel en met haast. Plichtmatigheid was nu eenmaal een groot goed in de Nieuwe Wereld. Van echte academische chemie kwam op die manier natuurlijk niet veel terecht.

Ik kwam de collegezaal ietsje te laat binnen, altijd goed, voor jezelf omdat je dan niet moeilijk duimen hoefde te draaien en te zwijgen terwijl de studenten binnendruppelden en dachten dat je op ze zat te wachten, maar ook voor de studenten die bij een late entree sneller geneigd zijn even op te schrikken uit hun eigen conversaties en innerlijke levens. Kijk uit jongens, de baas!

Wat waren ze nog jong! Met mijn eigen vierendertig jaar (Christus had die leeftijd niet gehaald!) kon ik me niet voorstellen dat ik ooit op hun leeftijd in de collegebanken had gezeten. Ik zag als het ware de broertjes en zusjes nog om ze heen spelen, moeders die kwamen controleren of ze hun huiswerk wel deden. Maar dat was schijn, wist ik, ze hadden hun rijbewijs al op zak, reden geroutineerd in auto's, hadden elkaar op achterbanken gevingerd en geneukt. In de lessen merkte je daar alleen niks van, daar waren het opeens weer brave schapen!

Pas zodra ze deze leerzame zalen verlieten, als ze in hun dorms waren of met hun favoriet naar het galabal gingen brak de jeugd glorierend in hen los. Hier zaten ze vooralsnog als vroegoude mensjes te wachten op iemand die ze iets belangrijks ging verkondigen, wat ze als het puntje bij het paaltje kwam geen laars kon schelen. 'No fuck' zeiden ze hier, want fuck was een belangrijk criterium. Zelfs op straat waar onlangs een student was opgepakt omdat hij 'Fuck the FBI' had geroepen, want dat mocht niet, dat moest zijn 'F*** the FBI', je mocht er wel naar raden natuurlijk.

Met de kip-sesambagel nog in mijn maag liep ik naar mijn lessenaar en inderdaad: iedereen verstomde. Ik legde wat boeken en paperassen neer die ik zeker niet zou inkijken, maar die als wetenschappelijke geloofsbrieven onmisbaar waren, schreef zonder nog iets gezegd te hebben iets op het bord: 'Thomas Percy', draaide me om en begon mijn lesje af te draaien:

'Eerst wat huishoudelijke mededelingen, wie zijn werkstuk nog niet heeft ingeleverd kan dat alsnog doen, maar dan verwacht ik het wel voor het volgende college in mijn postvakje. En verder is er komende donderdag een lezing van professor Hans Kruckow over Von Kleist en het Duitse patriottisme, dat ik jullie van harte kan aanbevelen. Acht uur, zaal 2013. Wij zullen vandaag zoals ik vorige keer heb aangekondigd de dichter Clemens Brentano behandelen.' Over het briefje dat ik hedenochtend in mijn postvak had aangetroffen moest ik het maar niet hebben, dat leverde maar lastige vragen op.

Brentano ja, daar kon je wel de nodige romantiek aan ophangen, wist ik. In zijn jonge jaren had de dichter immers als een hippie avant la lettre door Jena gelopen, met roodgeverfde manen en uitgedost in de meest wonderlijke, exotische kleren – ik moest altijd denken aan de zanger Armand, die in mijn jeugd 'Ben ik te min' had gezongen en die zijn hippiedom tot in zijn eigen vergetelheid was blijven beoefenen. Iedereen dacht bij zulke bohemiens natuurlijk direct aan Baudelaire of Rimbaud, maar de Duitsers hadden er heus ook raad mee geweten. Ze moesten *Godwi* maar eens lezen, 'ein verwildeter Roman' over de vrije liefde. Goed, Brentano dus, Clemens. Kon iemand vertellen wat er zo nieuw was aan *Des Knaben Wunderhorn* dat Brentano samen met zijn zwager Achim von Arnim, ja een naam waar je je in ging vergissen, gepubliceerd had, nieuw hoewel het dus juist om oude volksliedjes ging?

Zo was voor je het goed en wel in de gaten had het zaaltje in de juiste stemming gebracht van aandachtig gepeins, gedroedel in kantlijnen en hoopvolle blikken naar buiten waar al die anderen, die zojuist vrijgelaten lotgenoten van je langsjogden met een walkman op het hoofd. Door de hoge ramen viel de scherpe blauwe ijslucht van Noord-Amerika naar binnen, als verleende ze haar hemelse zegen aan de Duitse romantiek, waar zoveel boeiende vragen over te stellen vielen, waartoe evenwel niemand zich geroepen voelde.

Terwijl ik op mijn gemak verder oreerde over Brentano, wel vermijdend om uit te leggen wat die Engelse naam op het bord nou te betekenen had, dacht ik in een laagje direct onder mijn woorden aan mijn eigen studietijd, nog helemaal niet zo lang geleden. Ja, in Amsterdam hadden ook van die Brentano's rondgelopen, minder geniaal allicht, maar dat zag je niet aan ze af. Vreemde, onevenwichtige geesten zonder duidelijk doel voor ogen. Of lui die zich tot de krakersbeweging hadden bekeerd en zich een bijpassende levensstijl hadden aangemeten, kraken als manier van leven. Zo stelde ik Brentano aan hen voor, als een soort publieke figuur die iedereen kende, over Armand moest ik het maar niet hebben, die kende niemand hier.

'In 1803 trouwde deze provo avant la lettre met de dichteres Sophie Mereau, de gescheiden vrouw van een Jenase professor. In die tijd schreef hij de eerste versie van zijn *Chronika eines fahrenden Schülers*, een verhaal waarin de oud-Duitse, christelijke, ja Charles' – ik keek Charles Lindmann aan, een worstachtig studentje op de voorste rij dat bij wijze van vermetele uitzondering zijn vinger had opgestoken.

'Kunnen we de teksten bij dit college ook...' Dat was een veilige, democratische vraag waarvoor hij niet gegispt zou worden: iedereen wilde het wel weten. Konden ze de teksten bij dit college ook. Geen betweterig gezeur over iets wat Charles toevallig van Brentano wist of wilde weten.

'Toe maar Daphne!' Mooiste meisje in de zaal, slank en honingblond, cliché, maar moest je er daarom iets op tegen hebben? Al docerend kon ik haar geregeld aankijken zonder dat het opviel, maar daarnaast gluurde ik ook zo nu en dan vol beheerste wellust naar haar, alsof ze zich heimelijk bespied nog meer bloot zou geven. Ze zat opvallend onopvallend helemaal achterin om haar nagels te kunnen vijlen, maar toen ze ineens tot de literatuur geroepen werd, reageerde ze gehoorzaam alsof ze geleerd had dat haar uiterlijke verschijning er nu eenmaal om schreeuwde aangeroepen te worden.

Een beetje koket, alsof ze door bouwvakkers nagefloten werd, pakte ze haar fotokopie en begon met een afschuwelijk Amerikaans accent te lezen:

'Ein Becher voll von süßer Huld,
Und eine glühnde Ungeduld
Und eine arme trunkne Schuld,
Sie lehren mich zu flehen.'

Om onnaspeurlijke redenen moest ik onder Daphnes execrabele en kleurloze voordracht denken aan Keats' 'Beaker full of the warm South' uit zijn 'Ode to a Nightingale', maar vooral ook aan het contrast van zo'n smakelijk ding met het ouderwetse gedicht, en ik realiseerde me ineens dat je, afgezien van historische aandacht (en daarvoor, meneer de rector magnificus jazeker!, zijn we hier natuurlijk bijeen), toch moeilijk nog oprechte belangstelling voor zo'n poëem kon veronderstellen. Het was zo suf en braaf, het rijmde zo overdadig, het herhaalde zo volvet, het galmde zo keurig. Brentano mocht met zijn groene rok, rode trui, oranje kousen en geverfde haren weliswaar eerder op straat zijn verschenen dan zijn groenharige collega Baudelaire, maar die had met zijn hoeren en hasjiesj de ware romantiek toch wat steviger aangepakt dan dit eeuwige gedoe met nachtegalen, bokalen en kathedralen. Maar goed, dat zou ik ze hier natuurlijk niet aan hun neus gaan hangen, dat het eigenlijk allemaal niet zoveel voorstelde. Doceren was eigenlijk vooral almaar dingen niet vertellen.

Terwijl Daphne vreugdeloos maar ijverig voortkauwde en -knauwde op Brentano's kranke hart dacht ik verder over de merkwaardige gezapigheid die deze in Duitse ogen toch 'wilde' dichter etaleerde. Heel erg over de schreef gingen onze Duitse vrienden toch zelden, ze droomden weg in overhuifde landschappen, voelden hoe vage emoties hun harten beroerden, staarden over heuvelen in de verte. De Duitse romantiek was mooi, geëmotioneerd allicht, maar zelden modderig of krankzinnig, het was in zekere zin beheerste romantiek. In Mario Praz' *The Romantic Agony* stond Brentano niet eens. Ja Hölderlin wel, de excuusgek van de Duitse literatuur die het in elk geval kon opnemen tegen iedere krankzinnige kunstenaar. Zou ze lekkere tieten hebben? Of mocht dat ook niet van de rector magnificus?

'Mit Stern und Engel ohne Schuld
du leuchten hast hast gesehen!'

Daphnes beledigende versie van Brentano's zielenpijn, die ik uit een soort sadomasochisme ononderbroken had laten voortduren, was godzijdank ten einde.

Tegen het einde van het uur stak weer iemand z'n vinger op: 'Professor, wie was Thomas Percy?'

'Juist,' hoorde ik mijzelf in mijn rol van professor Orbaan zeggen, 'Thomas Percy was een achttiende-eeuwse anglicaanse geestelijke die *Reliques of Ancient English Poetry* uitgaf, van groot belang voor de opkomende romantiek. Just forget it!'

Even later stond ik weer op de overloop te roken in het gebouw dat wel niet naar mij genoemd zou worden: Orbaan Hall.

V

Nadere kennismaking

'Denk je dat er hier ergens een reformwinkel is?'

'Geen flauw idee, maar wie weet. Zoek je iets speciaals?'

'Rhodiola-capsules, als je weet wat dat zijn.'

Als twee hedendaagse landverhuizers liepen Else en ik door Paradise Premium Center. Alle mogelijke winkels leken in deze mall verzameld. Onder de geweldige overspanning probeerde elk bedrijfje zo gezellig mogelijk te doen, als wilde het uitdrukken dat het uitspansel wel immens was maar dat je je er toch ook thuis kon voelen. Zo kon je achter een knussige hans-en-grietjegevel allemaal snoep kopen; even verderop had je een pianohandel met een geweldige poster van Liberace en in een andere uithoek was een zaak die als een jungle was ingericht en waar je knuffelchimpansees en glibberige plastic spinnen kon krijgen. Ook passeerden we een winkel waar je het hele jaar door kerstspullen kon aanschaffen, zodat je het warmste gevoel van het jaar nooit hoefde te ontberen. Amerikanen waren gek op kerst, als ze het niet hadden meegenomen uit Europa hadden ze het beslist zelf uitgevonden.

Op de bovenste etage bevond zich een groot plein, Emporium geheten, waar alle Amerikaanse voedselbaronnen een dependance hadden gevestigd. Als je wilde kon je er in één raid een bord teriyaki, een Big Mac en een glas Orange Julius buitmaken. Emporium, dat was gewoon Latijn voor stapelplaats, herinnerde ik me, iets met silo's en containers, maar het klonk alsof je tijdens de regeringsperiode van keizer Augustus over het Forum Romanum liep. Dat wilden ze nu eenmaal graag in het neo-Romeinse Rijk.

Die Amerikaanse malls zijn heel uitgekiende consumptiekathedralen, met voor iedere behoefte wel een kapel of een nis. En ergens in het midden staat dan bij wijze van kerkorgel een vleugel met een gedistingeerd koord eromheen, waarop van tijd tot tijd een kwart begaafde pianist ongeïnteresseerde deuntjes van Bert Kaempfert en Henry Mancini pingelt, ter stimulering van de kooplust, zoals ook de her en der geplaatste fonteintjes en parkbankjes (net als dieren in de dierentuin volstrekt vervreemd van hun oorspronkelijke habitat) zachtjes het geld uit je zak kloppen. Dit is de hemel, of althans wat de homo sapiens ervan gefabriekt heeft, en andere hemelen zijn er niet.

Terwijl we voortkuierden, op zoek naar Elses reformwinkel, neuriede ik wat voor me uit, een vage versie van Wagners ouverture *Tannhäuser*, die ik overigens minder met Wagner associeerde dan met generaal Von Gelb, de ouwe nazi uit een televisieserie uit mijn jeugd, die driedimensionaal kon schaken en bij wiens misdadige optreden telkens die machtige ouverture had geklonken, ter bevestiging van zijn fascinerende slechtheid, zoals de halo altijd het hoofd van de heilige omkranst. Zo spoelen ze de vooroordelen en clichés door je hersenen, bedacht ik, en vervolgens: als ik dit soort onzin loop te denken, wat denkt zij naast me dan? Behalve de Rhodiola dan die we hier niet zullen vinden?

Op weg naar het immense parkeerterrein waar ik mijn Dodge had geparkeerd liepen Else en ik weer langs de pianoreus die Crescendo heette en die vlak bij de uitgang was gevestigd, één deur door en je stond in de bijtende kou. Er stonden glanzende vleugels in Crescendo maar ook elektronische toestelletjes op flinterdunne pootjes; in dit land moesten zelfs cultuurdragende winkels voor elk wat wils te bieden hebben.

'Kom,' zei ik tegen Else toen we langs de etalage met Liberaces fondanten nichtensmile liepen: 'Ik zal iets voor je spelen, goed? Iets van Rellstab. Ken je de Vierwaldstättersee?'

'Nee, nooit van gehoord, speel jij piano?'

'Gewoon het Vierwoudstedenmeer, bij Luzern, je weet wel. Ach, laat ook maar.' Ik vond het leuk om haar een beetje te verbluffen. We liepen naar binnen, ik liet mijn oog op een Estonia vallen, hm, kon beroerder, ging op de kruk zitten, plantte mijn vingers op het toetsenbord en begon te spelen.

Jazeker, dat kon ik wel hoor. Ik probeerde me voor te stellen hoe het over kwam, prachtig hopelijk, romantisch en melancholiek, ongehaast en treurig maar tegelijkertijd alsof er na zoveel ingetogen stilte alleen nog maar een geweldige storm kon opsteken. Die niet kwam want na een laatste wegkwijnend akkoord draaide ik me om en zei 'klaar', als een kind dat zijn moeder roept om van de wc gehaald te worden.

'Heel mooi, maar ik ken het,' zei Else die naast me torende en al die tijd zwijgend had toegeluisterd, 'het is prachtig, wat heerlijk om zo te kunnen spelen.'

'Natuurlijk ken je het,' zei ik, 'het is Beethoven, gewoon maar de *Mondscheinsonate*. Rellstab heeft die naam bedacht, het stuk deed hem denken aan een maannacht aan het Vierwoudstedenmeer. Wat een kitsch hè, maar ja, dat is alles wat beklijft... Ken je Rellstab?'

Ik had het natuurlijk gespeeld als de *Mondschein* van de honderdduizenden pianisten, voor de miljoenen luisteraars, de maneschijn-*Mondschein*. Zoals zo'n mallpianist het zou doen, die het misschien nog net iets schmierender speelde dan ikzelf omdat van hem verwacht werd dat hij schmierde. Maar zo deden we het allemaal en zolang Else, de langbenige luisteraarster, maar onder de indruk was... In Armoedië was iedereen arm, maar het gaf niet zolang ze het naburige Rijkdom niet kenden. Ja toch?!

Geen verkoper of andere klant was ons komen storen, dat mocht wel een raadsel heten in dit land waar altijd wel een verkoper op koning klant af struinde om te vragen hoe je je vandaag voelde. Ongezien en waarschijnlijk zelfs ongehoord verlieten we de winkel weer. Misschien stond de pianohandel op het punt failliet te gaan en bekommerde niemand zich meer om de inventaris, laat staan de verkoop van artikelen.

Ik stond wat te dralen in de grijze smurrie voor de ingang van Elses appartementengebouw op Blaisdell Avenue tot ze vroeg of ik nog even binnenkwam. Dat deed ze louter uit beleefdheid, dat voelde ik ook wel, maar als je zojuist samen met iemand door een winkelcentrum hebt gelopen, vergeefs op zoek naar een reformzaak, moet je hem toch ook uitnodigen voor een kop koffie bij je thuis. Zo had ze het natuurlijk geleerd in beschaafd Duitsland. Tegelijkertijd sprak iets in haar deze hoffelijke vanzelfsprekendheid ook weer tegen. Ik was haar type helemaal niet, had ik het gevoel; misschien was ze wel bang om door mij binnen te noden een verkeerd signaal af te geven. Maar ze had ook vast geleerd dat je je niet je hele leven moest afvragen of de dingen misschien verkeerd afliepen. Waarom zat ik eigenlijk voor haar te denken? Haar type niet? Nee, dat wist ik zeker. Ze hield natuurlijk van een heel ander soort mannen. Sportief, stoer, gezichtsbegroeiing geen bezwaar. Ik taxeerde haar op Harrison Ford. Maar Robert Redford was natuurlijk ook goed, vooral zoals-ie met jou in het stoeltje voor hem in dat vliegtuigje over de Afrikaanse jungle vloog.

Ze vertelde dat ze daar ooit was geweest. In de Afrikaanse jungle? Nee gek, in Amsterdam, in haar jeugd en met haar ouders.

'Het schiet me opeens weer te binnen,' zei ze. 'Ik vond het een, hoe zeg je dat, een zelfgenoegzame stad, wel interessant maar ook, eh, ondiep als het ware. Alsof er nooit werkelijk geleden is.'

'Maar ben je wel in het Anne Frank Huis geweest?'

Natuurlijk was ze dat, maar zelfs het Anne Frank Huis, dat ze vanwege de verplichte nationale rouwschuld van haar vaderland had bezocht, tussen al die Amerikanen en Japanners, had ze maar half echt gevonden en helemaal niet zo indrukwekkend, eerder iets in de trant van het Van Gogh Museum en de rondvaartboten. Ik kon er niet veel tegen inbrengen want was er zelf nooit wezen kijken, juist vanwege diezelfde rijen Duitsers en Japanners.

Alsof er nooit werkelijk geleden was!

We waren bij het appartementengebouw op Blaisdell Avenue aangekomen en liepen via de parkeerplaats naar binnen, waar ik mijn jas over een stoel legde en om me heen keek. 'Leuk woon je,' merkte ik op. Mijn blik bleef hangen bij een kalender die naast de thermostaat hing en die ondanks de winter die toch onderhand ook in Duitsland moest zijn uitgebroken een uitgestrekt geel landschap vertoonde. Ach nee, ik zag het al, ze had hem gewoon nog niet afgescheurd, kennelijk uit liefde voor dit landschap. Hier was het nog juli, alsof de maanden aan een jetlag leden.

Rapswiese bei Eutin, stond eronder. Eerlijk gezegd wist ik niet wat Raps was, dat wil zeggen, ik wist dat ik het foutloos met koolzaad zou vertalen, maar wat koolzaad nu precies was, kon ik niet zeggen. Ik was nu eenmaal een citydweller.

Else had me aan de houten tafel gezet, waarop een mandje met vers fruit stond. Verder was de kamer vrijwel ongemeubileerd; bij wijze van bank had ze wat kussens op een rijtje sinaasappelkisten gelegd. Aan een andere muur hing een gedroogde maiskolf. Een rekje met wat boeken: *Der grosse Duden I: Rechtschreibung, Psychologie des Pferdes, Eine Jugend in Ostpreussen.* Als je hier om je heen keek herinnerde niets aan Amerika.

'Wat een ontzettend geel veld,' merkte ik op.

'Daar kom ik vandaan,' zei Else, 'Eutin. Geen suiker hoop ik want die heb ik niet, wel honing.'

'O, net als Carl Maria von Weber. Nee dank je.' Honing in de koffie, ik moest er niet aan denken. Rare gewoontes hadden ze daar in Eutin. Maar zoals ik wel wist hoe je Raps moest vertalen maar niet wat het was, zo wist ik ook wel dat Carl Maria von Weber uit Eutin kwam, maar in de verste verte niet waar dat plaatsje lag.

'Nou ja, niet echt uit Eutin, een dorpje in de buurt.'

Ik nam maar aan dat ik haar een plezier deed met verder te vragen, bovendien gaf het mijn ietwat stuurloze gevoel in Elses kamer enige richting. Wie weet voelde ze zich zo nu en dan wel alleen in die toch wel immense Verenigde Staten en had ze heimwee naar die heel andere wereld, anders hing je toch niet zo'n landelijke Duitse kalender boven je eettafel? Ik probeerde in gedachten het woord voor landelijk in het Engels, 'rural', rotwoord, die twee r's zo vlak achter elkaar, moest ik maar niet uitproberen.

Elses blik liet niets los maar ze haalde een klein fotoboekje tevoorschijn. Ik voelde me gevleid: een familiealbum. Ze deed zo duidelijk haar best om haar reserves te laten varen. En ik op mijn beurt deed alsof het me hogelijk interesseerde, soms moest je vrienden zien te maken, zeker in een vreemd land, ver van huis.

Grote boerderij met grazend paard. Weiland, jager met hond. Niet helemaal helder afgebeeld vrouwenhoofd.

‘Mijn moeder,’ zei ze, en alsof ze eventuele vragen voor wilde zijn, ‘ik zou willen zijn zoals zij.’ Ach welnee, het klonk volstrekt natuurlijk, helemaal niet alsof ze een opmerking van mij had willen pareren, dat dacht ik alleen maar omdat ik zelf zo in elkaar zat: altijd de wereld vóór willen zijn. Ik wist het van mezelf maar het lukte me zelden die impuls uit te schakelen, nu ook weer niet.

Alles bij elkaar natuurlijk wel een invitatie om het portret beter te bekijken, maar ik zag er niks bijzonders aan. Nogal gezet type zo te zien. Deed denken aan, hoe heette ze ook al weer, die vrouw uit *Keeping Up Appearances*, Mrs Bucket, mevrouw Emmer die zo graag Bouquet wilde heten. En lichte ogen als ik het goed zag, net als haar dochter.

‘Zoals je moeder?’ vroeg ik zo belangstellend mogelijk.

‘Ja, ik bewonder haar.’

Vreemd, om je ouders te bewonderen. Die waren er toch juist om mee af te rekenen, je mocht ze op een zeker moment zelfs verachten voor je bestwil. En nog vreemder vond ik het om zomaar voor die bewondering uit te komen. Net een moralistische, opvoedkundige roman. Eert uw vader en uw moeder, opdat uw dagen verlengd worden in het land dat de Heere uw God geeft. Het schamperde in mijn hoofd.

Goed, later kwamen ze dan wellicht weer in beeld als geschikte lieden die je al met al toch netjes hadden opgevoed, goede grootouders voor je eigen kinderen, maar bewonderen...? Het leek of Else Ahlsteen met haar bewondering en vooral ook de vanzelfsprekendheid waarmee ze ervoor uitkwam een kiertje opende naar een wereld die ik niet kende. Ook niet echt wilde kennen, eerlijk gezegd. Maar het was belangrijk voor haar en ik wilde niet lullig doen.

Gelukkig leek ze niets te bespeuren van mijn verwarring en wees ze op de jager. Haar vader. Die heeft er een geschoten en dat heeft naar men wel denken kan de ander erg verdroten. Ik meende een heleboel wijzer te zijn geworden omtrent de wereld van Else Ahlsteen toen ik, in afwachting van nadere gevoelens, tegen vijven mijn eigen appartement betrad.

VI

Duits dorpje

De trein ernaartoe bestond slechts uit een paar rammelende wagonnetjes en die waren dan nog steevast matig bezet. De locomotief, zo'n rood, rond Duits dieseltje, reed ze vanuit een weinig opzienbarende middelgrote stad met wat verouderde houtindustrie zo'n veertig minuten lang eerst langs koolzaadvelden en daarna door een bekoorlijk bos- en heidelandschap, waarna je meestal als enige op het even onaanzienlijke als lieflijke station uitstapte. Maar toch, hoe landelijk ook, de rails hadden hier nog geen kans gekregen om te roesten en in velden onkruid te verzanden.

Er was natuurlijk geen sprake van dat je op dit stationnetje een taxi kon nemen naar de oude boerenhofstede waar de familie Ahlsteen volgens de doop-, trouw- en begraafboeken al een paar eeuwen en vermoedelijk nog veel langer tierde. En eerlijk gezegd leek het ook eerder een afstand om lopend te overbruggen en onderweg de nodige natuur en dorpshistorie op te doen.

We hadden hier te maken met een oude nederzetting, waar Schotse en Ierse monniken in de achtste eeuw een klooster hadden neergezet, dat ergens in de vijftiende eeuw was uitgebouwd tot een grote kerk. Je zag hem overal boven uittorenen, eigenlijk veel te kolossaal voor de vlek die erbij hoorde, maar dat waren alle kerken hier, zodat je ook weer niet van té groot kon spreken. Na Luther en het Schmalkaldisch Verbond was de hele zaak in handen van de volgelingen van de reformatie overgegaan en zo was het tot op de dag van vandaag gebleven. De enige dissidenten in dit van de Lutherse leer doortrokken landschap waren rondtrekkende Joodse kramers geweest, die je van alles en nog wat kwamen aansmeren, van poetsdoeken tot geplukte ganzen, die ze allicht elders ontvreemd hadden.

Bij een grote brand in de zeventiende eeuw die ongeveer twee derde van het dorp in de as had gelegd was de kerk als door een wonder gespaard gebleven, en de predikant had in het doopboek met beverige hand opgeschreven: Gott wende ferner alles Unglück von diesem Dorf und unserm ganzen Lande in Gnaden ab! En zo was het ook gegaan. De ergste bezoekingen waren sindsdien de snuitkevers geweest en de noodweders die wegen en paden in een verschrikkelijke modderpoel veranderden.

Op weg naar het dorp passeerde je dan verder nog een oude watermolen met een eentonig klepperend raderwerk, dat zich al niet erg onderscheidde van het slaapverwekkende geruis van het riviertje waaraan het zijn bestaan dankte. Ergens op een afhangende boomtak zat een vink te kwinkeleren richting haar nest dat ze in een lagergelegen struik had gemaakt. Bloempjes met schitterende kelken en het plotse en daardoor zo overweldigende gevoel dat het leven een bron had en een geheime bedoeling en dat alles miljoenen jaren duurde.

Natuurlijk, dit was Midden-Europa, het allermiddelste Europa mocht je wel zeggen, en de winter kon hier verschrikkelijk uithalen maar het werd steevast weer lente en dan was er altijd wel iemand in het dorp die nog wist te zingen:

'Die liebe Maienzeit
mein ganzes Herz erfreut,
wenn ich nur tu anschauen
die Blumen auf der Auen
und hör die Vögel singen,
wie es so schön tut klingen.'

Dat kon dan bijvoorbeeld gebeuren onder de oude linde die midden op het dorpsplein stond en waar een ronde bank omheen was gezet waar al eeuwenlang 's avonds dorpelingen op zaten, vroeger pijprokende mannen maar tegenwoordig, vooruit dan maar, hingen er ook wel eens een paar naar verstedelijking hunkerende jongeren rond want de postkoets, nee, die reed inderdaad niet meer. Maar verder was het een plaatsje waar de tijd maar al te gretig was blijven stilstaan.

Nu werd het heus zaak om eens naar die Ahlsteen-hoeve op zoek te gaan. Ergens op datzelfde plein stond weliswaar een wegwijzer maar die wees obstinaat richting een etablissement, Zum Elephanten, waar je allang niet meer kon doen wat het beloofde, namelijk eten en de nacht doorbrengen. Naar de andere dorpen, die hier ongetwijfeld gelijkvormig in de buurt lagen, moest je maar op je eigen gevoel toe, langs de wilgen en even later de greppels.

Eigenlijk lag de hoeve van de familie Ahlsteen hemelsbreed niet zo ver van het dorp maar ze leek er toch niet helemaal meer bij te horen. Dat kwam omdat je er de rivier, die zich al die tijd bezijden het dorp had opgehouden, opeens voor moest oversteken, waarna er een soort open vlakte vol struikgewas opdoemde. Misschien ooit iets voor struikrovers of zwervende soldaten die er op een paaltje zittend een tondeldoos tevoorschijn hadden getrokken. Tondeldoos, ja precies, ik kwam er net op tijd op.

Ergens in dat oude land, achter een paar stevige bomen die het huis aan een direct gezicht van de weg af onttrokken, lag de Ahlsteen-hoeve. Er hoorde zeker vijftien morgen land bij en dan hadden ze ook nog twee flinke vee- en voorraadschuren. Verder was het er bij voorkeur warm, loom weer, je werd er wat doezelig van, ook de op de binnenplaats rondscharrelende kippen en de in de zon slapende kat stemden niet al te energiek.

De voordeur leek in deze contreien niet direct de aangewezen weg om ergens binnen te treden, behalve misschien als je zondags uit de kerk kwam, daarom ging het naar een andere deur halverwege het huis, zo'n ding dat je ook half open kon doen, om er na een dag op het land overheen te hangen en een stenen pijp te roken en voorbijgangers goedenavond te wensen.

Achter die familiaire deur liep een gang naar de ingewanden van het huis en direct ook een trap omhoog naar de slaapkamers, die je dan maar als eerste moest bezoeken: twee grote door de dorpstimmerman vervaardigde ledikanten van mahoniehout waarop een golvend landschap van groene spreien, aan de muren links en rechts in brede lijsten gevatte gravures die je naar heel andere werelden leken te willen leiden: Nelson tijdens de slag bij Trafalgar, en nog een keer want je zag hem terug in de consolespiegel aan de tegenoverliggende muur. Een wandelaar uitkijkend over de zee, en als je wat beter keek bleek dat helemaal geen zee maar een partij wolken bezien vanaf een rots; Duitsers waren niet van de zee, die hadden ze als het ware uitbesteed aan buurland Nederland, ze wandelden liever op berghellingen met uitzichten op een rivier in de diepte, dorpjes, burchten, oude kloosters.

Dit was onmiskenbaar de slaapkamer van de ouders, een heilig oord waar je als bezoeker geen sikkepit te zoeken had. Maar hier ergens moest natuurlijk ook de slaapkamer van Else zijn, vanwaar ze uitkeek over het oude Duitse land; wie weet stond er een spinnewiel. Ach, fantaseren was ook een kunst!

Zeker, aangenaam toeven in denkbeeldige werelden. Sommige ervan had ik al in mijn vroegste jeugd opgesnoven en in het atmosferisch ventrikel van mijn geheugen opgeslagen. De sprookjes van Grimm bijvoorbeeld, hyperromantisch geïllustreerd, een paar vooroorlogse kinderboeken die ik bij mijn grootouders in de kast had ontdekt, nikkertjes met dikke lippen die Sambo heetten uit de tijd dat racisme nog niet bestond, Nederlandse jongens die zomaar door de Himalaya zwierven. Later kwamen er de mahonie- en kersenhouten biedermeiergevoelens bij van zware middagen in overvol gemeubileerde kamers met trijpen gordijnen vol bloemen, doorschoten van vleugjes Wagner en cryptonazisme, waar ik op een bepaalde manier wel gevoelig voor ben, laat ik het maar toegeven. Misschien vlinders en zingende vogels in de omringende hagen, een jachthond. Dat alles lag nog te dampen op de bodem van mijn ziel.

Waar hadden we het eigenlijk over? Het heilige woudgevoel meneer! Das Deutschtum! Juist in de biedermeiertijd hadden de Duitsers hun mythische woudverhaal bij uitstek, dat van Siegfried, weer uit de mottenballen gehaald en was de blonde domoor, product van zo'n beetje de meest kleffe en incestueuze familie die de cultuur had opgeleverd, het woud in gegaan om de draak te bestrijden. Het knusse huis en het donkere bos, kon het sprookjesachtiger? Je kon je nog zo verlicht en rationeel voelen of zelfs dag in, dag uit door vulgair Amerika rijden, maar in iedereen school wel het nodige Deutschtum, daarvan was ik overtuigd, en misschien was dat ook onbewust de reden geweest dat ik Duits was gaan studeren, mijn hang naar dat Deutschtum. Alleen in Duitsland gaven ze er ook onbeschaamd aan toe; vandaar natuurlijk dat ze het verschijnsel op hun naam hadden gekregen en dat het geen Britsdom was geworden, of Frankrijkheid; sinds mensenheugenis stond 'Siegfrieds Schwert' van Ludwig Uhland op het repertoire van de Duitse schoolboekjes. Moest ik binnenkort college over geven, Uhland, godnogantoe!

Wat deed Siegfried daar toch in mijn gedachten? En opeens wist ik het. Else. Die Baltische met haar slobbertrui was genoemd naar de Wagner-prinses. Rotnaam natuurlijk, maar toegegeven, je wist wel waar je aan toe was. Plechtige klanken. Samen met de zwaanridder naar het altaar.

Op de kaart zocht ik op waar Eutin lag. Sleeswijk-Holstein. Gek, ik had gedacht dat het in Thüringen of zo zou liggen, het Toscane van Duitsland, maar Sleeswijk-Holstein klonk ook goed en oud: een dubbele naam.

Ik besloot me maar niet te veel met die gevaarlijke Germaanse troep bezig te houden en binnenkort Daphne Iglehart mee uit te vragen. Sexual harassment ammehoela.

VII

Plato, de film

De volgende middag wist ik inderdaad vrij gemakkelijk de jeugdige, inheemse studente Daphne Iglehart te strikken voor een avondje naar de film.

Daphne, ja dat mocht je wel een traktatie voor de mannelijke hormonen noemen, of gewoon een lekker dom ding, een bimbo noemden ze dat hier, Daphne zou haar heerlijkheden tijdens het studeren toch niet onder de korenmaat willen zetten? Ik voelde wel dat ik op het punt stond precies dat te doen waarvoor de rector magnificus mij en mijn collega's nog maar zo kortgeleden had gewaarschuwd, maar dan moest je onschuldige mensen ook maar niet op de gedachte brengen met zulke hysterische briefjes. Zonder de wet is de zonde dood. Ja toch?

Het beetje moed dat ik voor de invitatie desondanks nodig had putte ik uit het feit dat Daphne me na college vroeg of ze het volgende college voor deze ene keer mocht overslaan omdat haar nichtje in Des Moines ging trouwen. Ik keek haar ernstig en twijfelachtig aan, mompelde iets over het belang van continuïteit en deed toen net of ik met de nodige moeite mijn hand over een hart vol academische bezwaren streek: een trouwerij ja, dat was zelfs in het land van scheidingen nog altijd een belangrijk evenement, je mocht bijna wel zeggen een conditio sine qua non. Vooruit dan maar. Heerlijk gevoel trouwens, moeilijk doen tijdens het verlenen van gunsten. Er was vast ergens een marinierstype dat me voor die koehandel met de fraaie Daphne Iglehart op mijn bek wilde timmeren, maar dat risico nam ik.

Nadat ik me bij thuiskomst een kwartier lang in de eindeloos voortwoekerende *The Voice and Stand* zonder veel succes door alle mogelijke filmladders had geworsteld (*Blue Velvet* liep nog altijd, hm, nee, te duister voor het mooie, slanke, onnozele meisje, ja wat kon ze nou helemaal? *Ferris Bueller's Day Off* dan? Nee, ook niet) viel mijn blik op een film die klaarblijkelijk al zo lang draaide dat-ie het inmiddels zonder enige toelichting of illustratie moest stellen. Maar het was een rolprent die beloofde het over een groot denker te hebben, Platoon. Grieks voor Plato. Iets in me zei me dat Daphne Iglehart van haar docent een film verwachtte die ze zelf nauwelijks zou begrijpen, vol trage handelingen, veelbetekenend fronsen en ondoorzichtige dialogen: een Griekse wijsgeer leek me daarvoor geen verkeerd onderwerp. Naar *Haunted Honeymoon* kon ze altijd nog met die pikbroek van haar.

Ik keek op mijn horloge, liet de secondewijzer nog eens twee keer rondgaan en belde om klokke zeven aan bij het huis waar Daphne Iglehart met drie andere studentes woonde, Kappa Delta Pi. Ze stond kennelijk al klaar want de deur ging direct open. Ter gelegenheid van de sneeuw zag ze eruit als een voorwereldlijk pelsdier, met een bontmuts en oorwarmers op en een nepnerts aan. O, wat een rijke zegen om dat straks allemaal af te pellen, stukje bij beetje, tot ze daar uiteindelijk voor me zou staan, volmaakt van lijf en leden, met een vochtige dauwdruppel tussen haar benen die ik voorzichtig maar gretig zou weglikken. Daphnes medestudentes keken ons vanuit de woonkamer alvast nieuwsgierig na toen we in mijn Dodge stapten richting Brief Encounter, want zo luidde de naam van de bioscoop. Paste wel, vond ik, bij een zaaltje voor Europese cultfilms. Kutfilms, vonden anderen.

'We gaan ons laten verrassen, ik weet echt niet wat voor film het is,' zei ik zo nonchalant mogelijk terwijl we voor een stoplicht stilstonden waar absoluut niets gebeurde, het groene en vervolgens rode mannetje dat ons welzijn bewaakte sloeg nergens op, 'maar het moet wel iets bijzonders zijn. Er zijn maar zo weinig speelfilms over het oude Hellas, ik ken er eerlijk gezegd geen een. Het zal wel een of andere artfilm zijn, er stond niks over in de krant, in dit land altijd een goed teken!'

Daphne Iglehart liet mijn belediging aan het adres van haar geboorteland passeren, trok de nepkonijntjes uit en verrichte wat manicure werkzaamheden. Dit was nu eenmaal niet het opwindendste gedeelte van de avond, maar ook hier moesten we doorheen, over de uitgestorven, witbestoven stadswegen. Het was zo droog en statisch dat het van tijd tot tijd in de verte weerlichtte. In Amerika heb je soms het gevoel dat je over apocalyptische industrieterreinen rijdt.

Ik reed steeds net iets te hard want we waren aan de late kant en al liet het zich niet aanzien dat een film over Plato honderden Amerikaanse bezoekers zou trekken, ik wilde geen risico lopen dat we te laat kwamen. Na twintig minuten draaiden we de vrijwel lege parkeerplaats op en even later liepen we met stevige tred naar de bioscoop. De 'o' in Brief Encounter knipperde veelbetekenend als lichtbakken op aftandse motels, en we konden inderdaad direct een kaartje kopen in de schamele foyer en hup naar binnen. Wel wist Daphne in de gauwigheid nog een zak popcorn mee te nemen de zaal in want zo'n zware intellectuelenfilm zonder kauwen, dat ging natuurlijk niet. Naar de film met een blonde godin die niet knabbelde en geen weeïge lucht verspreidde kennelijk ook niet. Uien en zweetlucht hadden plaatsgemaakt voor gepofte mais.

De hoofdfilm was nog niet begonnen. In de halfdonkere zaal waar zo te zien toch nog een man of dertig aanwezig waren, waren ze met het staartje van de commercials bezig. We zagen nog net hoe onder dreunende muziek het kwintessentiële paard door een kreek weggaloppeerde, de zaal uit. Toen verbreedde het doek zich om vervolgens weer te versmallen, terwijl wij een plaatsje ergens in het midden zochten, en onze jassen over de lege stoelen naast ons drapeerden. Moest ik mijn arm direct al over Daphnes onmiskenbaar bekoorlijke schouders heen leggen? Nee, beter even gewacht tot dit stuk uit de Nieuwe Wereld voldoende doordrongen was van de geest van de Oude Wereld.

De laatste trailer verdampte, het was zover, vooruit, vertaal maar: 'De deugdzaamste mens is hij, die zich ermee tevredenstelt deugdzaam te zijn zonder te trachten het ook te schijnen.' Maar nee, de film opende na een inleidende blik in de kosmos met het befaamde citaat van Prediker dat zelfs Daphne Iglehart wel zou herkennen: 'Gedenk dan uw schepper in uw jongelingsdagen.' Misschien dat deze film de Griekse wijsgeer ging behandelen vanuit een christelijk perspectief, iets neoplatonisch om die oude heidens-klassieke wereld aan de man te brengen? Ik merkte hoe mijn brein begon te pompen om een en ander met elkaar te rijmen.

Maar christus-koning, in de eerste beelden stapten groene jongemannen uit het plompe vrachtvliegtuig de stoffige wereld binnen. Ze keken net zo ontregeld om zich heen als ik naar hen en in een split second realiseerde ik me dat dit beslist geen jongelingen uit de pythagoreïsche school waren en ook geen volgelingen van Parmenides of Zeno de Eleaat. Het duurde even voor de waarheid helemaal tot me doordrong maar dit waren Vietnamsoldaten. Meen je dat nou? Vietnamsoldaten? Wat een giller! Deze film ging helemaal niet over Plato, ook niet op metaforische wijze, maar over een peloton soldaten in de Vietnamese jungle. Platoon, peloton, het drong ineens tot me door. Nou ja, hopen dus maar dat er geen Vietnamveteraan in de zaal zat, een 'vietvet' heette dat hier, wist ik sinds kort want in dit land liepen er nogal wat van rond. Als niemand erop bedacht was je rifle tevoorschijn halen en al die spleetogen om je heen neermaaien!

Ik was zelf niet in dienst geweest, samen met de rest van mijn generatie afgekeurd op geestelijke instabiliteit, samengevat onder de noemer S5, en oorlog was nooit mijn onderwerp geweest. Daarom werd ik ook een beetje beroerd van *Platoon*: dat duistere gebanjer door het oerwoud, die voortdurend ratelende geweren, lichtflitsen, stervensgereutel, iemand trok een gemolde kameraad over zich heen om zichzelf aan het zicht van de Vietcong te onttrekken en Charlie Sheen die je niet zag of niet herkende onder al dat zand en bloed maar wiens zweet je haast rook, werd met verkreukte harses wakker op een napalmochtend terwijl een hert hem vanachter een boom edel en suffig aanstaarde. En daaronder Samuel Barbers *Adagio for Strings*, indrukwekkende twintigste-eeuwse kitsch, altijd goed voor een brok in de keel of een verheven gedachte en de toevlucht van iedere regisseur met de handen in het haar. Of moesten we geloven dat regisseur Oliver Stone, die dit naar verluidt allemaal zelf had meegemaakt, daar in Vietnam op zijn cassettedeckje ook naar Barber had lopen luisteren?

Het razende oerwoud hield twee uur lang aan, vergeleken met de werkelijkheid maar een fractie dus. Voor de echte hel moest je nog altijd je bioscoopstoel uit de jungle in, maar het viel niet te ontkennen, de punctie was goed getroffen, ik zat min of meer verlamd toe te kijken, net toen Daphne, jee, ja, dat lekkere domme blondje zat ook nog altijd naast me, me een handvol popcorn aanbood. Heerlijk leeghoofd, niks Griekse filosoof, gewoon lekker Charlie Sheen, zoals altijd. Nee, dit is toch mijn vrouw niet, realiseerde ik me opeens in het licht van een verblindende aanval waarbij iemand van wie ik dacht dat hij allang gesneuveld was, opeens alsnog uit elkaar gereten werd.

Er werd na afloop van de hellevaart dan ook zeker niet geneukt ('Dank u wel voor de leuke avond, professor!') en het kwam zelfs niet tot een tongzoen, in de bijtende kou voor de deur van de dorm waar haar medestudentes al naar bed waren. Hoed u voor sexual harassment! Huppelkutje moest wel denken... Ze zou het haar vriendinnen vertellen, daar kon je vergif op innemen. Professor Orbaan bezat geen hormonen. Maar soms moest je dat dan misschien maar op de koop toe nemen: de risee zijn van snaterende meisjes.

's Avonds in bed, alleen, ja alleen, en zoek alleen te wezen maar niet heus, lag ik nog wat na te denken over *Platoon*, die morgen weer zou draaien en de dag daarna opnieuw. Leefden wij ons leven misschien ook zonder het te weten telkens opnieuw met direct na het einde de herhaling? Dat zou verklaren waarom we zoiets stompzinnigs als de returnknop hebben verzonnen. Doe het nog maar eens jongen, in plaats van eeuwig vooruit te vliegen. Dronken van een heden dat zich almaar herhaalt. Een onbewust atavisme uit de vorige versie van ons zwaarbewolkte bestaan waar ons, ten einde de sleur te vermijden, niets van is bijgebleven. Rare zin, klopt iets niet maar ik was geloof ik al in slaap gevallen.

VIII

Hoofdsteden

Het leven ging gewoon door, ook in Amerika. Ik woonde hier nu al maanden en had me voorgenomen alle staten en hun hoofdsteden uit het hoofd te leren, achtenveertig, want net als in *Portnoys klacht* hoefden Alaska en Hawaï niet, waardoor ik die juist wel onthield, en in beide richtingen. Iemand noemde de staat en daarna ik de hoofdstad, iemand noemde de hoofdstad en ik de staat. Het tweede was stukken gemakkelijker dan het eerste. Maar alles bij elkaar was het verre van eenvoudig, de meeste Amerikanen zelf bakten er niks van, Juneau, meen je dat, niet Anchorage? Maar dat verschijnsel kende ik natuurlijk, ik was immers ook nooit in het Anne Frank Huis in mijn woonplaats geweest. De meeste mensen kennen hun eigen wereld niet goed, zonder in paniek te raken.

Er waren combinaties die je onthield juist omdat ze niet waren wat je dacht, New York Albany, Florida Tallahassee, Washington Olympia, Oregon Salem, andere bleven hangen omdat ze juist wel waren wat je dacht: Indiana Indianapolis, Arizona Phoenix, Georgia Atlanta, Massachusetts Boston, maar er waren er ook die je telkens weer ontglipten, het leek wel alsof je korsakov had: Delaware Dover, Kansas Topeka, Vermont Montpelier, Missouri Jefferson City. Zo nu en dan slipten er als een soort dwars vuiltje andere combinaties door in je murw dreunende brein: Paris Texas, of zelfs Paris Hilton, Batman Gotham City.

Wat had ik er eigenlijk aan dat ik wist dat Boise de hoofdstad van Idaho was, maar ik wist het, en de vreemdste ezelsbruggetjes namen mijn hersencellen in beslag: Boise van boisterous omdat Idaho zo vrolijk klonk, een beetje als een jodelende cowboy, Harrisburg van Pennsylvania omdat daar ooit een atoomcentrale was gesmolten terwijl je bij Pennsylvania juist aan de Amish dacht die hun tractors met spikes uitrustten, zodat je er niet zomaar mee naar de grote zondige stad kon rijden.

Amerikanen begrepen je obsessie met hun hoofdsteden niet, wat kon het hun schelen hoe de hoofdstad van Denemarken of Luxemburg heette, zij wisten het van hun eigen land niet eens, Oregon, was dat niet Eugene, o nee, die andere. Wyoming, Laramie? Clichés dwarrelden door mijn hoofd, als koolwitjes in een tuin: 'If it's Tuesday, this must be Copenhague.' Wilde je Amerikaans doen, dan moest je juist niet al die hoofdsteden kennen! Het was ongelooflijke aanstellerij om ze uit je hoofd te leren, zelfs de Amerikaanse president kende ze niet, daar kon je vergif op innemen, het was waarschijnlijk een van de verzwegen voorwaarden om president van dit land te worden.

Raar land eigenlijk. Onlangs nog liep ik hier in een park waar een standbeeld van een eekhoorn was opgericht. Misschien een kunstwerk. Of iemand had het verkeerd begrepen. Had eenhoorn moeten worden. Maar een stenen eekhoorn in een park, hoe kom je erop? Terwijl het verder vergeven was van de levende eekhoorns. Alsof je thuis een standbeeld van jezelf hebt staan. Enfin, verder maar weer...

IX

Museum- en bibliotheekbezoek

En dus niet naar het café of een leuke uitspanning.

Niet omdat de poging om de intrigerende Else met de domme Daphne uit mijn hoofd te drijven was mislukt maar om mezelf zowel te straffen als schadeloos te stellen voor de malle vergissing van het bioscoopbezoek met Miss Bimbo Emptyhead, deponeerde ik de volgende dag een uitnodiging voor het Institute of Art in postvakje Ahlsteen. Het IOA, zoals het hier bijna naar de naburige staat heette, omdat Amerikanen ondanks of juist vanwege hun enorme land alles graag kort hielden, was het stedelijk museum dat dienstdeed als een soort Openbaar Kunstbezit. Not to be missed. Ik was er al eens eerder geweest, op een bloedeloze zondagmiddag aan het begin van mijn verblijf hier, toen ik nog reikhalzend zat uit te kijken naar de komst van de postbode in zijn golfkarretje. Van alle grote kunstenaars hing er wel wat en van niemand veel en niks doorslaggevends. Je kon er een Rembrandt tegenkomen (best een mooie Lucretia trouwens) en een Matisse, een Titiaan en een Mondriaan. Goed dus voor schoolklasjes die in één middag door de nalatenschap van de Oude Wereld wilden wandelen.

Maar trekpleister was dit keer de tijdelijke tentoonstelling in een zijzaaltje: negentiende-eeuwse foto's van een wereld in wording. In *The Voice and Stand*, waarin een voorbeschouwing had gestaan, had me de achterdochtige kop getroffen van een vrouw voor een bouwvallige hut omringd door talloze kinderen die al net zo argwanend stonden te kijken, ontstemd als familieleden die ontevreden zijn over de wijze waarop ze in de roman van hun broer zijn beschreven. Het nogal beroete troepje keek de krantenlezers aan alsof ze hen ervan verdachten hen te willen verkrachten en die paar ellendige centen van ze mee te nemen. In die tijd kon een camera je ziel nog stelen, dat zag je.

Enfin, ik wilde ze wel eens bekijken, de Kaninefaten, Romeinen en Batavieren van de Nieuwe Wereld! En zo dwaalden Else en ik langs de zwartwit foto's van het Wilde Westen en van het Nette Oosten met oude Fordjes en First Presbytarian Churches, van in lompen gehulde mannen die voor een kale schuur bonen zaten te eten en van gevulde zakenlui in de Chateau Room van een of ander hotel dat allang niet meer bestond want Amerikanen hielden er misschien van te bouwen maar ze hielden er nog meer van om dingen weer net zo hard neer te halen. De meeste indruk op mij maakte een foto van rond 1900: vier Halloweengangers met voddige maar doodenge maskers die eruitzagen als een stel seriemoordenaars.

Het was stil in het museum. Else en ik waren zo'n beetje de enige bezoekers. De zaalwachten zaten en stonden er een beetje voor Piet Snot bij maar dat waren ze gewend. Zwijgend waren we getweeën door het fotozaaltje gelopen, maar daarna scheidden onze wegen geruisloos. Ik liep naar de zeventiende eeuw terwijl Else het op de impressionisten had gemunt. Zoals gezegd, ze hadden hier van alles wat, maar alles tweederangs. De mooie Rembrandt was twijfelachtig, gaf het gidsje toe, dat we bij de ingang hadden gekocht.

Ik had de Hals in het museum bereikt. Niet Frans maar Dirck want in de Gouden Eeuwen beoefenden hele families het vak. En Frans was kennelijk te duur geweest, dan kocht je zijn minder geslaagde broertje maar.

Erg matig werkje trouwens, niet meer dan een kiekje welbeschouwd, niet erg aan me besteed; ik haalde mijn blik er snel vandaan en slenterde verder naar een landschapje van een onbekende tijdgenoot. Ik hield niet zo van portretten. Al zag ik wel dat het moeilijker was om iemand goed te treffen dan om een landschapje raak neer te zetten. En het was waar, amateurs en schildercursussen deden ook altijd landschappen. Bob Ross bijvoorbeeld, die

De meeste indruk op mij maakte een foto van rond 1900: vier Halloweengangers met voddige maar doodenge maskers die eruitzagen als een stel seriemoordenaars. (p. 80)

lachwekkende Amerikaanse schildersgoeroe met dat hoofd als een kwast die je zo graag wijsmaakte dat iedereen kon schilderen, fabriekte altijd alleen sparrenbomen, rotspartijtjes en watervallen, zo... zo, hier wat vegen met VanDyck brown weet je wat, we duwen die bergkam wat naar voren, doe maar, en kijk, we maken een gezellig weiland van reseda. Zelfs een konijn of een hond was 'm al te veel moeite. Alleen een meeuw kon er zo nu en dan vanaf. Even twee boogjes, u ziet het, iedereen kan het. Dat ging prima, wacht, we doen er nog eentje, het mannetje, u wilt toch ook niet dat ze alleen zijn?

Toch had de hele zestiende- en zeventiende-eeuwse Nederlandse school geen fatsoenlijk gelijkend Nederlands landschap weten neer te zetten. Overal zag je monstrueuze bergen in de wurggreep van theatraal kronkelende rivieren, die er onmogelijk geweest konden zijn in zo'n zompige delta. Heel Nederland was door de Italiaanse mangel gehaald.

Ook dit was er weer zo een, zwaar aangezette bomen en hysterische heuvels alsof iemand het Kopje van Bloemendaal voor de gelegenheid had laten ontploffen. Ook het soort wolken waar iedereen altijd zoveel goeds van wist te vertellen, waren naar mijn stellige overtuiging nooit aan de Nederlandse luchten verschenen, ook vast niet in de zeventiende eeuw: grote bloemkolen als afgedreven kernontploffingen alsof er voortdurend een geweldig onweer kon uitbarsten. Het Nederlandse schilderkunstige landschap was, geheel in tegenstelling tot de werkelijkheid, voortdurend dramatisch, zwanger van betekenis en symboliek, alsof er zojuist annunciaties of paradijsuitdrijvingen hadden plaatsgevonden.

Het volgende schilderij was dan weer ingetogen spul, een stilleven dit keer, Amerikanen moest je nu eenmaal niet met te veel van hetzelfde opzadelen, die waren verzot op afwisseling, een volk dat moest worden beziggehouden. *Schalen met oesters en deegwaren voor een nis* heette het. Osias Beert, nooit van gehoord. Koopje uit Japan zeker. Ook stillevens kostten me de nodige moeite. Ik beschouwde ze eigenlijk als een soort oefeningen, iemand probeerde een mooie reflectie in een glas te schilderen, de parelmoeren glans van een schelp te treffen, nou ja, daar hoefde je ook niet op neer te kijken: de etudes van Chopin behoorden tot de hoogste kunst en ik wenste dat ik ze allemaal kon spelen, alleen de makkelijkere exemplaren gingen me goed af. Maar uiteindelijk moesten al die eventjes bij elkaar geveegde etenswaren en serviezen op grote schilderijen terechtkomen waarop een girondijn vermoord werd of een Griekse wijsgeer op de rand van z'n bed zat. Merkwaardige naam trouwens, Osias!

Elses Birkenstocks hadden me weer achterhaald en nu stond ze naast me naar de oesters en de deegwaren te kijken. Vast wel wat voor haar, zo'n keukentafereeltje, je moest bij zo'n Duitse deerne natuurlijk niet met Jackson Pollock of Mark Rothko aankomen. Trouwens, ik ben zelf ook niet zo iemand die zich gebiologeerd een geheel en al blauw doek, 'monochroom' meneer, binnen laat zuigen.

'Wel mooi gedaan,' zei ze, 'en Wonderbread aten jullie toen nog niet, zie je dat?' Helemaal ongeestig was dat niet; onderweg naar het museum had ze geklaagd over de kwaliteit van het Amerikaanse brood, waarop ik haar had medegedeeld dat ik het juist heerlijk vond, dat Wonderbread, altijd wit en zacht, propvol conserveringsmiddelen. Probleemloos bleef het twee weken vers. Brood dat iedere vergankelijkheid ontkende. Maar zij vond het niks natuurlijk. 'Damenbinden' noemde ze het, maandverband.

Zo zo, het stilleven van meester Osias Beert beviel haar dus. De wereld was er nog heel en overvloedig in, geen oorlog en vrees. Ik snapte het, het was op een bepaalde manier verwant aan de koolzaadvelden bij Eutin.

'Hé,' zei ze met een blik op de titel van de voorstelling, 'dat is toevallig! O nee!' Op hetzelfde moment leek ze ook alweer spijt te hebben van haar uitroep.

'Toevallig wát?'

'Ach niks.'

'Toe, het interesseert me.'

Ik had de indruk dat ze geërgerd was. Of misschien verlegen.

'Nou?'

'Echt, niks.'

'Flauw.'

‘Nou ja, ik herkende iets.’ Ze wees op het titelplaatje naast het schilderij. ‘Familie van me.’

‘Hoezo familie?’ vroeg ik. ‘Osias Beert?’ Ja, wist je veel? Wie weet was de goede Osias ooit naar Eutin getrokken om daar de plaatselijke oesters te vereeuwigen.

‘Nee, niet Beert, Perkentin.’

Ik keek opnieuw op het schildje. Osias Beert, *Schalen met oesters en deegwaren voor een nis*, in bruikleen gegeven door graaf Magnus Perkentin von Zecher.

‘Graaf Perkentin von Zecher?’

‘Mijn grootmoeder was een Perkentin.’

Een Perkentin, jazeker. Grappenmaakster.

‘You’re kidding,’ zei ik. Maar ik wist op hetzelfde moment dat ze het helemaal niet verzon, Else Ahlsteen was volstrekt niet bij machte om zoiets uit haar duim te zuigen. Perkentin von Zecher.

‘Ja heus, zie je wel, ik wist het... Het is altijd hetzelfde. Ach weet je, het is allemaal onzin en ik weet hoe mensen erop reageren. Ze kijken toch altijd opeens anders naar je. Ik haat dat.’

Ik keek haar aan alsof ik haar een kans wilde geven om nog te ontsnappen, ‘Ben je van adel dan?’

‘Nou ja, wat is adel hè, eigenlijk bestaat het niet meer. Het is tegenwoordig gewoon een naam.’ Opeens vond ik haar schuldbewuste toon geil. Het wond me op, het adellijke meisje dat er allang genoeg van had en gewoon wilde zijn.

‘Ahlsteen. Von Ahlsteen? Is het eigenlijk Von Ahlsteen?’

‘Hm.’

‘Verder nog iets?’ Osias Beert en zijn schelpen waren vergeten.

‘Hoezo nóg wat?’

‘Freiherr? Graaf? Markies?’

‘Hoe kan ik nou graaf zijn, Truthahn.’ Dat vond ze me, een Truthahn. Het klonk niet best, al wist ik dat het ‘trut’ dat ik erin hoorde niet zo bedoeld was. Snoeshaan misschien meer. Ook niet goed.

Ik grinnikte. Of was wat ik voor onverwachte humor aanzag gewoon haar realiteitszin?

‘Gravin dan. Else, Gräfin von Ahlsteen.’

‘Ahlsteen-Brockenfels, als je het dan helemaal wilt weten.’ Het leek alsof ze zich verbaasde over mijn plotseling gewekte belangstelling en nu ook maar alles wilde bekennen, om ervanaf te zijn. En ik begreep ergens ook wel dat ze het niet had willen zeggen, want onmiddellijk welde er een vreemd en onbehoorlijk soort ontzag in me op. Van adel, tjongejonge, en niet zo’n beetje ook, gravin! En juist omdat ze zo ongepast was groeide mijn geïmponeerdheid nog meer. Afgezien van het feit dat adel ook in Nederland al lang niet meer telde, dit was Amerika, adelloos, egalitair, iedereen professor, jij en jou. Maar ik kon het niet helpen, het blauwe bloed van Else stroomde opeens met volle kracht mijn hoofd binnen. My God, Count Ahlsteen, het leek wel een negentiende-eeuwse roman.

‘Ik wil absoluut niet dat je het gaat rondbazuinen, hoor je dat, ik heb er nu al spijt van dat ik het gezegd heb!’

‘Nee nee, natuurlijk niet. Zo interessant is het nou ook weer niet.’ Maar mijn eigen opwinding bluste ik er niet mee.

Het lieflijke dorpje was misschien hetzelfde gebleven met zijn roestige wegwijzers naar mulle hobbelwegen, maar de Ahlsteen-hoeve werd na ons bezoek aan het Institute of Art flink onderhanden genomen, van de schoorsteen maakte ik een toren, nou niet direct een met een vlag of een trans maar toch een behoorlijke stenen verhoging waar je je nog weer wat verder van de bewoonde wereld kon wanen. Om het huis heen kwam zelfs iets van een gracht te liggen. Natuurlijk, vijanden waren er allang niet meer en als ze er al waren lieten ze zich niet door wat stilstaand water afschrikken, maar het was toch wel aardig vanwege de sfeervolle zwanen, en wie wilde er nou niet op weg naar zijn voordeur over een stenen brug rijden? En ach, voor die brug, weet je wat?, we zetten er een stenen leeuwtje bij, zo... Dat gaat prima. En een poorthuis natuurlijk. Verder kwam er van die typische paardenlucht bij, beslist, een van de koeienstallen werd zelfs helemaal omgebouwd tot paardenstal. En de veldbloemen rond het huis waartussen op die warme dag vlinders hadden gefladderd, veranderden in rododendronhagen, met als het aan mij lag een tuinman om ze van tijd tot tijd te snoeien. En niet te vergeten, boven de deur kwam het schild van de Ahlsteens te hangen, een rode vliegende vis in een veld van sinopel, niemand wist waarom. Natuurlijk, al deze symbolen waren zeer afgebladderd sinds de Eerste Wereldoorlog, modernisme en machinisme de bijl aan de oude stambomen hadden gezet, maar er moest toch nog iets van vroeger zijn overgebleven, vergane grandeur of zoiets, wie weet vleugjes van een heerlijke, onbezorgde wereld. Ik wist het zeker. Maar die kennis en het bijbehorende gevoel verwarden me eerlijk gezegd ook want het hoorde niet dat je als verlicht mens in onze tijd nog onder de indruk was van oude namen, titels en wapenschilden en misschien stiekem wel dacht dat die aristocratie zo gek nog niet was geweest. Nou ja, verstokte uitbuiters natuurlijk, maar toch ook de fabrikanten van de geschiedenis, al schenen ze daar tegenwoordig in de kwantitatieve geschiedwetenschap heel anders over te denken.

Om mijn eigen geïmponeerdheid enig recht van spreken te geven bedacht ik dat iedere tijd nu eenmaal zijn behoefte aan adel had, tegenwoordig waren het de zakentycoons en de film- en popsterren die een soort brief- en landadel uitmaakten en onderling trouwden. De Nieuwe Wereld, waar ik mij nu bevond. Geen twijfel mogelijk: de Verenigde Staten van Amerika, waar ze in de negentiende eeuw nota bene nog naar een passende koning hadden gesolliciteerd, hadden de macht van het oude Europa, door Paul Valéry nog als de hersens van de wereld aangewezen, overgenomen en aan de eigen behoeften aangepast, maar in wezen was er niks veranderd. Of je nu tegen oud of nieuw geld opkeek, het ontzag was hetzelfde. En dus hoefde ik mij in zekere zin niet te schamen voor mijn ouderwetse ontzag dat alleen maar anders voelde omdat niet een filmster maar een adellijk meisje in slobbertrui op mijn pad was verschenen. Ik voelde wel dat ik mijn gedachten naar mijn hand zette, maar het voelde goed zo.

Elses beweringen maar eens in Wilmot Library gaan staven. Daar kwam ik zelden of nooit. De boeken waar ik mijn colleges uit putte had ik grotendeels uit Europa meegenomen en zo saai was Amerika nu ook weer niet dat je je tijd uit verveling maar in de bibliotheken sleet. Wilmot Library was een groot modern gebouw van dertien in een dozijn, een bakstenen kolos met een paar hoge en smalle ramen, waar je nauwelijks iets doorheen kon zien. Behalve bibliotheek was het ook een slaapplaats voor studenten. Vooral Aziaten schenen zich hier erg thuis te voelen. Ze dommelden bij voorkeur in afgeschoten hokjes, waar grote stapels boeken en schriften hen aan het zicht onttrokken.

Ik keek op de plattegrond in de centrale hal en leerde dat de afdeling geschiedenis op de derde etage was. Ik nam niet de lift maar ging lopen, de brede trappen op waar studenten liepen, boeken tegen zich aan geklemd als waren het hun edele delen. Bij de hulpwetenschappen, die prothesen der geschiedenis, begon ik de rijen af te grazen. Wilmot Library was mirabile dictu nog een handbibliotheek, je mocht er zelf de gewenste banden uithalen. Dat betekende dat je soms tot zeeziek wordens toe voor de kasten stond te knikken. Ten slotte zag ik ze staan. Het waren parmantige corpulente deeltjes, een rij van een paar meter lang. Net bijbeltjes, grijs voor de ongetitelden, purper voor de Freiherren, groen voor de graven, rood voor de vorsten. Ik pakte een van de groene deeltjes en bladerde erin, passeerde her en der verspreid foto's van geposeerde nette mensen, die stuk voor stuk een immense tevredenheid uitstraalden dat ze voor dit boekje geboren waren, zo nu en dan een militair, flinke knevel, de borst bespikkeld met wat medailles of het IJzeren Kruis.

Nadat ik deze wondere wereld tot me door had laten dringen begaf ik me naar de index, vond verbazingwekkend snel wat ik zocht en pakte een volgend groen deeltje. Benieuwd. Ondanks de onwaarschijnlijkheid van een zo onzinnige leugen uit Elses mond, twijfelde ik nog altijd. Weer keken tevreden graven en gravinnen me anachronistisch aan. Prokesch von Osten, Von Kolowrat-Krakowsky, Loeben de Vivanco, Prónay von Tót-Prona und zu Blathnicza.

Ik bladerde door naar achteren. Familienverband, generaal buiten dienst, kamerheer Pruisisch minister, Oberforststallmeister... De halve negentiende eeuw kwam langs, voor zover ze niet door de industriële revolutie was gemangeld: redingotes, neteldoeken, kanten mutsjes. Eindelijk arriveerde ik te bestemder plaatse. Een vrouw, het haar driehoekig opgestoken en met om haar hals een geknoopte sjaal, verder pofmouwen en een corsage, keek me kalm aan alsof ze me wilde zeggen: geen rare seks, geen moeilijke, experimentele boeken, geen overdreven verwachtingen, hier ben ik, mijn naam: gravin Therese von Ahlsteen zu Brockenfels geboren von Ditfurth zu Dankersen. Ik moest er nu toch bijna zijn. Mijn ogen tuurden de pagina's af. En daar zag ik haar staan. Ja, het klopte. Else Irmela, dochter van graaf Rüdiger Kuno, Diplomlandwirt. Dat laatste viel dan weer tegen. Gediplomeerd boer. Net als Himmler.

EUROPA

I

Snuisterijen

Haar naaktheid verbaasde vriend en vijand, had ik bijna geschreven, maar ze was natuurlijk niet gedurende de stilte tussen deze twee boekdelen stripdanseres geworden; ik bedoel dat haar naaktheid míj nogal verbaasde. Zonder dat ik het me ten volle bewust was had ik onder de slobbertruien iets uitgezakts verwacht maar nee hoor, ze bezat een welgevormd en stevig lijf. Struis was het woord.

Ik had natuurlijk ook 'blootje' kunnen zeggen of 'nakie', maar dat paste niet bij haar, vond ik, ze was er te groot en te statig voor. Naakt dus had ze ook iets van een standbeeld en ik werd er, laat ik dat maar eerlijk toegeven, niet heel erg opgewonden van. Maar dat kwam vast nog wel. Eerst maar eens leren om mijn verse liefdesgevoelens te savoureren. Ik besloot om me te laten behagen door haar schone en zuivere onaanraakbaarheid, ik beoefende de hoofse liefde, vertelde ik mijzelf, ook enigszins noodgedwongen trouwens. Er was namelijk geen sprake van dat ik die eerste keer, na een avondje uit in visrestaurant Oceanaire boven in het hoogste gebouw van de Twin Cities, zomaar met haar mocht neuken. 'Het doet te veel pijn,' zei ze eenvoudig en nam een slok water uit het glas dat naast het bed stond. Háár huis, ik zeg het er maar even bij, de koolzaadvelden waren nog altijd niet afgescheurd.

Vaginale krampen, wist ik wat dat waren? Vaginale krampen aha, het stemde me onmiddellijk mild en begripvol, maar nee, eerlijk gezegd wist ik daar weinig van, was een orgasme dan niet ook een soort vaginale kramp? Daarna lagen we knus tegen elkaar aan, kusten, belikten en besabbelden elkaar maar verder niets. Het verbaasde me eigenlijk dat ze dat kon, samen met een man in bed liggen en knuffelen, weer een verkeerd woord, elkaar kussen en bevoelen, ik had kennelijk een volstrekt onwereldse voorstelling van haar.

Ik voelde me volstromen met mooie gedachten, dat we de komende tijd als engelen zouden vrijen, dat ik haar langzaam en teder, desnoods in een proces van maanden en maanden, zou openvouwen, beetje bij beetje, tot het laatste lieve krampje eindelijk, pfft, verdwenen was en de engelenliefde overging in mensenliefde. Wat dacht je, het ging mij helemaal niet om seks. Met deze vrouw, deze godin, moest het iets moois worden, iets van vertrouwen, van langzaam in elkaar opgaan, iets wat deze tijd van snel gewonnen en geronnen relaties tartte.

Het leek wel of ik met haar in boeken van mijn ouders was beland, maar gek, het voelde helemaal niet als iets stoffigs, meer als de vervulling van een oude, vergeten belofte. Of als het openingsgambiet van een historische schaakpartij.

Als om mijn haast vrome gevoelens nog verder te begunstigen vertelde ze me dat er ooit iemand was geweest, ze zei niet wie, maar een vroegere minnaar dan toch kennelijk, die dwars door die krampen heen gewoon bij haar was binnengedrongen. Allemachtig, wat een pijn had dat gedaan! Dat maakte mijn taak nog mooier. Ik mocht de herinnering aan de pijnlijke bruut wegpoetsen. Toch voelde ik ook een flinke steek jaloezie jegens de onbekende dader die ze, misschien wel blind van liefde en passie, toch maar had toegelaten. Iemand die haar een pijn mocht doen die mij niet was toegestaan. Maar jaloezie was ook prima. En per slot van rekening lag ik met haar in bed en die ongelikte krampioen niet.

Helemaal aan het eind van ons beider verblijf in de Verenigde Staten trouwden we, in een impuls. Las Vegas. Tot mijn stomme verbazing had Else dat een prima idee gevonden. Het had veel weg van een grap. De trouwerij kostte een handjevol dollars, we kregen er een plastic beker champagne bij en ’s avonds werden we op het televisiescherm in onze Stardust-kamer gefeliciteerd met onze echtverbintenis. Verder ontvingen we beiden een fiche om in het casino beneden een gratis drankje te halen. Geen eiersnijders. Geen peper-en-zoutstel. Maar ineens waren we wel man en vrouw. En zo vlogen we terug naar de Oude Wereld en zagen dat de aarde rond was.

Onze ouders vonden dat huwelijk natuurlijk drie keer niks toen ze het een paar weken later te horen kregen, maar gelukkig hadden we hun toestemming niet nodig en na een paar chagrijnige telefoontjes deden ze het enig verstandige en legden zich erbij neer. Kinderen deden nu eenmaal niet meer wat hun ouders wilden. Ze wensten ons alsnog het beste en deden van beide kanten benieuwd naar het nieuwe schoonkind.

Het gaat nu even heel snel. Terug in de Oude Wereld besloten we vlak over de grens in Oost-Friesland te gaan wonen, in Breinermoor, ergens onder het stadje Leer waar we een huurhuis gevonden hadden, maar bij wijze van huwelijksreis begonnen we Europa in Nederland; ik had Else beloofd om haar mijn geboorteland te leren kennen, dan konden we daarna naar het hare vertrekken. Ik had een huisje in Breskens gehuurd, in een vakantiepark. Else wilde zoals alle Duitsers per se naar de zee (daar ging mijn woud-idee! Weg voor ik het wist!), dus dan moesten we maar naar het land dat er paradoxaal naar genoemd is: Zeeland. Ik wist eerlijk gezegd weinig van Zeeland, hooguit iets van de Deltawerken, maar op een of andere manier voelde dat juist goed, zo stonden we in zekere zin quite. Quite? Quitte.

Alle huisjes in Park Schoneveste hadden een naam, wij verbleven in De Meeuw en ons bed had een rose overtrek, ik herhaal: rose!

Dat het in Breskens geen al te best weer was kon ons niet schelen. Er stond een vlagerige wind en de wandelingen langs het strand vroegen om windjacks en zo nu en dan zelfs paraplu's, maar dat was allemaal heel romantisch. Hoe naargeestiger het weer, hoe verknochter we ons voelden. Niet dat we de hele dag boven op elkaar lagen maar we waren echt jonge geliefden, als ik het zeggen mag: verliefd, gearmd, kussend. Las Vegas, Breskens, het maakte allemaal niks uit, we voelden ons licht en beloftevol.

Wandelend over de boulevard vroeg ik haar voor het eerst hoe het was om als gravin geboren te zijn.

'Ik werd er op school mee gepest,' vertelde ze, 'ze noemden me "von", meer niet, en dat was niet aardig bedoeld. Zelfs de leraren deden mee. "Von, wieso hat Shakespeare *The Taming of the Shrew* geschrieben?" Het is in Duitsland niet hip om van adel te zijn. Het wordt met Pruisische jonkers geassocieerd en Pruisen is verboden, dat is het verkeerde Duitsland, snap je, dat van de wapens. Daarom wordt in Duitsland ook bijna niks meer naar Pruisen genoemd, zelfs voetbalclubs verdoezelen hun afkomst: Borussia.'

'Ah,' zei ik, 'Borussia betekent Pruisen? Wist ik niet. Bildungslücke.'

Ik zei maar niet dat ik juist nogal geïmponeerd was door die adellijke afkomst van haar, dat viel vast niet goed. Niets rampzaliger dan een vrouw te complimenteren met iets waar ze zelf een afkeer van heeft.

'Mijn ouders woonden vroeger op een landgoed,' ging ze verder, 'Brockenfels, we hadden paarden en tuinlui. Maar op een gegeven moment was alles weg en verhuisden we naar de portierswoning.'

'Maar arm lief kindje, hoe ging dat dan?' vroeg ik hevig geïnteresseerd, 'gingen jullie failliet of zo?' Het voelde, nu we voor eeuwig met elkaar verbonden waren, op een of andere manier fijn, bevoorrecht om haar rijzige gestalte met verkleinwoordjes aan te spreken.

Ze wist het niet. Het was gebeurd toen ze nog jong was en er werd niet meer over gepraat. Pijnlijk onderwerp. 'Begin er alsjeblieft niet over tegen ze,' waarschuwde ze, 'ze hebben het niet verwerkt en ik denk dat ze het respectloos vinden als je ernaar vraagt. Ik heb er niks mee, dat snap je. We kunnen beter zorgen dat de wereld er een beetje fatsoenlijk uitziet.'

'Hoe bedoel je fatsoenlijk?' vroeg ik: 'Gelijke kansen voor iedereen, zoiets?'

'Dat ook,' zei ze, 'maar dat we de natuur ontzien, dat we een beetje zuinig zijn met energie, de boel niet vervuilen.'

Ik knikte. Schaapachtig vermoed ik. Het milieu was niet helemaal mijn onderwerp om eerlijk te zijn of liever gezegd, het interesseerde me geen bal. Tot voor kort dan, want ik voelde dat mijn liefde voor Else meebracht dat ik me ook voor haar onderwerpen ging interesseren. Het was bovendien heel eerbaar om met het milieu bezig te zijn, nietwaar?

Alles wat ze zegt bevalt me, sprak ik tegen mezelf. Ik zal een beter mens worden van haar, ik ga ervan profiteren. Weg met al die onnozele wichtjes, die dwalingen van weleer. Enigszins verbaasd keek ik naar mijn eigen gedachten. De vrouw die ze ontstoken had vertegenwoordigde iets puurs, iets authentieks. Ik was vastbesloten haar te behouden, trouwens, ze leek me niet iemand om zomaar weg te lopen.

’s Avonds in De Meeuw bedreven we op heerlijke wijze de liefde en ‘ik kende mijzelve niet; gij hebt mij op vorstelijke wagens geplaatst’, zoals de dichter zegt.

Intussen was ik de afgelopen maanden wel gewend geraakt aan haar lichaam, en met de vaginale krampen was het nadat ik nachtenlang tegen haar aan had gelegen op een zeker moment gedaan. Daarna vrijden, vreeën, whatever, we zonder al te veel buitenissigheden, rechttoe, rechtaan. De regisseur van de buitenwereld, niet uitgenodigd, zou er allicht niet veel aan hebben gevonden, maar het voelde goed, alsof eeuwen op ons neerkeken. Ik meende dat deze gang van zaken voornamelijk te danken was aan Else. Zo rondde ik alles van haar naar boven af. Zelf hield ik er van tijd tot tijd heus nog wel wat liederlijkere gedachten op na, door oude en groezelige hersencellen getransporteerd, maar ze schenen hier zo ongepast dat ze voor de verwezenlijking al verdampten; misschien zorgde Else met haar eenvoudige, bijna boerse liefdesleven wel voor een soort rasveredeling, te beginnen bij mij. Niet te veel over nadenken, dacht ik vaak, gewoon genieten!

‘Ik hou van je,’ zei ik maar eens. Als je het niet al te vaak zei betekende het heus nog wel wat. Ik geloofde erin. Het waren onze wittebroodsweken, dan mocht dat. Flitterwochen was dat in het Duits, vertelde ze; dat was het soort woorden dat ik nooit gebruikt had: snuisterijweken, prultijd. ‘Ik ook van jou,’ zei ze, en even vervlochten onze handen zich boven het tafeltje waaraan we waren neergestreken om een kop koffie te drinken. Buiten liepen toeristen als wij, maar onverliefd en verveeld, in een miezerig rotregentje. Breskens, geen klap aan.

We gaven al die ellendelaars om ons heen namen. Daar had je koningin Elizabeth in gezelschap van Mr Bean. En aan een tafeltje verderop ontwaarden we Simone de Beauvoir en Helmut Schmidt. Helemaal in z'n eentje zat Gerrit Achterberg op het terrasje te kleumen.

Hè, wie? Kende ze natuurlijk niet, dichter, had iemand vermoord. Nee toch?

Een strandwandeling. De lucht grijs maar geen regen meer. Een stevige wind maar net geen storm duwde ons naar het noordwesten, meer zee tegemoet. Er liepen mensen over het strand die hun hond uitlieten en er waren paardrijders, een enkeling zat zelfs demonstratief op het zand, maar het was nog altijd geen strandweer. In eindeloze regelmaat deinden de golven af en aan, sommige met witte kuiven, maar de meeste groengrijs als de wolken die erboven hingen. Was dat niet waar de zee haar kleuren aan te danken had, de lucht erboven? Hoe zat dat ook al weer? Iets met zonlicht.

We liepen gearmd. Net een oud stel, overwoog ik maar niks in mij verzette zich ertegen. Het voelde alsof ik mijn hele leven lang hierop uit was geweest. Dat dit meisje met haar oude bloed ook mij met oud leven injecteerde. Alle vriendinnen en liefjes die ik hiervoor had gehad, alle onenightstands, alle hippieachtige of studentikoze onverplichtheden vaagde Else weg. Trouwens, onenightstands, waar had ik het eigenlijk over? Ik had het gevoel dat ik nog nooit zo tevreden was geweest, een haast beangstigende sensatie waar je maar niet te veel bij moest stilstaan, omdat het alleen maar minder kon worden. Op een volgend terrasje dat dapper het matige zomerweer trotseerde dronken we een kop thee met een appelpunt. Ik bedoel, die appelpunt dronken we niet maar aten we op natuurlijk. Misschien moet ik aannemen dat ik eindelijk volwassen word, dacht ik.

Na de gelukkige snuisterijdagen in Breskens bezochten we Elses ouders. De graaf en de gravin zagen eruit als de boswachter en zijn vrouw. Graaf Rüdiger, gezegend met een aardappelgezicht waarin alles zich afspeelde rond een prominente zadelneus, liep de hele dag in een donkerbruin corduroy jasje en een aardkleurige broek; zijn vrouw, vormeloos en moekeachtig maar uitgemonsterd met een paar slecht passende maar op zichzelf goed getroffen koude grijsgroene ogen zodat je precies wist van wie Else ze had, droeg een witte blouse boven een wijde rok die haar dikke benen aan het zicht moesten onttrekken.

Na deze traditionele portretkunst moest ik ze natuurlijk mijn eigen kunsten vertonen. Elses vader schepte er behagen in mij in Platduits, dat hij voor een soort Nederlands hield, toe te spreken. Hij onderhield mij over de smakeloze tomaten die Nederland naar het scheen over de aarde distribueerde en die men inmiddels 'Wasserbomben' noemde. Elses moeder, streng en afstandelijk ondanks haar gemoedelijke uitstraling, vroeg naar de Keukenhof en of er in mijn land nog klederdracht werd gedragen. 'Tracht' leerde ik; dat wist ik natuurlijk wel, maar wie gebruikte dat woord nu nog in hedendaags Duits? Ons huwelijk was in elk geval heel goed voor mijn Duits: Kulturbeutel, Heia machen, Flitterwochen, Tracht. De ouders van mijn wandelende woordenboek deden hun uiterste best mij niet al te zeer te laten voelen dat ze me eigenlijk te min voor hun dochter vonden.

Ik kreeg niet de indruk dat ze van variatie en verrassingen hielden, dingen moesten blijven zoals ze waren. Ons morganatische schertshuwelijk in de woestijn lag ver voorbij hun horizon, ze wilden het er niet eens over hebben, alsof alleen de herinnering eraan de stemming al zou bederven. Het kostte me meer moeite dan ik verwacht had om in hen de mensen te zien die ik in Amerika op de foto had gezien. Hier in hun eigen omgeving waar ze zich op hun gemak voelden, waren ze een stuk landelijker en boerser dan ik me had voorgesteld. Boerenadel, formuleerde ik voor mezelf. De albasten vazen, de Ahnengalerie boven de immense schouw, de galafeesten die ik me na het groene adelsboekje had voorgesteld, waren hier even ver weg als bij het eerste het beste gezin in de Achterhoek. Dat was even slikken. Niks landgoed. Zelfs geen villa. De grafelijke familie hield hof in een doodgewone burgermanswoning in een gat in Sleeswijk-Holstein dat Pehmerfelde heette.

De woonkamer was gevuld met meubels die een groots verleden suggereerden maar die hier zo dicht op elkaar stonden dat het juist weer armoedig leek, alsof er een handelaar in antiek huisde. De kans om als je met je stoel naar achteren schoof, niet een of ander taboeretje te raken, was vrijwel uit te sluiten. Verder lagen er duimendikke tapijten van een onbestemde oosterse snit. En in de hoek van de kamer stond een vitrinekast waarin allerlei vaatwerk stond opgetast, ongetwijfeld origineel Meissen of Wedgwood, maar om te zien deed het niet onder voor een kamer in de Jordaan. Ach, die oude graaf en gravin wisten waarschijnlijk niet eens dat ze in een Amsterdamse volkswijk zo gretig werden nagevolgd. Vooral de boekenkasten trokken mijn aandacht. Ik ontwaarde er naast de tiendelige reeks *Das Deutsche Soldatentum* vooral veel boeken over koningshuizen. Wie iets wilde weten over koning Theodor van Corsica, nooit van gehoord, kon hier terecht, maar ook de leuke tekeningen van gravin Sophie Reventlow, evenmin ooit van gehoord, stonden in de kast, naast een boek over Beethoven, ja, zo iemand was door zijn prachtige werk natuurlijk ook tot adeldom opgestegen. Zeg, dat vioolconcert, onbegrijpelijk toch dat iemand zoiets schoons voortbrengt!

Ondanks de penetrante smakeloosheid van al die prullaria en bibelots vond ik het in mijn hart hartstikke gezellig bij de Ahlsteens. Nu Elses stamboom al deze bezittingen had gesanctioneerd durfde ik wel toe te geven dat trijp en krullen iets hadden, en ik probeerde me voor te stellen hoe het zou zijn geweest als ikzelf toevallig als Freiherr was geboren en mijn kasteel had moeten verkwanselen, maar nu nog tussen een overdaad aan meubelen in de houtvesterswoning woonde. Het waren drakerige gedachten, vol kitsch en pathetiek, maar ik was niet bij machte ze tegen te houden. Het leken wel gevangenen die op mijn huwelijk met Else hadden gewacht, ter gelegenheid waarvan ze amnestie hadden gekregen en hun gang konden gaan.

Intussen was er van de verfijnde opvoeding, sabels, gala-uniformen en trouw aan de traditie nauwelijks meer iets over. In feite resteerde alleen dat laatste en makkelijkste nog: trouw aan de traditie. Voor de rest was deze adellijke familie allang ontwapend en weer overgegaan tot de rangen van het burgerdom. En mijn alliantie met de oudste dochter kon dat proces natuurlijk alleen maar versnellen. Of was het mijn proletariërsinstict dat zulks opmerkte, die ongeleide wil om lieden tot je eigen niveau terug te brengen omdat het nu eenmaal onverdraaglijk is mensen boven je te dulden. Vandaar dat men de koning vroeger gemakshalve vergoddelijkte, hem genezende krachten toeschreef, dat ontsloeg je van de moeizame verplichting tot egaliseren.

Ik stond voor de boekenkast en las over een van Elses verre voorvaderen, een Pruisische minister met zo te zien een overweldigende Louis Quatorze-pruik, dat hij een onbetrouwbare dienaar van zijn staat was geweest ('heimtückisch' stond er) en zijn meesters had verraden. Ook die slechtheid imponeerde me, ik had geen sluwe, achterbakse minister onder mijn voorvaderen geteld. Terwijl deze Von Grumbkow zijn vorst van dichtbij belazerde, lagen mijn arme Veluwse boertjes krom voor de belastingpenningen van hun vorst. Zo was het en niet anders; dat Else en ik, hun nazaten, nu samen aan tafel zaten en in bed lagen was een bizarre uitslag van de geschiedenis. De een was gezakt, de ander gestegen.

'Zeg, zijn jullie ook naar de Keukenhof geweest?' Elses moeder weer, dit keer probeerde ze het bij Else. De Keukenhof scheen het enige bezienswaardige verschijnsel in Nederland waar je je volgens haar met goed fatsoen kon vertonen.

'Nee,' zei Else, 'wat is dat?'

'Nou, prachtige bloemen.'

'Wat heeft dat eigenlijk met de keuken te maken, Titus?'

Wist ik veel, maar godsallemachtig, wat was ze eigenlijk mooi. Ik begon steeds meer van Elses uiterlijk te genieten. Aanvankelijk had ik haar bijzonder gevonden, koninklijk, edle Einfalt, stille Grösse zoiets, maar inmiddels was ik overgestapt op haar schoonheid. Ik voelde me trots, echt waar trots en eh... eerbiedig, ja eerbiedig.

‘Essen ist fertig.’ Elses moeder kwam uit haar eigen keukenhof met een dampende pan binnenzetten. Iedereen ging aan tafel zitten en bevingerde vork en mes. Op het bestek van de Ahlsteens waren de geslachtswapentjes gegraveerd, net als op de servetten en de handdoeken. Die rode vliegende vis, waarom eigenlijk wilde ik wel eens weten. Dat wisten ze niet, dat lag in de nevelen der geschiedenis verborgen, meneer.

Het beviel meneer zeer, het geadelde familiezilver dat steeds maar weer tevoorschijn werd gehaald.

‘Mahlzeit,’ zei ik, maar niemand zei iets terug. Ze keken me aan en begonnen zonder meer te eten. Dat hoorde zeker niet in deze kringen, Mahlzeit wensen. Ik leerde snel.

Er werd hier ’s middags warm gegeten, gewoonte van het land, of je nu boer was of graaf of allebei. De hoofdmaaltijd zo vroeg mogelijk. Na het middageten zaten de Ahlsteens zo vol dat ze even moesten gaan liggen, wat heette even? Pas tegen vieren stonden ze weer op, om dan zo snel mogelijk aan de Kaffee und Kuchen te gaan. Ik kreeg het gevoel dat er de hele dag alleen maar gegeten werd, grote lappen vlees, plakken roggebrood, aardappelbergen. Ik kon kop noch staart ontdekken aan de maaltijden, er was vlees maar ook vis, en meestal ook brood, en pasta. Melk en een glas wijn. Het leek of er voortdurend enorme voorraden kliekjes werden aangesproken. Misschien lag er een geheim dieet aan ten grondslag, dat alleen maar door verarmde Duitse adel werd begrepen, maar ik vond het eigenlijk wel lekker, al die verschillende, volstrekt niet op elkaar afgestemde ingrediënten. Een karbonade en een Deense haring, waarom ook niet; ze hielden kennelijk van een oecumenische stoelgang.

Direct na het middagmaal, nog voor haar ouders zich in hun slaapkamer hadden teruggetrokken, kwam de jongere zus van Else langs, Sonja heette ze – hun ouders hadden zich op het laatst kennelijk bedacht aangaande oud-Germaanse namen. Ze had in Bonn iets van Agrarwissenschaften gestudeerd en werkte op een ministerie, van Landbouw dan zeker, meer wist ik er niet van.

Else was erg op haar zus gesteld, misschien omdat die stukken minder indrukwekkend dan zijzelf was, zodat ze er gunstig bij kon afsteken, dacht ik ongepast want zo was mijn Else helemaal niet, maar feit was dat Sonja er heel gewoontjes uitzag voor het zusje van de Loreley. Alles was gemiddeld aan haar, naam, uiterlijk, wat ze zei.

Maar nu Sonja er was moesten we vanmiddag maar eens ergens wat gaan drinken, die oudjes lagen toch op bed, Stunde des Landwirts. We namen de auto van pa Ahlsteen, een groene Volkswagen Passat, en reden naar Eutin. Ergens aan de rand van de binnenstad parkeerden we. Onderweg zag Else in een Konditorei een oude bekende zitten. Het was een bejaarde vrouw. 'Die Stolbergsche' noemde ze haar. Het was de gravin van Stolberg, de bazin van het oude slot, in het torenhuis waarvan Else geboren was. Kennelijk had je ook tussen graven onderling nog standsverschillen, de ene woonde in het hoofdgebouw, de andere in het torenhuis.

Ze wilde haar niet gaan begroeten, het was een vreselijke vrouw, al zag ze daar niet naar uit, met dat gebloemde theekopje naar haar mond geheven. Maar ze zat daar alleen, een beetje eenzaam, alsof niemand met haar wilde praten. Of voelde ze zich nog altijd te goed voor het gewone volk?

De twee zusjes namen me mee naar een soort reformrestaurant. Je kon er wel thee en koffie krijgen maar bijvoorbeeld geen koekjes en je mocht er ook niet roken.

Ik bestelde koffie en wilde er graag suiker in, maar ook dat ging niet, ze hadden hier geen suiker. Ik moest er maar honing in doen, dat hadden ze hier wel. Ach ja, het schoot me weer te binnen: geen suiker, wel honing. 'Hoezo honing?' zei ik, 'je doet toch geen honing in de koffie, in een kopje thee misschien ja. Maar koffie...'

'Nou, dan doe je er geen honing in,' zei Sonja praktisch.

Aha. Ik dacht aan de orthopedische sandalen van Else, waaraan ik intussen gewend was geraakt en die ze per slot van rekening uitdeed alvorens we naar bed gingen, en nu die macrobiotische kuren van haar zus. Wat moest ik ervan zeggen, het was misschien wel een hachelijk onderwerp.

Sonja had zich voorgenomen dat het gezellig was om bij haar zus en haar kersverse man te zijn. Ze stortte zich op me. Hoe we elkaar hadden leren kennen. Wat ik deed. Waar ik vandaan kwam. Alle vragen die haar ouders juist leken te mijden, misschien uit angst op een ongewenste achtergrond te stuiten. Wat een malle pretenties. Het enige wat ze zelf konden overleggen was een stamboom en hun plaats in het *Gräfliches Taschenbuch.* Nee, geen sieraden ook. Hun verschijning leek bedoeld om eenvoud en rechtlijnigheid uit te stralen.

Over sieraden gesproken. Else en ik hadden na onze trouwerij in de spilzieke woestijnstad voor elkaar ringen uitgezocht bij een Amsterdamse juwelier, die ons met routineuze nieuwsgierigheid had aangekeken. Trouwringen, verduidelijkte ik. Ja, natuurlijk trouwringen.

Ik had de mijne een week lang min of meer aangehouden, maar telkens als ik een oude bekende tegenkwam had ik hem ongezien afgeschoven en in mijn zijzak gestopt. Ze hoefden hier niet te zien dat ik opeens met zo'n traditionele blijk van trouw rondliep. Ik schaamde me ervoor, laat ik het maar eerlijk zeggen. Na drie weken was ik het ding definitief kwijt. Ik stelde nog een halfslachtige poging in het werk om hem weer te vinden in de voering van mijn jasje en onder de matras, maar besloot er geen voorteken in te zien. Je kon ook best zonder ring getrouwd zijn. Een maand later volgde de wonderbaarlijke verdwijning van Elses trouwring. Ook gewoon weg ineens. Alsof de dwerg Alberich er een vloek over had uitgesproken. Ach, wat konden ons die ringen schelen. Ik had intussen iets veel beters bedacht: ik wilde haar oorbellen schenken. Als ware het om op speelse wijze wraak te nemen op het debacle met de trouwringen. Eenvoudige goudkleurige cirkels. In gedachten zag ik Marlene Dietrich in de film *Golden Earrings*, de blonde teutoonse dit keer als wellustige zigeunerin. In Nederland dachten ze dat dat een rockband was, maar daar had Else natuurlijk nog nooit van gehoord en ik wist wel beter. Langzaam maar zeker zou ik ook mijn vrouw, die koele Baltische schone gravin Birkenstock met haar slobbertrui, bewegen in de richting van meer seks en wulpsheid: gouden oorbellen!

Ook dit zou een zinloze missie worden. Eén avond deed ze de oorbellen in om me een plezier te doen, daarna verdwenen ook deze overbodige sieraden in het niets. Onze verbintenis wilde gewoon niet met sieraden bekroond worden. Nou ja, dan niet hè.

II

Kabouter Iglo

Het eerste staatsbezoek dat we moesten afleggen nu we getrouwd waren was natuurlijk dat aan Heinz. Heinz, je weet wel, ik heb het al eens eerder over hem gehad. Maar nee, herinnerde ik me niks van. Jawel, Heinz, bijzondere man. Jaar of zeventig maar altijd jong spul om zich heen. Misschien wel tachtig inmiddels. Hij woonde in een soort tuinhuis, halfuurtje rijden, richting Timmendorfer Strand, in een plaatsje dat Stawedder heette. Else kende hem uit haar middelbareschooltijd.

Heinz organiseerde in zijn tijd een soort bijeenkomsten voor scholieren. Of organiseren? Gewoon, ze kwamen graag bij hem over de vloer. Waren het drinkgelagen of bestudeerden ze samen Heidegger? Was hij haar leraar geweest? Else was niet al te duidelijk over Heinz' geloofsbrieven, maar het feit dat we er, zo pril nog samen, langs moesten, zou wel iets betekenen, toch?

Het was warm weer, Else droeg een blouse die een beetje openviel, ik kreeg er een halve stijve van, had zin er een borst uit te halen maar deed het niet. Niet handig, die opwinding tijdens het rijden, uit alle macht pompte ik het hitsige bloed terug.

Zeventig, zo zo, een hele leeftijd voor een vriend, maar niet voor een ouwe vriend natuurlijk. Je vroeg je af wat zo'n ouwe vent met zulke jonge meiden moest. Ook in die blouse kijken natuurlijk. Of kwamen er ook jongens over de vloer? Maar ook dat wilde ik niet vragen. Ze moest niet denken dat ik haar vrienden, oud of jong, raar vond. Ik accepteer alles van haar, dacht ik alsof ik een verklaring ondertekende. Soms kun je zo denken, bedaard en objectief, op dicteersnelheid. Ik word rondgereden, ze brengt me in omloop, ik moet haar kennissenkring leren kennen. Dit is mijn vriend, hij is Hollander, o nee man. En je moet Nederlander zeggen, ik heb hem in Amerika leren kennen. Je kunt gerust Duits met hem spreken want hij is germanist.

Het was warm in de auto, zelfs met de ramen open, tegen de voorruit sloegen de vliegen en muggen achter elkaar te pletter, een bloedbad. Wat een einde beleefde je toch als insect, opeens daverde je tegen een glazen wand aan, je werd geplet door een enorme rubberen plaat, of met een immense donderslag tegen de muur gesmeten. Of waren er ook die een vredige oude dag beleefden, zoals Heinz, en die zich in alle rust konden vergapen aan de jeugd om hen heen.

'Waar denk je aan?' vroeg ik toen na een tijdje mijn eigen gedachten op begonnen te raken. Wie weet net als ik aan seks. Misschien fantaseerde ze wel dat ik de auto aan de kant zou zetten, we een eindje het bos in zouden lopen en ik haar blouse zou ontknopen en tussen haar borsten klaar zou komen. Of dat ik haar van achteren zou pakken terwijl haar tepels over het zand schuierden. Als het erop aankwam had ik geen flauw idee van haar gedachten, laat staan van haar lustgevoelens, die ik vast te hoog aansloeg.

'Niks bijzonders,' zei ze, 'warm zeg, waarom zet je de ruitenwissers niet even aan met al die beestjes?'

'Dat helpt niet, dan wordt de smurrie alleen maar groter.'

Of pijpen, dat was ook al lekker, vooruit, het was in de buitenlucht, we reden door het heilige Duitse woud, je moest niet het onderste uit de kan willen. Misschien moest ik terloops, quasi per ongeluk, haar borst aanraken. Maar opnieuw deed ik het niet. Vaag verlangde ik dat het initiatief van haar zou uitgaan, dat ze naast mij haar bovenlijf zou ontbloten, maar nee, dat mocht je niet verwachten (van een gravin, bedacht ik er haast bij, maar ik wist die gedachte in de kiem te smoren. Af! Liggen!). Maar juist daarom zou het zo heerlijk zijn. Kon ze mijn gedachten maar lezen of las ze ze misschien wel degelijk maar deed ze er niks mee? Ik voelde een vage ergernis opkomen, die ik net als mijn geilheid routineus onderdrukte. Eigenlijk verlangde ik van haar dat ze dwars door me heen keek, maar natuurlijk alleen als het me zo uitkwam.

Wat een onredelijkheid allemaal, maar enfin, ik doorzag mezelf, dat was ook wat waard, hield ik me voor.

'Weet je wat Appetenzverhalten inhoudt?' vroeg ik om maar wat te zeggen. Natuurlijk wist ze dat. Zij was de Duitse hier. Maar nee, ze had er nog nooit van gehoord. Zeker een exportwoord.

'Hm,' zei ik zonder iets uit te leggen en Else vroeg ook niet verder.

Ik deed de zonneklep neer. Het leek zo nu en dan wel of de zon een gat probeerde te branden in ons faradaykooitje, die broeikas van plakkerige onderweggedachten die zichzelf niet overleefden.

Heinz woonde, of misschien kon je beter zeggen Heinz groeide, bloeide, tierde welig in de aanbouw van een groot landhuis. Het leek er wel een kas, overal woekerden planten, uit potten en pannen die op tafeltjes of krukjes stonden, en uit grote vierkante bakken maar ook gewoon uit de grond. Ergens midden in dat oerwoud stond een bed waar Heinz nadat hij had opengedaan op was gaan zitten tegenover een versleten en doorgezakte bruinleren bank waar Else en ik op plaatsnamen. Kabouters, dacht ik, we zijn kabouters, in een klein glazen huisje naast de grote wereld.

Heinz deed me aan iemand denken, maar aan wie ook weer in 's hemelsnaam? Hij had een wit ringbaardje en droeg ook in zijn huis, als je deze jungle zo mocht noemen, een schipperspet. Hij had diepblauwe ogen en een rimpelig en verweerd maar toch ook blozend gezicht. Was hij ooit getrouwd geweest, had-ie kinderen die hem zo nu en dan bezochten of troonde hij zomaar, zonder veel verleden, tussen de varens en de klimop?

Else deed aan Heinz uit de doeken wat ze de laatste jaren had uitgespookt, Amerika, lesgeven, getrouwd, nu weer terug, even bij haar ouders. Titus hier kwam uit Amsterdam, dat zou Heinz wellicht interesseren. En inderdaad, ha, zei Heinz, Westertoren, Bloemenmarkt. Alsof hij uit de *Holland Herald* citeerde. Schöne Stadt.

Ik zat het grootste deel van de tijd te zwijgen en nam de omgeving in me op. Tussen de planten en struikjes ontwaarde ik kleine stapeltjes boeken en kistjes met onduidelijke inhoud. Op een gammel aanrechtje, half aan het zicht onttrokken door een struik, stond een pannetje te pruttelen waaruit Heinz koffie schonk. Aan sommige planten hingen kaartjes met de Latijnse namen erop, alsof de bewoner een soort botanische tuin onderhield: *Nephrolepis exaltata, Syngonium spathiphyllum, Hedera helix.* Was Heinz dan misschien Elses voormalige biologieleraar? Ik wist niets van planten, struiken, bomen. Eigenlijk niets van de natuur überhaupt. Ik wreef over een moet in de armleuning, die stoel was ook een soort boom. Onze Heinz leek me iemand die zijn stoelen misschien zelf had vervaardigd, zijn kop met de nodige groeven en ouderdomsvlekken had ook wel wat weg van een verweerde boom. Wat deed ik eigenlijk in dit woud? Wat betekende dit alles? Wat had me hier gebracht?

Tegen een lange stakerige plant met dunne vingervormige bladen leunde een setje grammofoonplaten. Else en Heinz haalden oude herinneringen op, waar ik geen touw aan kon vastknopen, ik pakte de platen op en bekeek ze. Het was een allegaartje zoals je ze in Nederland op de vrijmarkt op Koninginnedag aantrof: Smetana's *Ma Vlast*, twee strijkkwartetten van Mozart, 'Heute an Bord' van Heino, gospels door Mahalia Jackson. Het had niets weg van een collectie, eerder leek het erop dat Heinz ze allemaal tegelijk op een vlooienmarkt op de kop had getikt. Een platenspeler om ze af te spelen zag ik nergens. Raadselachtig.

Ik besloot om even naar het gesprek te luisteren. De oude man, kapitein Iglo, ineens wist ik het!, had het over Hans, Petra, Ute, weet je nog wel, hongerige Ute. 'Die hat Jura studiert, weisst de?' 'Na, so was, sah immer so aus wie Tante Emma.' Niemand legde me uit waarover het ging, het interesseerde me ook niet.

We bleven een uur, toen namen we afscheid. Ik zei dat ik het prettig gevonden had om kennis te maken. Zorg goed voor haar, zei de oude Heinz met een knipoog. Wat een onzin allemaal. Dit was een hapje Else met een onbekende smaak. Vissticks-smaak haha. Misschien moest ik het maar gewoon optellen bij haar geheimenissen.

Op de weg terug vroeg Else wat ik van die ouwe nazi gevonden had. Hè wat, ouwe nazi?! Wat bedoelde ze? Was Heinz een ouwe nazi? Alter Nazi, had ze gezegd, in haar moerstaal, alsof ze die goeie ouwe Heinz niet wilde blootstellen aan het vijandige Nederlands. Wat een onzin dat ik dat dacht, maar ik dacht het ontegenzeggelijk.

Ik probeerde niet geschokt te doen. Maar waarom had ze me zomaar meegenomen naar zo'n ouwe, kennelijk foute Duitser, zonder er van tevoren iets over te zeggen. Ik was heus wel meegegaan, uit nieuwsgierigheid. Nu moest ik mijn mening over kapitein Iglo, die ik voor een zachtaardige biodwaas had gehouden, een boskabouter, direct alweer herzien. Alsof ze me een bezienswaardigheid had misgund. Had er een ss-uniform over de ficus moeten hangen, een swastika boven de deur. Achtung! Halt! Nehmen Sie gefälligst den Hut ab! Traag zwollen in mijn hoofd parades in Neurenberg op, de uitzinnig tierende Führer. Wer ein Volk retten will kann nur heroisch denken. Ouverture Tannhäuser maar weer eens.

Grappige man, zei ik maar, het klonk vast een beetje sullig.

Om alle sluimerende misverstanden uit de weg te ruimen stapten we onderweg uit en liepen een eindje het bos in, een echt bos dit keer, gewoon een verliefd stel. Ik moest denken aan een boek over het Joegoslavische verzet dat ik in mijn middelbareschooltijd voor Frans had gelezen. *Éducation européenne* van Romain Gary. Collectief gelezen tot de leraar de klas opeens en bloc had losgelaten: dat lees je thuis maar. Niet gedaan natuurlijk, ik was niet gestoord of zo, maar van Roelof de Heer, een van de übernerds uit de klas, zo iemand die zelfs op zijn kamertje de ogen van meneer Veringa nog in zijn rug voelde prikken, begreep ik later dat het niet mals was geweest, Zosia en Janek vozend in een kuil. Even tussen al dat vluchten, spioneren en meezeulen van springstoffen door een moment van hijgerige warmte, Europese oorlogswarmte.

Tot mijn verbazing had Else geen moeite met de ophanden zijnde vrijage, of noemde je dat niet meer zo als je betamelijk gehuwd was? Ze strekte zich uit op de rulle grond, tussen de takjes en blaren, een beetje alsof we nog bij Heinz thuis waren, en bewoog schokkend onder me toen ik klaarkwam en zij misschien ook wel. Ach ja, het Duitse woudgevoel nietwaar. We waren boswezens.

Later in bed lag ik wakker. Misschien had ze me iets willen laten zien. Haar andere kant. Ter compensatie van haar ouders. Haar alternatieve kant. Gesprekken met een Aussteiger die de Amsterdamse Bloemenmarkt kende. Het ontroerde me ineens, de Bloemenmarkt! Ze bedoelde natuurlijk de Melkweg, Boddy's Music Inn. Maar goed, je mocht ook niet te veel verwachten. Weer later vroeg ik me af waarom ze dan dat 'ouwe nazi' had laten vallen, dat alles weer bedierf. Slip of the tongue? Of betekende ouwe nazi misschien zoiets als ouwe pruik of ouwe hippie, iemand die tot een vorige generatie behoorde, en waar ze hier alleen het nazidom voor hadden? Antwoord op mijn vragen kreeg ik niet, dus sliep ik na een tijdje maar in, voor zover je dat van jezelf kunt zeggen.

III

Maaltijden

En het geviel dat ik voor dag en dauw ontwaakte en een tijdje voor me uit lag te staren naar het plafond, naar de gedoofde zon van de plafonnière, de hoeken van de kamer, heel dat huiselijke heelal. Zonder erbij na te denken draaide ik met mijn rechterhand een beetje aan mijn lul, eigenlijk vooral om wat houvast te hebben in deze stille, nietszeggende wereld. Een handeling vol geschiedenis. Laatste klas lagere school; Alje Dijkstra vertelt me onderweg naar schoolzwemmen dat je 's ochtends soms een dikke lul kunt hebben, odol noemde-ie dat; had ik er wel eens van gehoord? ontzettend dikke ochtendlul. In het Duits noemen ze zoiets een Almoprala, weet ik inmiddels, niet van Else overigens maar van Mike Langholm, remember: kaaklijn, stinkstok? Allmorgentliche Prachtlatte. En herinnert u zich, nu we toch bezig zijn, ook nog Van Deyssel: 'Om dat hij met iets wilde zijn, dat net was als of het niet tot hem zelf behoorde, deed hij zijn rechter hand van voren tusschen zijn opengeknoopte broekgulp en nam er zijn week mollig geslachtsdeel in, het warme rare vleeschkokertje draayend in zijn hand en er meê spelend tot hij insliep.'

Gaandeweg pompte ik alweer de nodige geilheid op. Ik was nu getrouwd, dan was je vrouw toch min of meer van jou, ik bedoel niet zo dat de feministen er last van hebben of de emancipatie weer wordt teruggedraaid, maar gewoon, je hoort bij elkaar, het botert zogezegd. Misschien moest ik me eens tegen haar aan bewegen. Ochtendseks, het huwelijkse voorrecht. Van mijn warme, mollige deel bewoog ik mijn hand langzaam naar de dierlijke bult naast me.

Daar werd onmiddellijk alarm geslagen, alsof de bultbewoonster erop had liggen wachten: 'Zullen we nog even stil zijn.'

Ik was uit het veld geslagen. Even stil zijn? Dat klonk als vroeger, voor het eten.

Het voelde als een afwijzing, niet meer en niet minder, maar ik moest er maar het beste van maken. Zo belangrijk was het ook allemaal niet. Het moest een aardigheidje blijven. Op ingetogen toon begon ik voor me uit te prevelen: 'Genadige Heer. Wij danken U dat wij hier voor Uw heilig aangezicht...'

'Hé wat?'

'Nu we even stil zijn smeek ik graag een zegen af.'

Else begreep er natuurlijk niks van, hoe zou ze ook. 'Wat doe je?' Ik hoorde enige onrust in haar stem.

'Niks,' prevelde ik, 'Nederlandse cultuur, grapje, laat ons ootmoedig bidden.'

'Doe niet zo gek.' Ik kon haar ontstemming door de dekens heen voelen, niet omdat ze me niet snapte, nee natuurlijk snapte ze me niet, hoe kon je zoiets idioots nou snappen, maar omdat ik haar oprechte vraag om nog even met rust gelaten te worden pareerde met een grapje. Nam ik haar wel serieus? Of grapje, wat die Nederlanders dan grappig vonden blijkbaar! Oftewel, ik lag namens haar te denken.

Gevolg van alles was wel dat het nu ook werkelijk stil was. Ik staarde niet langer naar het plafond maar naar de muur waar Else een poster van Chagall, die warme schilder der menselijkheid, had opgehangen. Hield ze van en hoewel ik niet erg dol was op al die hemelse schaapjes en fiedelaars had ik haar natuurlijk haar zin gegeven. Een huwelijk is compromissen sluiten nietwaar? Chagall gedogen. Ach, er waren zoveel ergere concessies. Ergens genoot ik zelfs van ons verschil in smaak. Het zei me dat ik iets opofferde en offers voelden goed, het moest ergens over gaan, er moesten verantwoordelijkheden worden aangesproken; anders kon je net zo goed... En wat de seks betreft, je mocht ook niet verwachten dat die sublieme middag in de zandbak toen je vier was met de buurtkinderen de volgende dag weer zou plaatsvinden. Tel uw zegeningen één voor één, tel ze alle en vergeet er geen...

Ik voelde me voor het eerst van mijn leven voluit volwassen, dat was het, het huwelijk maakte me een volwassen man. Het was nu al de tweede keer dat ik dat dacht. Misschien moest ik uitkijken met dat te denken, was het eigenlijk een kinderachtige gedachte om je volwassen te voelen en voelde je je dat helemaal niet, juist als je het was?

Het waren kalme weken die volgden. Maanden waarin we allengs vertrouwd met elkaar raakten. Ik was les gaan geven op de universiteit van Groningen, aan de andere kant van de grens, de mijne; dat was heel wat anders dan die colleges in Amerika, waar ik zo nu en dan nog wel eens aan terugdacht. Hier beschouwden ze Duits niet als een handig vak voor later als ze in zaken gingen, maar ze hadden echt voor de germanistiek gekozen. Tot mijn verbazing was er een generatie opgestaan, heel anders dan de mijne indertijd, die er wat van wilde maken. Het gevolg was dat ik ook veel meer mijn best moest doen; hele avonden zat ik mijn lessen voor te bereiden en tijdens de colleges staken de studenten wezenlijk geïnteresseerd vingers op en vroegen me wat het verband was tussen Goethes Gretchen en de wegens kindermoord ter dood veroordeelde dienstmeid uit zijn advocatentijd, of ze opperden dat de weerberichten, filmverslagen, plakkaatteksten en statistieken in Döblins *Berlin Alexanderplatz* een vorm van democratische intertekstualiteit vertegenwoordigden. Ik leerde er zelf ook nog wat van.

Else liep nog wat laatste colleges aan de universiteit van Oldenburg en doceerde een paar avonden per week Duits aan immigranten, voornamelijk Russische vrouwen, vertelde ze. Ze zaten achter in de klas te breien. Soms vertelde ze er iets over. Een van hen had opgeschreven: 'Hitler war ein Asel'. Een ander: 'Wir haben uns umgezogen', waarmee ze bedoelde dat ze verhuisd waren. Else scheen te genieten van zulke kleine grappige misverstanden en ik vond het charmant en lief dat ze dat deed. Na het avondeten speelde ik soms op de Bechstein die mee was gekomen naar Breinermoor, *Impromptus* van Schubert of, weet je nog, die mall?, de *Mondscheinsonate* van Beethoven, hetgeen ze zonder al te veel diepgang scheen te waarderen. Maar toen ik een keer een sonatine van Prokofiev uitprobeerde, nota bene de *Pastorale* want dat is de enige die ik min of meer beheers, merkte ze op dat ze het niet mooi vond, niet harmonisch. 'Alsof de wereld niet in orde is,' zei ze. Ik merkte dat ik zin had haar tegen te spreken maar ik deed het niet omdat dat waarschijnlijk precies was wat deze muziek in haar opriep, de geest van tegenspraak, der Geist der stets verneint. Later misschien een keer.

Ze heeft een goede invloed op me, dacht ik wel eens, ze kalmeert me, ze haalt al die hooggespannen verwachtingen, al die illusies en dat cynisme bij me weg, Prokofiev is misschien het kind van de rekening maar ik kan het hebben. Tot nu toe heb ik me laten meeslepen door de tijd waarin ik leefde of dacht te leven, maar zij brengt iets tijdloos met zich mee. Om een of andere reden vond ik het prettig dit soort dingen voor mezelf te formuleren alsof ze daardoor meer waard werden.

Ik had aan mijn jeugd en vooral aan mijn studiejaren het gevoel overgehouden dat het leven vooruit moest gaan, of liever dat ikzelf vooruit moest gaan in het leven. Als puber ontwikkelde ik Sturm und Drangachtige gedachten terwijl ik kranten in de deuren van onbekenden propte en droomde dat ik binnen afzienbare tijd het huis uit en zelfstandig zou zijn om een grootse roeping te vervullen. Als student had ik hoofdstukken van Kant proberen samen te vatten tot iets waar ik op kon kauwen. Je moest, ha Herr Goethe! faustisch zijn, jezelf verbeteren, desnoods tegen een hoge prijs. Wie bij de pakken neer ging zitten of tevreden met zichzelf een nest ging bouwen, was een filister, een Spiessbürger, het laatste wat ik wilde zijn.

Maar nu ik door Else gered was had dat antiburgerlijke me verlaten alsof het er nooit geweest was. Het leek of ze een onbekende in mij leven had ingeblazen, misschien wat sluimerende cellen die ik van mijn grootouders en nog verder terug had geërfd. Grappig dat juist een gravinnetje dat voor elkaar had gekregen, dat burgerlijke bedoel ik. Het was maar goed dat ze geen flauw idee had van mijn sluimerende ontzag voor de adel, dat ik zo goed en zo kwaad als het ging probeerde te onderdrukken omdat het me verachtelijk voorkwam. Het was te klein voor woorden, trots zijn omdat je met een restantje gedegenereerde adel was getrouwd. Was ik werkelijk zo iemand die bij de Nederlandse officials kwam zaniken om in het Nederlands patriciaat te mogen worden opgenomen, nadat ik gepoogd had van een Amsterdamse burgemeester of van een vijftiende-eeuws riddermatig geslacht op de Veluwe af te stammen? Alsof ik geen geniale zoon van het volk durfde te zijn, of geniaal! Gewoon was ook al in orde, beter zelfs. Maar misschien was het wel een rare natuurwet; omdat je nieuw was probeerde je zo snel mogelijk voor oud en belegen te worden aangezien. Zoals de meest experimentele kunstenaars toch hoopten uiteindelijk door het establishment geaccepteerd te worden. Al was het maar na je dood, zodat je tijdens je leven niet op je ondermaatse verlangens aangesproken kon worden. Ha, vooruitgang om bijgezet te worden, welke gek regeerde de wetten van de kosmos eigenlijk? Was het ordinaire overlevingsdrang die er uiteindelijk voor zorgde dat ieder experiment ten slotte conventie wilde worden? Enfin, ik was nog veel te veel met haar afkomst bezig, dat was wel duidelijk, maar het zou wel wennen op den duur.

Een volgende keer bij de Ahlsteens moest ik maar eens vertellen naar wie ik dan wel was vernoemd, Titus, dat was een naam die je in Duitsland niet hoorde. Wacht, even raden. Zeker naar Titus, de zoon van Rembrandt. Of naar Titus Andronicus. Die kenden ze dus ook, maar ik had het gevoel dat ze het liefst aan Titus van Rijn dachten. Zal ik zeggen dat ik naar maarschalk Tito ben genoemd, dacht ik, maar ik deed het niet.

'Titus is in Nederland ook niet zo'n heel gebruikelijke naam,' vertelde ik, 'maar mijn moeder heet Titia, vandaar.' Titia, die naam hoorde je ook al niet veel in Duitsland. Tot zover mijn naam. Ik vroeg me altijd af of ik hen ook dingen terug moest vragen, uit beleefdheid, maar ik zou eerlijk gezegd niet weten wat. Eén keer vroeg ik naar het schilderij boven het dressoir, van die opa-achtige figuur met slaapmuts en medaille. Dat was Graf Joachim, en dat was geen medaille maar de Olifantsorde. Tsss. Ik zit er niet ver naast als ik zeg dat het standsbesef bij hen voornamelijk aan de muur hing en in de kasten stond.

Dat was Graf Joachim, en dat was geen medaille maar de Olifantsorde. Tsss. Ik zit er niet ver naast als ik zeg dat het standsbesef bij hen voornamelijk aan de muur hing en in de kasten stond. (p. 113)

Het was alweer een warme zomerdag, het raam stond open, de geluiden van het land kwamen ongehinderd binnen, buiten zinderde een achttiende-eeuwse hitte, zonder auto's en elektriciteitspalen. Het had iets arcadisch.

Toen was het tijd om aan tafel te gaan, het eten stond klaar.

We aten zoals altijd van alles en nog wat, vlees en brood, er stonden gekookte eieren op tafel maar ook gebakken aardappelen. Wat de pot schafte, maar wie schafte de pot eigenlijk?

Na een minuut of tien stond mijn schoonvader opeens van tafel op, de servet waar hij al flink op had gekliederd in zijn houthakkershemd gepropt, en liep naar de grote servieskast. Hij pakte er boven iets vanaf. Een geweer.

Voor iemand iets kon zeggen schouderde hij, loste een schot door het open raam en tuimelde er aan het einde van de tuin een konijntje in het gras.

'Hè vader, moet dat nou?' zei Else.

'Ongedierte,' bromde haar vader, 'altijd geweest.'

Konijn op je bord, dacht ik.

Het waren zeker historische rechten, die het verlies van landgoederen en pachters moesten compenseren, konijnen te grazen nemen. Dit was het landleven. Ik stond er als stedeling gewoon een beetje bevreemd naar te kijken. Of verwachtte Else misschien van me dat ik in opstand kwam, 'dierenbeul' riep, van tafel wegbeende en hard een deur achter me dichtsloeg?

Ze zouden me een halfzachte zonderling vinden, misschien wel een aanhanger van een oosterse godsdienst waar ze nog geen mug doodsloegen. Zo was Duitsland niet groot geworden, mannetje! Wie vooruit wilde kon niet bij iedere keutel stilstaan, waar gehakt wordt vallen spaanders. Het was nooit anders geweest, Donnersachsen! Fijngevoeligheid was geen eigenschap van de natuur maar van culturen die op hun laatste benen liepen. Dat alles proefde ik toen mijn schoonvader dat konijntje doodschoot. Maar om u de waarheid te zeggen, lieve rechters, meneer de griffier, ik wist niet wat ik meemaakte. Kanikkel noemde ze dat arme beestje, landelijk voor Kaninchen.

En nu we daar toch de pluriforme, naar alle kanten uitwaaierende maaltijd van de familie Ahlsteen in beeld hebben nog maar zo'n veelzeggende tafelscène, opgetekend door nobilitywatcher Titus Orbaan. Wacht even, een beetje meer licht graag. En slow motion. Ja, zo, prima.

Ik zat weer aan de korte zijde van de tafel, recht tegenover Rüdiger, mijn schoonvader, die ik natuurlijk nog nooit bij zijn voornaam had genoemd, alhoewel dat rustig had gekund nu Else en ik getrouwd waren want ik was familie geworden en dan vervielen in dit land opeens alle formaliteiten. Zo zaten we altijd, de Ahlsteens deden aan een vaste tafelschikking, mannen aan het hoofd, vrouwen langszij. Het hoorde voor mijn gevoel op een of andere manier bij hun stand, waarvan de meeste restanten inmiddels in de besteklade lagen.

Tijdens het eten cirkelde er een wesp door de kamer die nu eens door mij, dan weer door Else en dan weer door haar vader werd weggeslagen. Het lukte het beest niet bij de zoetigheid te komen maar hij bleef het hardnekkig proberen tot hij op een gegeven moment wist neer te strijken op het bord van Elses moeder. Ze had vergeefs geprobeerd hem voor haar gezicht weg te meppen en de wesp had van een moment van onachtzaamheid in haar verdediging gebruikgemaakt. Dat waren geen prettige beesten natuurlijk, wespen. Viecher werden ze hier genoemd. Ongedierte. God had onmiskenbaar zijn zegen niet aan hen gegeven, misschien vervulden ze wel een duistere rol bij het in stand houden van het natuurlijk evenwicht, en van heel dichtbij waren het wonderlijke, misschien zelfs bewonderenswaardige en prachtige creatuurtjes, maar dat mocht niet verhullen dat ze weg moesten, en wel direct.

De wesp scharrelde even rond bij de enorme voorraadschuur van de Ahlsteens maar lag even later half op z'n kant. Met wanhopige vleugelslagen probeerde hij nog weg te komen maar het was al te laat. Gravin Rosemarie von Ahlsteen had met een welgemikte houw van haar mes een eind aan zijn bedoelingen gemaakt. Zieltogend lag het insect op de rand van haar bord. Raak. Ik zat er nogal beduusd naar te kijken. Direct daarop begon ze het beest met haar vork stuk te prakken. Veel weerstand bood het ontzielde lijfje niet, voor je het wist was het verpulverd en lag er een bruin prakje. Het heelal was weer een van zijn raadsels kwijt.

'Ja Titus,' zei de moordenares toen ze mijn verbijstering zag, 'wer A sagt muss auch B sagen.'

Ik slikte. Mijn brein lepelde uit een verborgen krocht een citaat op: 'Auf Weniges, auf Langes, auf Fernes geht mein Sinn und meine Sehnsucht: was gienge mich euer kleines, vieles, kurzes Elend an!' Hadden ze niet gelezen natuurlijk, Nietzsche, deze burgerlijke graafjes, deze miezerige wespendoders, maar misschien was er toch iets van zijn gedachtegoed het groene gravenboekje in gesijpeld en had men zich bij gebrek aan werkelijke tegenstand maar op de insecten gestort. Of was dit gewoon de boerenwereld, van veehandelaren en van paardendokters et in Arcadia hullie, James Herriot – Nietzsche had nog troostend om een paardenhals gehangen, ten teken dat het met zijn verstand de verkeerde kant op ging. Maar ik voelde dat iets in mij de killersmentaliteit van Elses moeder ook bewonderde, omdat ik het niet kende en het iets puurs representeerde: mens en dier.

Het eten ging door of er niks gebeurd was. Ach, er zouden weer nieuwe wespen opstaan en als die doodgeprakt waren weer nieuwe, tot aan het einde der tijden. We smeerden brood, Else at een ei, de graaf zei: gib mir den Adolf!, en de gravin at een boterham met aardappelen. Ik probeerde het beeld van mijn schoonmoeder met een slagersmes en bebloede voorschoot van me af te zetten. Natuurlijk, wespen hadden geen recht op leven.

Het was al met al opnieuw een verbazingwekkend tafereel, verbazingwekkender in zekere zin dan die met het Kanikkel, maar toch geloof ik dat het me al minder deed, ik begon aan dit soort gedrag gewoon te raken. Het idee dat ik in een parallel universum terecht was gekomen verdween langzamerhand, het hoorde bij mijn nieuwe leven. Ik voelde afstand maar tegelijkertijd intimiteit. Intussen had ik nog wat verder gebladerd in de adelsboekjes en ontdekt dat Elses moeder familie van Karl Marx was, of liever gezegd van diens vrouw, Jenny von Westpha... Maar toen ik erover begon wenkte de gravin het onwelgevallige nieuws af. Natuurlijk, Marx, geen sprake van. Ik begreep het. Het begon te wennen.

’s Avonds in bed vroeg ik aan Else: ‘Wat bedoelde je vader toch met Adolf?’

‘Dat is een saus,’ zei ze, ‘zo heet-ie. Jij denkt natuurlijk weer aan Hitler, maar nee hoor, Adolph met ph, een steaksaus.’ Aha.

IV
Breinermoor

Je zou de indruk kunnen krijgen dat we bij mijn schoonouders waren ingetrokken, maar dat was beslist niet het geval. Ik vertel die dingen om te laten zien in welk milieu ik terechtgekomen was, aards maar toch ook vreemd en enigszins ongrijpbaar.

Bij ons in Breinermoor was het heus anders. Else en ik hadden zoals gezegd besloten in Duitsland te gaan wonen, maar het moest wel in de buurt van de Nederlandse grens zijn en een blik op de kaart leerde dat Oost-Friesland voor ons de aangewezen plek was.

Ik hield van het Oost-Friese landschap, zo rustig en onspectaculair, zonder hoogtepunten maar op een of andere manier rustgevend. Het was er vlak en weids zoals in het naburige Groningen; de dorpen in de buurt van Leer en Emden deden niets om hun gebrek aan uitstraling te compenseren, de huizen en kerkjes waren eenvoudig en hadden niks bijzonders te bieden. Mannen liepen er, zoals nazi Heinz, graag met een schipperspet op en vrouwen straalden nog iets ouderwets boers uit. Ze gebruikten hier een soort kandijklontjes in de thee, kluntjes geheten, geen honing zoals Elses zus, maar verder had je er weinig folklore te verduren.

Oost-Friesland was een geminacht stukje Duitsland waar de meeste Duitsers geen enkele belangstelling voor hadden, tenzij ze erdoorheen moesten om bij hun eigen waddeneilanden te komen. Hoeveel Oost-Friezen heb je nodig om een lamp in te draaien, zoiets. Ik wist het, maar aan mij was het wel besteed.

Dat we in het nietszeggende Breinermoor beland waren was puur toeval. Via via had Else gehoord dat er een etage was vrijgekomen boven een bakkerij, daar woonden wij nu. Hajo

Janßenstrasse 23, het leek Nederland wel. Waarom Janßen met een ringel-s en Strasse niet? Hè, hoe bedoel je, wat is dat, een ringel-s? En zo kwam ondergetekende Titus Orbaan erachter dat Duitsers nog nooit van een ringel-s gehoord hebben; dat dat een Nederlandse uitdrukking was voor een Duits product. Leerzaam huwelijk.

Alhoewel het maar een dorp van niks was, 'tote Hose' zeiden ze hier, bezat Breinermoor toch een soort centrale winkelstraat, met die bakker en nog wat winkels, waaronder een supermarktje en een schaatswinkel. Er gebeurde dus weinig in Breinermoor, maar het had wel een soort lokale bekendheid vanwege de schaatsen die er gemaakt werden, breinermoerkes heetten ze, alsof het een soort koekjes waren.

Een bakkerij onder je was helemaal niet verkeerd, merkte ik. Ik haalde er 's ochtends vroeg Laugenbrot, dat ik hier ontdekt had, donkerbruine broodjes met zoutkorrels erop die ik erg lekker vond, de broodjes bedoel ik. 's Avonds en 's nachts was er niemand in de bakkerij, zodat we geen overlast bezorgden en ook zelf geen last hadden. Trouwens, zoveel kabaal maakt een bakkerij ook niet, alleen 's ochtends vroeg even als de bakkers voor dag en dauw aankwamen, maar meestal sliepen we erdoorheen. Het enige probleem waren de muizen. Nadat Else er eentje langs een richel in de woonkamer had zien lopen hadden we een kat aangeschaft. Het beest moest per se Murr heten, naar het verhaal van E.T.A. Hoffmann, en het wist geen enkele muis te vangen, maar na een tijdje smeerden ze 'm toch. We hoefden ze in elk geval niet met een geweer overhoop te schieten of met een vork dood te prakken.

Voordeel van de bakkerij onder ons was ook dat ik gerust boven hun hoofd piano kon spelen. Ik speelde op die oude Bechstein van mij die met veel moeite door de verhuizers de trap op was gezeuld, *Intermezzi* van Brahms. Ik had natuurlijk van The Stones of Neil Young moeten houden, maar er was in mijn jeugd iets misgegaan. Terwijl ik me verder in niets van mijn leeftijdsgenoten onderscheidde en met lang haar in een legerjasje had rondgelopen, was toch de verkeerde muziekcultuur bij mij ingedaald, alsof iemand een baby verwisseld had. Mijn moeder en naamgeefster had in mijn jeugd de pianosonates van Mozart gespeeld en *Jesu Joy of Man's Desiring* en toen ik voor het eerst de *Onvoltooide* van Schubert hoorde sprongen de tranen me in de ogen. Ik kon er niks aan doen. Welwillend luisterde ik bij klasgenoten en medestudenten naar *After the Goldrush* en *Black and Blue*. Ik nam me zelfs voor in een bandje keyboard te gaan spelen omdat dit mij bewonderende blikken en meisjes zou verschaffen, maar hoewel ik probeerde er iets aan te vinden kwam er niks van terecht. Ik hield gewoon te veel van klassieke muziek. Later heb ik wel eens aan vrienden gevraagd wat hen nou zo raakte in popmuziek en dan brabbelden ze iets van 'het gevoel, weet je wel', de soul, ze werden compleet analfabeet als het om muziek ging. Ik wist misschien beter dan zij waar ik mijn gevoelens uit haalde, een dalende terts of een enharmonische modulatie, die ene wending in Elgars celloconcert, maar tenslotte kon ik er ook niet zoveel over zeggen, het was op een geheimzinnige manier in mijn systeem meegebakken, een beetje zoals de meegemuteerde vlieg in die afschuwelijke film *The Fly* het genetisch materiaal van de hoofdpersoon verandert.

Vooral van Brahms hield ik nu, met zijn protestantse, noordelijke donkerte die voor mijn gevoel precies bij Oost-Friesland paste. En dan vooral dus zijn *Intermezzi*, kleine, eenvoudige stukjes die ik ook wel behoorlijk kon spelen. Want een groot pianist was ik ondanks mijn muzikale dromen niet geworden. Ik had het in mijn puberteit wel geprobeerd met ballades van Chopin en watervallen van Liszt, maar het zat er gewoonweg niet in. Altijd stagneerde het wel ergens. Kon ik ergens een machtig hoopje sexten ineens de trap afhelpen, dan struikelde ik even later weer bij een parelend glissando. Van lieverlede was ik mij maar op de langzame stukken gaan concentreren, die je met aandacht moest spelen en waarin ik in elk geval mijn gevoel kon leggen. Ik klampte me vast aan iedere musicus die beweerde dat techniek maar bijzaak was en dat het om de interpretatie ging, de innerlijke muzikaliteit. En zo was ik bij de *Intermezzi* van Brahms uitgekomen, teder en ernstig, en die speelde ik dus op mijn Bechstein in Breinermoor. En Else luisterde er soms naar. De grafelijke familie was, zo vertelde ze me, niet bepaald muzikaal, haar vader hield van een paar martiale stukken van Beethoven en haar moeder werd vrolijk van operette. 'Ja,' zei ik, 'dat is inderdaad niet best.'

'Ze komen uit een andere wereld,' zei ze, 'het heeft geen zin om ze nog te veranderen.'

'Maar dat ben ik ook helemaal niet van plan,' probeerde ik haar gerust te stellen.

Ik weet niet waar ze het vandaan haalde dat ik van zins was haar ouders tot andere inzichten en levenswijzen te bekeren, maar het scheen een grote angst van haar te zijn. Ik moest ze vooral in hun waarde laten, respect betonen voor wie ze waren, en hoe ik haar ook geruststelde en zei dat ik de wespen en konijnen toch zonder commentaar geofferd had zien worden, ze bleef bang dat ik hun op een dag de waarheid zou zeggen. Welke waarheid, vroeg ik me af. En dat terwijl ik juist dat onbeholpen, ongewenste gevoel van ontzag voor hun afkomst en geschiedenis had. Maar ook dat durfde ik Else niet te vertellen want ze wekte de indruk in het geheel niet te zitten wachten op de molenaarszoon die probeerde de prinses te krijgen. Nou ja, zo denkbeeldig was die allergie ook niet. Zelfs een verlichte geest als Multatuli viel op een barones en dubbele namen en had een zwak voor het koningshuis. En Balzacs alter ego Lucien Chardon bleef voortdurend z'n best doen graaf de Rubempré te worden. Ik moest er natuurlijk voor waken dat ze weer Else Von werd. Maar de adel van de geest, de *Intermezzi* van Brahms, daar mocht ik natuurlijk wel mee aankomen. Adel van de geest, ik vroeg me af hoe mijn rockvriendjes in Amsterdam erover zouden denken. Een van de voordelen van onze trouwpartij in Las Vegas was dat ik die niet had hoeven uitnodigen. Dubbele winst. Eén: Las Vegas, dat klonk op een of andere manier nog wel van onze tijd, het was camp, je kon het huwelijk vervolgens ook nog aan je laars lappen, en twee: je beledigde je naasten niet door ze niet uit te nodigen. Ze moesten maar denken dat we in een vlaag van verstandsverbijstering en passie een wit kapelletje waren binnengestormd. En zo was het toch ook?!

Onze eerste verliefdheid was natuurlijk op den duur wel overgewaaid, we moesten trouwens ook weer eens aan het werk en hadden niet veel tijd voor elkaar. Ik kwam soms 's avonds laat over de grens bij Nieuweschans aangezet omdat er late faculteitsvergaderingen waren gepland en anders zat Else wel bij haar leergierige Russische breisters.

Else had heus wel een paar trekjes waaraan ik moest wennen, maar die had ik voor haar natuurlijk ook. Ik mocht bijvoorbeeld van haar geen vlees in de supermarkt kopen maar moest het bij een echte slager halen.

'Vertrouw je het niet?' vroeg ik.

'Nee, ik wil gewoon zeker weten dat het goed en verantwoord vlees is,' zei ze. Ik nam me met enige moeite voor het verstandig te vinden.

We aten trouwens, anders dan bij haar ouders en tot mijn leedwezen maar heel weinig vlees, het was niet echt nodig volgens haar, je kon vitamine D ook uit zonlicht halen. Dat was een terrein waar ik echt helemaal niks van wist, vitaminen. Misschien moesten we op den duur vegetarisch worden, een gedachte die me even deed huiveren.

Ook vond ze dat we zuinig met energie moesten zijn en alle lichten achter ons moesten uitdoen. Ik geef toe dat ik mijn gedrag in dezen een beetje moest aanpassen. In Amsterdam waren we niet zo groen? Heette dat hier ook zo? Ja, grün. Else had het wel eens over 'de grüne Wandel'.

Als huishoudster had mijn echtgenote een nogal haakse en hoekige inslag. Alles moest opgeruimd zijn voor je er last van kon krijgen en ze liep graag met een stofdoek te wapperen. Waar ik me uit Amerika weinig van haar opruimingsdrift kon herinneren liep ze er in de Oude Wereld voortdurend mee te koop. Soms voelde ik me naast haar een beetje groezelig, maar ik was niet van plan me in die nachtmerrie te begeven. Ik bedoel de nachtmerrie van huishoudelijke ongelijkheid. Een vrouw die wil dat je netjes bent terwijl jij het niet bent. Ik nam me voor me aan haar onverwachte netheid aan te passen. Mijn ouders waren per slot van rekening ook keurige mensen.

Het waren kleine, in mijn ogen onbelangrijke zaken.

Victoria was donker, lang en slank. Ze droeg haar haar in een paardenstaart, reed op een motor en kwam minstens één keer per week langs. Ze was een collega van Else, ze hadden elkaar in Oldenburg leren kennen, maar ze woonde hier om de hoek, in een dorp verderop, Grotegaste, heel wat van die dorpjes hadden wat hun naam betreft net zo goed in Groningen kunnen liggen. Ik gunde Else de nieuwe vriendschap van harte maar ik mocht Victoria niet. Ze leek heel zelfverzekerd, orakelde over de wereld alsof die haar persoonlijk bezit was. Helmut Kohl deugde niet, niet zozeer omdat hij conservatief was maar omdat hij uit Ludwigshafen kwam, wist ik wel wat dat betekende? Dat de Muur gevallen was, een paar maanden geleden alweer, had niks met zijn verdienste te maken zoals hijzelf scheen te denken, maar kwam vooral door Gorbatsjov, wist ik dat wel? En Eduscho betrok zijn koffiebonen van onderbetaalde boeren in Colombia, drong dat wel tot mij door? Ze richtte haar politiek-maatschappelijke weetjes vooral op mij, alsof ze een of andere zendingstaak te verrichten had, alsof ze me wilde inwijden in het echte, nieuwe, bewuste Duitsland.

Ze ergerde me mateloos alhoewel ik niet precies kon aanwijzen waarom, maar omdat Else haar leuk vond, 'anspruchsvoll' noemde ze haar, hield ik mijn mond en deed zo aardig mogelijk tegen haar. Maar ik merkte dat ik haar in mijn hart typisch Duits vond, met dat hatelijke en betweterige toontje. Ze was gescheiden als ik het goed begreep, en ik snapte precies waarom. Maar ik sloot niet uit dat ik ook een beetje jaloers was want ik had Else nooit met vrienden of vriendinnen leren kennen en dit was er onmiskenbaar eentje tegen wie ze op een bepaalde manier opkeek. Het was bijna een opluchting om te constateren dat het misschien aan mijzelf lag want ik wilde Else nog steeds zo veel mogelijk vrijwaren van verkeerde gedachten, bijvoorbeeld dat ze een rottige vriendinnensmaak had.

Ik vroeg me intussen wel af of Victoria iets van Elses afkomst wist; het zou wel niet omdat ze er nu eenmaal niet graag mee te koop liep. Wat zou onze vooruitstrevende evangeliste zeggen als ze erachter kwam dat Else uit een familie van Pruisische Junkers afkomstig was, die gehate liefhebbers van Brandenburgse velden en dreven en keizers. Maar het lukte me mijn mond te houden. Ach, Victoria was eigenlijk niet belangrijk genoeg. Bovendien had ik begrepen dat ze binnenkort zou vertrekken want ze had een baantje in Görlitz aangenomen, tegen de Tsjechische grens aan, om de ossi's met haar rijpe inzichten in cultuur en wereldpolitiek te verrijken.

'Jammer,' zei Else, 'ze is een echte vriendin, misschien kunnen we er te zijner tijd een keer naartoe. Ik ben nog nooit in Görlitz geweest.'

Dat kon ik zonder risico beamen. 'Ja,' zei ik, 'zou leuk zijn.'

We zaten gezellig op de bank tv te kijken, iets wat niet elke dag voorkwam. Ik was al helemaal geen tv-kijker, maar Duits entertainment was wel het ergste wat je me kon aandoen en daar leken de Duitse tv-makers juist dol op, grote zalen vol meewiegende gelovigen. Maar dit keer ging het over iets heel anders, in het programma probeerden de makers te achterhalen wat er mis was gegaan met de rede die Bondsdagvoorzitter Philip Jenninger een tijdje geleden bij de herdenking van de Kristallnacht had gehouden en die hij zo knullig had uitgesproken dat het leek alsof hij de nazi's een aai over de bol gaf. Na afloop had hij moeten aftreden, hoe goed hij het ook bedoeld had. Ik zat gefascineerd te kijken naar het misverstand en de genadeloze wijze waarop de Duitse politici hem heenzonden, in hun permanente obsessie om als goede Europeanen over te komen. De makers hadden een stel taalkundigen ingehuurd om aan te tonen dat er met de rede zelf eigenlijk niks mis was, integendeel, maar Jenningers voordracht had hem de das omgedaan. Fascinerend vond ik dat en ik dacht aan de mogelijkheid van het omgekeerde, dat je met een volkomen foute maar prachtig uitgesproken tekst de mensen kon begoochelen.

Else, die op reclameteksten was afgestudeerd, keek er ook met meer dan beroepsmatige belangstelling naar. Het leerde je iets over de kunst van de retorica, de welsprekendheid die in de reclamewereld zo onontbeerlijk was. Was het gek dat die Bondsdagleden niet door de ongelukkige woorden van Jenninger heen hadden gekeken?! Hm. Kennelijk waren ze gewend aan mooi gevormde, welbespraakte meningen. Ik moest terugdenken aan onze dagen in Amerika, waar we het in Fingals Bagel Cave over de leugens van Ronald Reagan aangaande Iran hadden gehad. Met hoe heette-ie ook weer, onze vriend... eh... 'Apel,' zei Else, 'Apel Clausthaler.'

Ook de Amerikanen hadden dat graag geslikt, het was mooi toneel. We waren het er gloeiend over eens dat je eigenlijk beter iets waars op een stomme manier kon zeggen dan omgekeerd, maar dat de wereld er kennelijk anders over dacht.

'Wahrhaftigkeit und Politik wohnen selten unter einem Dach,' zei ik.

'Van wie ook weer?' vroeg Else.

'Franz Werfel,' zei ik. 'O nee, Stefan Zweig, die twee haal ik altijd door elkaar.'

Ik vond nog altijd dat we elkaar goed aanvulden en aanvoelden.

V

Verse krampen

Op een nacht schoot, ja wie eigenlijk? Sagittarius? een pijl op mij af die in mijn been bleef steken. Ik schoot uit mijn slaap overeind. Kermend en krimpend greep ik naar mijn onderbeen, maar tegelijk met de goddeloze pijnscheut kwam de impuls in me op dat ik stil moest blijven liggen, zo rustig mogelijk, want dat de schokbeweging de pijn alleen maar zou verergeren. Maar het ging niet, de tranen schoten me in de ogen terwijl ik bleef jammeren en mijn been weerloos op en neer schudde, als een onder stroom gezette kikkerpoot.

‘Wat is er, wat heb je?’ vroeg Else, die wakker was geworden omdat op het veldje waar ze met haar grootmoeder bezig geweest was om de moestuin te verzorgen uit de verte opeens een hartverscheurende kreet had geklonken.

‘Kramp,’ hijgde ik buiten adem, ‘kramp.’

Ik probeerde te gaan verliggen maar een nieuwe voltreffer maakte het onmogelijk.

‘Sorry,’ piepte ik, ‘gaat niet. Zo’n kramp!’

‘Neem even wat water,’ zei Else.

‘Water?’ Maar ik vroeg me niet eens af wat water hier kon uitrichten.

‘Of ga even naar de wc.’

Dwars door de krampen heen voelde ik een flauw besef dat ze me verzocht weg te gaan, tenminste eventjes, tot bedaren komen op de wc. En ja, gelijk had ze, wat had het voor zin om in bed te blijven liggen, anderen tot last, allicht was het in de badkamer beter. Ik probeerde mijn been dat een moment tot rust was gekomen, uit het bed te schuiven. Wonder boven wonder ging het eventjes maar ik kon er beslist niet op staan.

'Gaat het een beetje?' vroeg ze met een lief stemmetje toen ik de kamer weer binnenkwam.

'Ja,' zei ik, 'beter, maar ik kan nog niet goed staan.'

'Staan?' vroeg ze.

'Nou ja, van de kramp.' Om het te demonstreren maakte ik aanstalten mijn voet neer te zetten en haalde hem direct weer op, alsof de vloer gloeiend heet was.

'Ach jongen,' zei ze, 'ik dacht dat je maagkrampen had. Van het eten of zo.'

'Welnee,' zei ik, 'kramp in mijn kuit, het schoot er midden in m'n slaap in.'

'En ik dacht dat een glaasje water zou helpen, wat dacht je wel niet?'

Ik begon te lachen. 'En je stuurde me de badkamer in. Ik dacht dat je me weg wilde hebben.'

'Welnee, hoe kom je erbij.' Ze begon ook te lachen vanwege het misverstand. Mooie boel, zo kon je dus volkomen langs elkaar heen praten. Jammer was dat toch. Maar toch ook hilarisch. En trouwens, nu zij van haar krampen verlost was kreeg ik ze zeker te verdragen. Ik proefde er een zekere redelijkheid in...

Tijdens het ontbijt begon ze er weer over. 'Toch wel gek,' zei ze, 'dat jij denkt dat ik je wegstuur als je pijn hebt. Zo ben ik toch helemaal niet?'

'Ja, kennelijk verwacht ik er niet al te veel van,' zei ik met een grimas, 'ja, dat is het, ik verwacht geen hulp.'

'Maar dat vind ik niet fijn,' zei ze ernstig. 'Waarom denk je zo?'

'Opdat ik niet teleurgesteld raak, nou goed?' zei ik. 'Nee echt, je moet sommige dingen in je eentje doen, dat weet je toch wel?'

'Daar ben ik het helemaal niet mee eens,' zei ze en ik proefde ineens onrust in haar stem, zelfs een begin van boosheid, 'denk je echt zo over mensen?'

Zeur niet zo, dacht ik, over mensen denken, hou toch op; het is mijn pijn, mag ik er alsjeblieft mee omgaan zoals ik wil? Ik hield mijn mond omdat ik voelde dat dit het gesprek niet verder zou helpen. Maar het bleef haar dwarszitten.

'Is het soms dat je niets van mij verwacht zodat ik ook niks van jou hoef te verwachten?'

'Overdrijf je niet een beetje?' zei ik. Ik voelde een soort kribbigheid onstuitbaar naar de oppervlakte stijgen. 'Het was gewoon een misverstand. Ik had pijn, ik dacht nergens over na, ik reageerde gewoon.'

'Ja, maar dat is eigenlijk nog erger; er gaat iets wezenlijks illusieloos achter je houding schuil.'

'Alsjeblieft zeg, grijp mijn pijn niet aan om me ook nog eens de les te lezen. Zo doe je inderdaad wat ik, diep in mijn wezen – ik sprak het geaffecteerd en ironisch uit – kennelijk van je verwacht, namelijk dat je me niet helpt.'

'Maar lieverd, dat is nu juist wat ik je uit je hoofd probeer te praten.'

'Probeer het dan niet alsjeblieft, want het heeft een averechts effect.'

Dit was onze eerste echte ruzie, of nee, zo wil ik het niet noemen: twist ook niet; meningsverschil, woordenstrijd, zoiets. Onze eerste woordenstrijd, en ook direct de eerste echtelijke, bedacht ik. Niet slecht, ik zou zeggen drie en een halve ster: met het nodige ongrijpbare erin en goede hoop op beheersbare ontwrichting in de toekomst, twee mensen uit twee culturen die elkaar niet helemaal aanvoelen, wat wil een relatie nog meer! Een veelbelovend meningsverschil, er zouden er ongetwijfeld meer volgen, over verschillende onderwerpen, en bij diverse onverwachte gelegenheden. Maar goed misschien ook, dat had je dan maar gehad. Niemand had beloofd dat het huwelijk een gladjes verlopende affaire zou zijn.

Het stelde maar weinig voor, geen geschreeuw, geen klappen, maar een misverstandje, ja misschien is dat het woord!, een klein watertje dat ons scheidde terwijl we de oceaan aan cultuurverschillen die ongetwijfeld tussen ons gaapte, allang gedempt hadden.

'Jetzt hast du mir das erste Weh getan!' zei ik.

'Schmerz,' zei Else, 'den Schmerz getan. En nun, niet jetzt.'

Daar moesten we allebei om lachen. Ze had gelijk en ze wilde het halen ook. Ik haalde opgelucht adem. Trouwens, was het Duitse woord voor kramp niet Hexenschuss? Dat wat ik had gehad? Nee hoor, gewoon Krampf. Wat was Hexenschuss dan? Iets in je rug. Spit? Ja, misschien, wat betekende spit in het Nederlands? Pijn in je onderrug. Nou, het was wel iets meer dan pijn. Ischias? Ja, ischias, geen kramp.

Die tuin waar Else van droomde kwam trouwens niet uit de lucht vallen. Was het maar waar! Else snakte ernaar. Ze wilde een gewone tuin, vertelde ze me, met heesters en bloemperkjes, maar ook met fruitbomen en groenten. Maar was dat gewoon? Ik noch mijn ouders hadden ooit zo'n tuin bezeten. Het deed mij denken aan mijn grootvader, die wel een tuin had gehad, waar hij snijbonen kweekte, en ongetwijfeld nog veel meer, lathyrus, radijzen, sla. Maar die snijbonen waren wat mij betreft de corebusiness. Mijn tante Jo, met haar hoge rug onbemiddelbaar als het om de liefde ging zodat ze tot op het laatst bij haar ouders bleef wonen, liet ze mij, klein ventje uit logeren, in een handmolen vermalen tot groene sliertjes. Ik was altijd een beetje bang dat mijn vinger erin zou raken, want die paste precies in het gat voor de bonen, maar dan zou ik hem toch zelf moeten raspen. Het was zo'n onwaarschijnlijk ongeluk dat ik me als kind voortdurend voorstelde dat het gebeurde.

Enfin, de Ahlsteen-tuin was groter dan die van opa, dat had ik intussen wel gezien, en ze waren er graag in bezig, graaf en gravin Schwiegereltern. Hier waren ze bij de aarde die ze had voortgebracht en die ze weer zou opnemen om volgende generaties te voeden. Om een of andere reden vond ik, stedeling, man van steen en beton, het een mooie gedachte. Wij, Else en ik, moesten ook een tuin hebben om onze verbintenis te bezegelen, geen ring of oorbellen, maar een tuin. Maar dan moesten we verhuizen en we woonden hier nog maar net. Even wachten dan maar.

Het leek wel of het bloed van opa zich in mij roerde. De oude man die geen krant had gelezen en voor wie de wereld niet verder strekte dan de streek waarin hij woonde, maar hij wist hoe hij een wingerd moest snoeien.

Zo nu en dan vroeg ik me wel af waar die sentimentele gedachten omtrent tuinen, torenhuizen en andere tradities toch vandaan kwamen, maar in het algemeen legde ik me erbij neer. Misschien was ik gewoon ongemerkt aan het veranderen, legde ik mijn oude ik af, was het tijd voor de getrainde cynicus in mij om te verkassen naar een andere ziel die er toevallig nu wat meer behoefte aan had. Misschien moest ik mijn intellectuele habitus aan de wilgen hangen en boer worden, Landwirt, agricola, sedentair type. Was ik soms bezig te vervellen tot de eenvoudige lui die mijn voorouders op hun best waren geweest?

Ik voelde dat ik zin had om dingen als 'je bederft je ogen' te zeggen als ik thuiskwam en mijn vrouw aantrof die in het donker een boek zat te lezen. Zoiets.

VI

Het oude Pruisen

College. Ze lieten me nogal vrij daar aan de Groningse universiteit en dus had ik besloten Theodor Fontanes roman *Der Stechlin* te behandelen, over de oude landjonker Dubslav von Stechlin die daar ergens in een doods hoekje van Brandenburg de nieuwe tijd op zich af ziet rollen. Mooi boek, maar studenten lopen er niet warm voor. Die hebben liever dat je Fontanes *Effi Briest* doet, de Duitse lotgenote van *Madame Bovary*, *Anna Karenina* en *Eline Vere*. Ik moest alle zeilen bijzetten om ze te interesseren, en dat terwijl het toch ijverige luitjes waren.

Zoals bekend gebeurt er niet veel in *Der Stechlin*; ha, wat klinkt dat eigenlijk intimiderend, 'zoals bekend', alsof iedereen dat boek gelezen heeft. Maar het is heus de moeite waard, juist door het gebrek aan handeling. Fontane zelf vatte het verhaal als volgt samen, tamelijk ironisch voor zo'n ouderwetse Pruis: 'Aan het eind sterft een oude man en twee jonge mensen trouwen; – dat is ongeveer alles wat er op 500 bladzijden gebeurt.' Nee, het is vooral de atmosfeer, het zijn de dialogen, de geest van dat stijve laat-Pruisische rijk dat langzaam ten onder gaat als liberalisme en sociaaldemocratie het komen aflossen, amen!

Ik werd natuurlijk geacht het ambtshalve te hebben over Fontanes roman als voorloper van Thomas Manns *Der Zauberberg*, maar in feite dacht ik de hele tijd aan Else, of liever gezegd aan haar ouders. Mijn oude, met een afgemeten dosis afkeer vermengde ontzag voor Elses adellijke voorouders veranderde onder mijn behandeling van *Der Stechlin* langzaam in een soort empathie. Ook zij hadden hun wereld onherroepelijk te gronde zien gaan, de paarden waren ingewisseld voor de stoomtrein of zoals Dubslav zegt: 'Sinds we de spoorwegen hebben lopen de paarden slechter', hun landgoederen waren verkwanseld, dat van de Ahlsteens was een weeshuis geworden wist ik sinds kort, en het personeel was naar Berlijn gestoven om daar in de horeca te gaan werken. Het had, wat je er ook van kon zeggen, iets treurigs maar ook iets moois, het overkwam ons allemaal. Het was het lot van de mensheid, onze werelden kwijnden en verdwenen, steeds opnieuw.

Mijn studenten hadden natuurlijk geen flauw benul van mijn persoonlijke obsessie met Fontanes verhaal, die zaten onder mijn leiding vooral te mieren over de symboliek van het Stechlinmeer waar zo nu en dan onder invloed van onderaardse krachten van buitenaf, Java of IJsland, een fontein opspoot, wat een onzin eigenlijk als je er goed over nadenkt, maar ja, dat was natuurlijk de nieuwe buitenwereld die de ouwe kwam verontrusten, snap je.

Ook met Else had ik het niet over Fontanes miskende meesterwerk, ze was nu eenmaal niet erg literair geïnteresseerd, het ging haar meer om de taal van alledag, de praktijk, de realiteit, haar helden waren Fodor en Jackendoff, taalkundigen. Daar kon je je over verbazen of zelfs opwinden want ze was nota bene in de verte bloedverwant van kanonnen als Von Kleist, Novalis en Platen-Hallermund, achterneven die haar dus allemaal niet al te zeer interesseerden, maar je kon het ook zien als een vorm van bescheidenheid, en ik had besloten er zo tegen aan te kijken.

Intussen beschouwde ik *Der Stechlin* haast als een sleutel tot het bestaan van de Ahlsteens. Bijvoorbeeld als je er over de oude graaf Von Barby leest dat hij met zijn twee dochters in Berlijn is gaan wonen, op de begane grond van een doodgewone burgerwoning: 'Het gezin woonde derhalve tamelijk krap, maar was zeer gehecht aan het huis, zodat verhuizen of zelfs alleen de gedachte daaraan praktisch uitgesloten was.' Ha, die waren hun landgoederen en domestieken dus toen ook al kwijtgeraakt! Misschien was de mesalliance tussen Else Irmela Gräfin von Ahlsteen zu Brockenfels en Titus Orbaan het laatste restantje van een weggedeemsterde cultuur. Je kunt het kinderachtig vinden dat ik zo van dit soort dingen vervuld (ik schreef per ongeluk 'verguld') was, terwijl om ons heen het technologisch universum alle denkbare grenzen slechtte, maar het was nu eenmaal zo. Volgens George Bernard Shaw waren mensen vooral gefascineerd door religie, adel en seks en was bijgevolg de ideale openingszin voor een roman: 'My God, riep de koningin toen de prins zijn hand op haar knie legde.' Grappenmaker, die Shaw, maar hij telde mij onder zijn volgelingen. Het was een soort fetisjisme, je stapelde namen op elkaar en trok de aandacht: Lazansky von Bukowa, Burscher von Saher zu Weitzenstein, Ziegenhirt von Rosenthal. Wacht eens even man, hou eens op met die fossiele namen, je eigen vrouw heeft het 'von' er al vanaf gebikt, hou je bezig met je eigen tijd, zet de radio aan: Meatloaf, Phil Collins. Wat er niet meer is, is er niet meer. Gemis is een gebrek aan actualiteit. Klinkt goed, Titus Orbaan!

In de pauzes tussen mijn colleges wandelde ik graag door de Groningse binnenstad en geregeld liep ik dan een supermarkt in om ons van vaderlandse victualiën te voorzien. Want Else was wel op-en-top Duits maar ze had een opmerkelijke voorkeur ontwikkeld voor oude kaas en vanillevla, die twee gezonde eindproducten van de Nederlandse voedselketen. Haar vader mocht dan commentaar hebben op de Hollandse tomaten, aan de vanillevla konden Duitsers toch niet tippen. Het vervulde mij met een vaag soort trots, een absurd soort chauvinisme, alsof buitenlandse goedkeuring ons nationale toetje pas echt de moeite waard maakte.

'Mijn vader is boer, die hebben iets met tomaten,' verklaarde Else, 'laat hem nou maar foeteren. Maar volgende keer nemen we een pak vanillevla voor hem mee, dan zullen we eens zien.'

'Je denkt toch niet dat die tomaten mij iets kunnen schelen hè,' zei ik, 'ik wist niet eens dat er Hollandse tomaten bestonden.'

'Mijn ouders hebben nu eenmaal vaste ideeën over dingen.'

'Ja ja, vertel mij wat.'

Voor mezelf sloeg ik ook nog hagelslag en pindakaas in, die kon je in Duitsland niet krijgen, althans de hagelslag niet, tenzij in een vreemde variant om taarten mee te bestrooien, en de pindakaas in Duitsland was veel duurder en minder lekker. We moeten vooral niet neerkijken op dat soort zaken; de aard en de ervaring van een land zitten hem in de onnozelste zaken. Voor mij was Duitsland Laugenbrot en kandijklontjes, voor Else was Nederland vanillevla. Pas daarna kwamen Rembrandt en Bach. Conrad Busken Huet: het land van vanillevla.

Oost-Friesland is het land van 'moin'. Je hoorde het de hele dag, op straat, bij de bakker beneden, op het postkantoor. Vaak ook twee keer: moin moin. Bis repetita manent. Iedereen moinde. Bij de buren in Groningen zeiden ze moi. Het zou wel van 'morgen' komen, maar je kon er van 's ochtends vroeg tot 's avonds laat overal mee terecht. Else en ik zeiden ook wel eens voor de grap 'moin' tegen elkaar, maar Else was er niet overtuigend in. Ik klonk met mijn vleugje Nederlands al wat meer Oost-Fries maar het was duidelijk dat we import waren. 'Der Holländer' werd ik in Breinermoor genoemd. Al eeuwenlang waren er Hollanders in deze streek geweest en ze hadden zich hier altijd meer bij Holland dan bij Duitsland thuisgevoeld. In het nabijgelegen Emden, 'da lohnt sich ein Besuch', was tot in de negentiende eeuw in het Nederlands gepreekt en in menige Oost-Friese vlek lag nog altijd de Statenbijbel op de preekstoel. Elses vriendin Victoria beweerde zelfs dat er Oost-Friezen waren die ijverden voor aansluiting bij Nederland omdat ze liever Saksisch dan Hoogduits spraken, maar dat leek me typisch victoriaanse kletskoek. Ze werd er de laatste tijd niet sympathieker op, die Victoria, terwijl Else haar juist steeds aardiger leek te gaan vinden en in Oldenburg regelmatig met haar ging winkelen of koffiedrinken. Ook had ze, nu ze straks naar Görlitz ging, mijn vrouw overgehaald haar plek in het volleybalteam over te nemen, een sport waar Else heel goed in bleek te zijn, geen wonder met haar lengte. Ze had vroeger in het schoolteam gezeten.

'Leuk,' zei ik, 'leuk, een goeie vriendin is een geschenk voor het leven.'

'Vind je niet dat ze er prima uitziet?' zei Else. 'En weet je, ze krijgt dingen gedaan.'

'Ja, in orde,' zei ik alsof ik een bouwvergunning afgaf; het lukte me niet te zeggen 'aantrekkelijke vrouw' want ik vond haar helemaal niet aantrekkelijk, integendeel, ze stootte me nogal af met haar praatjes en meningen, al zag ik wel dat ze er op een bepaalde manier goed uitzag. De antipathie scheen trouwens wederzijds te zijn. 'Je bent vast een macho achter dat academische masker, Titoes,' zei ze, 'alle mannen zijn dat.' Ze zei Titoes, alhoewel ik haar nadrukkelijk gemeld had dat het Titús was. In elk geval werd ik op de grote hoop gegooid. Misschien had haar scheiding haar verbitterd jegens het mannenras. Ik vroeg me af wat voor vent ze had gehad. Else kon me er niks over vertellen. Maar genoeg over Victoria Eilerst. Zo heette ze: Eilerst. Over twee maanden was ze weg, wat mij betreft voorgoed.

Het liefst was ik met Else alleen en ik vond dat we echt een soort huiselijk bestaan leidden, al waren we allebei vaak weg. In elk geval waren we aan het eind van de avond altijd samen. Dat was voor mij een nieuwe ervaring want nadat ik uit het ouderlijk huis vertrokken was had ik altijd alleen gewoond, zozeer zelfs dat vrienden mij 'bindingsangst' in de schoenen hadden geschoven, en hoewel ik het hevig ontkende hadden ze misschien gelijk. Hun verlangen om huizen en kinderen te krijgen had me in elk geval nooit meegesleept, integendeel: het was een van de redenen om mijn heil in Amerika te zoeken, ver van de luiers en de hypotheken, en nu was ik nota bene getrouwd teruggekomen, al was ik ook onmiddellijk weer gevlucht, het land uit, nu naar Duitsland.

Hoe goed we het ook samen hadden, ik was er toch nog niet van overtuigd dat ik Else helemaal kende. Ze leek zo evenwichtig, zo zeker van zichzelf, zo goed in haar vel te zitten dat ik het niet kon geloven. Er moest toch iets zijn waar ze last van had, een minitraumaatje, een flintertje onmin ergens, iets wat soms een pijnscheutje veroorzaakte. Het was bijna of ik ernaar verlangde. Het paradijs is nu eenmaal het vervelendste deel bij Dante, je hoort mensen altijd alleen maar over het inferno. Dat was ook waarom *Der Stechlin* niet gewaardeerd werd, er viel niks in voor.

'Heb jij geen complexen?'

'Jawel hoor, wie niet.'

'Maar wat dan?'

'Zeg ik niet, daarvoor is het juist een complex.'

‘Maar het blijft heus wel een complex als je het aan mij vertelt, aan die enkele ingewijde.’

‘Misschien ben jij die enkele ingewijde niet.’

Hoewel het een min of meer opgewekt gesprek was moest ik toch even slikken. Dat was immers precies wat ik voelde, dat ze niet alles met mij deelde.

‘Wie dan?’ Als ze nu ‘Victoria’ ging noemen zou ik haar zeggen wat ik werkelijk van die blaaskaak vond. ‘Zou je ervanaf willen, van je complex, wat het ook is?’

‘Dat gaat niet.’ Ze had een blosje op haar wangen dat ik nooit eerder had gezien.

Een vreemd gesprek. Ik vroeg me af of we het wel over hetzelfde hadden. Misschien moest je ook wel helemaal niet willen dat je alles van de ander wist.

Wanneer Else niet naar Oldenburg hoefde nam ik de auto naar Groningen, maar voor de dagen dat ze haar Russische vrouwen in de Duitse taal en cultuur inwijdde, had ik een fiets gekocht waarmee ik naar het station van Leer fietste om de trein naar Groningen te nemen. Voor het eerst in mijn leven forensde ik, forenste? Geen idee, eerlijk gezegd. Het was een reisje van dik een uur door het Oost-Friese en Groningse landschap, waarop de wereld zo neerkeek. Soms las ik in het boemeltje de krant, soms bereidde ik een college voor en soms las ik een boek maar altijd was ik me bewust van het feit dat ik een grens overging. Ergens bij Nieuweschans voelde ik het en ofschoon zowel aan de Groningse als Oost-Friese kant auto’s met Duitse en Nederlandse kentekenplaten reden zag je toch het verschil, in de huizen, de bakstenen, de plaatsnaamborden, zelfs de grond leek op een andere manier verkaveld. Het gaf me op een of andere manier het gevoel dat ik een wereldburger was. Voor mij bestonden geen grenzen, juist omdat ze er wel waren. ’s Ochtends reed ik het Groninger land in om ten slotte op mijn werkkamer in de Oude Kijk in ’t Jatstraat te arriveren, ’s avonds spoedde ik mij door de Oost-Friese dreven om bij de deur met het bordje Orbaan-Ahlsteen aan te komen.

We hadden bij onze inschrijving in de gemeente Westoverledingen, waaronder Breinermoor viel, moeten aangeven wat nu eigenlijk onze familienaam was, dat had ze in Las Vegas allemaal geen bal kunnen schelen. We spraken af dat het Orbaan zou worden maar dat Else gewoon haar eigen naam zou blijven gebruiken. Eventueel had ik ook haar naam kunnen aannemen, maar dan had ik Gräfin von Ahlsteen geheten, want de Duitse adelstitels maakten tegenwoordig deel uit van je naam en die kon je niet verbuigen. Titus, Gräfin von Ahlsteen, dat ging me te ver.

Op een dag kwam ik laat thuis, de vakgroepvergadering over het nieuwe studiepuntensysteem was uitgelopen en vervolgens had ik een trein gemist. Else lag zelfs al in bed met een boek. Ik heb geloof ik al gezegd dat ze niet erg literair aangelegd was. Ze was de afgelopen tijd bezig in iets van Sigrid Undset. Ik weet het, Undset heeft de Nobelprijs voor Literatuur gewonnen en ze staat op een Noors bankbiljet, maar ik geloof toch dat je haar niet tot de hogere literatuur hoeft te rekenen. Maar ach, wat doet het er ook toe. Else lag richting Chagall, met haar rug naar de deur te lezen toen ik binnenkwam.

'Dag Elseliefje,' zei ik, 'het werd wat later.'

Ze draaide zich om. Weer dat blosje.

'Ja,' zei ze, 'ik ben maar vast naar bed gegaan.'

'Ik zie het. Ik kom ook zo.'

Ik ging nog even naar beneden om naar het nieuws op tv te kijken. De Belgische koning Boudewijn had vandaag het bijltje erbij neergegooid omdat hij de abortuswet van zijn land niet wilde ondertekenen, de vrome katholiek, de man wiens vrouw de ene na de andere miskraam kreeg. Andere koningen, zoals de sjah van Perzië, stuurden hun vrouw weg als ze hun geen troonopvolger baarde, maar deze had dan maar in arren moede besloten van alle kinderen op aarde te houden, dus ook de ongeborenen. Het nogal idiote bericht voelde bijna als een revange op het nieuws van de afgelopen maanden dat almaar uit het Oostblok op ons af was gekomen: Václav Havel was tot president van Tsjecho-Slowakije gekozen, de Berlijnse muur was gevallen, de Roemenen hadden op eerste kerstdag hun voormalige baas Ceauşescu en zijn vrouw op een achterafplaatsje geëxecuteerd. Dat plaatje zou me een leven lang bijblijven: twee dode mensen als een paar weggesmeten verlepte bloemen. En na afloop het weer, dat zich van abortussen en andere executies niets aantrok: een halfbewolkte dag, zwakke wind, graad of vijf, koud voor de tijd van het jaar.

Na het nieuws poetste ik mijn tanden en vertrok naar de slaapkamer.

'Hoe was het vandaag?' vroeg ik.

'Goed,' zei Else, 'en bij jou?'

'Ook goed,' zei ik. Het was even stil na deze opzienbarende conversatie.

'Neem je morgen uit Groningen een haring voor me mee?' vroeg ze.

'Natuurlijk, schatje,' zei ik, 'maar hoe kom je daar zo opeens bij? Ben je zwanger?'

'Ja,' zei ze.

VII

Schootvrucht

Zwanger. Ik voelde mij totaal onwezenlijk. En ook helemaal niet alsof ik de verwekker was maar alsof het mij zomaar overkwam, alsof ik er zelf part noch deel aan had en een of andere demiurg deze toestand had veroorzaakt. Net zoals bij de verwekking van Jezus, met ook zo'n vader die van niks wist. Misschien was dat verhaal ons helemaal niet verteld om de wereld het christendom te schenken, maar om ons iets uit te leggen over het vaderschap. Mater semper certa est, de realistische Romeinen waren daar ook al achter gekomen.

Het gekke was dat ik de sensatie had dat mij juist iets ontbrak maar wát wist ik niet precies. Moest ik nu mijn ouders bellen, die het toch minstens wel mochten weten (Nee, zei Else, die ook niet, zij liet haar ouders ook nog even onkundig), moest ik een bos bloemen kopen om het te vieren of een raar maaltje koken waar zwangere vrouwen van hielden? Er was iets in mijn leven veranderd, verschoven, maar wat precies? Een kind had ik eerlijk gezegd niet direct voor ogen, ik kon me er geen voorstelling van maken, ik dacht aan de spelletjes die ik als jochie met mijn zusjes had gespeeld en waarin een pop van een van hen een voorname rol had gespeeld, ik herinnerde me zelfs hoe die pop heette, Turia, maar als het allemaal bedoeld was, zoals je van natuurfilms leerde, om ons bij te brengen hoe het in het grote, echte leven zou toegaan, was de les niet aan mij besteed geweest. Weer moest ik denken aan de verhalen rond Christus' geboorte. Hoe had Maria het aan haar Jozef verteld en had die haar ongeloofwaardige verklaring zomaar geslikt: de engel Gabriel was hier en die zei...? Daar zei de Bijbel bij mijn weten niks over, het meest menselijke moment sloegen ze daar gewoon over. Alsof het er niet toe deed. In de *Decamerone* waren dat daarentegen juist de gewilde momenten. Wie wilde weten hoe je zo'n heikele zaak aanpakt moest zich maar tot het gedicht 'Verklärte Nacht' van Dehmel wenden. Van wie? Ja Richard Dehmel, wie las dat nog? Zelfs ik als germanist kwam niet veel verder dan een enkele titel: *Weib und Welt*, damesblad voor de rijpere vrouw. Oké, Schönberg dan, die had het onsterfelijk gemaakt. Mijn god, waar gingen mijn gedachten heen, het leek wel of ik Else ervan verdacht mij hoorndrager te hebben gemaakt. Maar misschien dacht ik er juist aan om die mogelijkheid in mijn geest uit te bannen, als een soort profylactische maatregel. Ik kende mezelf goed genoeg om te weten dat ik niet alleen in reële maar ook in mogelijke werelden leefde. Heimelijk meestal, als om er undercover achter te komen wat je allemaal kon overkomen.

Enfin, ik was in de war, zoals het hoort. Ik had recht op deze verwarring, sterker nog, het behoorde tot mijn plicht als aanstaand vader om niet te weten waar ik aan toe was.

Ik voelde dat er nog een achterstallige vraag was.

'Hoever ben je al?' vroeg ik. Fout, dacht ik onmiddellijk, je moet vragen: wanneer ben je uitgerekend?

'Zes weken,' zei ze, 'ik weet het nog maar net.'

Uren, dagen, maanden, jaren, zongen we, maar opeens waren het weken.

'Dan wordt het een herfstkindje,' rekende ik snel uit en ik toverde een gelukkige trek op mijn gezicht, 'dat zijn de beste, die hebben de meeste kans om honderd te worden.' Dat had ik eens ergens gelezen, maar of het waar was wist ik natuurlijk niet. Trouwens, in dat artikel had ook gestaan dat kinderen die in de herfst geboren werden meer kans op astma en schoolachterstand hadden, maar het leek me niet het juiste moment om dat te zeggen.

Ze glimlachte vaag alsof het moment van geboorte weinig voor haar betekende. Toch nam ze de moeite erop te reageren: 'Net als jij,' zei ze en even dacht ik dat ik wat ironie proefde alsof ik en passant mijn eigen herfststormen bij haar had aanbevolen. Maar ironie kende ze nauwelijks en nu waarschijnlijk al helemaal niet.

'Nou,' zei ik en daarna sforzando, 'wat een groot nieuws! Ik weet niet helemaal hoe ik erop moet reageren, maar wat fijn!'

Alsof er ineens iets tot me doordrong liep ik eindelijk op haar af en gaf haar een kus. Ik voelde me onhandig. Opnieuw glimlachte ze. Nu pakte ik ook haar hand, alsof al die vertrouwelijke gebaren met enige vertraging bij mij binnenkwamen. We zaten een tijdje lief naast elkaar en zeiden niets meer, als in een ouderwetse familiefilm, dacht ik.

'Oké, nou, geweldig.' Ik stond op. 'Hebben we iets om ons op te verheugen.'

'Ja,' zei ze. Weer die geheimzinnige glimlach. Ze was verder weg dan ooit.

Ik stond op en ging weer aan het werk. Aan het werk? Welnee, ik ging op het woord zwanger zuigen, op dit compleet nieuwe, onbekende verschijnsel, de zwangerschap van mijn vrouw.

Zwanger, geen gewoon woord dat je zomaar kon laten passeren, maar een woord dat als het ware zwanger van zichzelf was. Een pregnant woord. Tegenwoordig was je samen zwanger of toch minstens allebei, dat hadden de feministen na een relatief korte strijd om de heerschappij besloten, maar dat betekende daarom nog geen gelijkberechtiging. Ik voelde althans niks. Voor mij was het voorlopig een woord, meer niet. Een veelbetekenend woord, dat wel, ik proefde er een soort contaminatie in, dat het zwaar en lang zou zijn, maar anders dan bij drachtige dieren had het woord ook een soort swing en er klonk iets van een zanger in door. En was het niet de vergrotende trap van zwang? Iets kon in zwang zijn maar jij was meer dan dat, zwanger. Zij bedoel ik.

Ik sloeg het etymologisch woordenboek erop na en zag dat zwanger inderdaad iets met 'zwaar' van doen had en mogelijk uit het Litouws afkomstig was. Met zwang had het daarentegen niks te maken, dat kwam van zwenken, las ik. Dat hoef je allemaal niet te weten als je van het zwangere tweetal het wijfje bent, maar het zwangere mannetje dat niets in zich voelt beven en trillen en groeien en gloeien en dat niet naar de gynaecoloog hoeft, moet zich tevredenstellen met het woord.

Zwanger, ik liep niet te juichen maar diep in m'n hart, dat ik bij gebrek aan baarmoeder raadpleegde, vond ik het overweldigend. Zo overweldigend dat het me min of meer verdoofde.

Dat ik nu een zwangere man was betekende niet dat mensen iets aan mij konden zien. Else bezwoer mij dat ik er niet meteen ruchtbaarheid aan moest geven, ze wilde het eerst zelf nog goed tot zich laten doordringen en 'het feit voelen' zoals ze dat noemde. Het feit, wat klonk dat afstandelijk, Duits dacht ik erbij, bij ons noemden ze zoiets 'het grote nieuws', maar ik veronderstelde dat ze er nog aan moest wennen, dat van haar een nieuwe en onbekende aandacht werd gevraagd. En wist ik veel hoe vrouwen normaal gesproken reageerden op hun eerste zwangerschap? Het was immers ook mijn eerste. Intussen gingen ook de woorden weer met me aan de haal: ruchtbaarheid, vruchtbaarheid.

En voor de goede lezers, ik kocht die haring wel degelijk voor haar, bij de visboer op de Grote Markt in Groningen die op zijn kraam had staan: Onze haring is ook voor u gestorven.

VIII

Afdrijven

'Het kan niet,' zei ze op de tiende ochtend na de annunciatie, ik was stiekem aan het tellen geslagen. We zaten net aan tafel, ik besmeerde mijn boterham met pindakaas, die ik sinds haar komst in mijn leven ook wel aardnootboter noemde. God, wat leuk zeg, je trouwde met een Duitse en voortaan at je aardnootboter. Heel vreemd vond ze dat trouwens, dat je eerst boter en dan nog eens aardnootboter op je boterham smeerde, dubbelop.

'Ik weet niet beter,' legde ik verstandig uit, 'het een is beleg, het ander...' Ja, wat eigenlijk... Soms werd je voor onmogelijke vragen gesteld, vooral over dingen die je gedachteloos je hele leven al deed. Ik stond op het punt mijn eerste hap te nemen toen ze dus zei dat het niet kon.

Mag ik zeggen dat er een stilte viel? Ja, dat mag ik. Ze had, drong gedurende die stilte ineens tot mij door, een grijsroze peignoir aan. Erg onflatteus.

'Wat kan niet?' vroeg ik onnozel. Kon ze niet naar school, was ze schoolziek, moest ik de school bellen? Of mompelde ze maar wat, als antwoord op een verzwegen of lang geleden gestelde vraag? Verwachtte ze misschien helemaal geen reactie van mij?

Maar nee, ze had er lang over nagedacht, zei ze terwijl ze haar vork met een enigszins plechtstatig gebaar neerlegde, maar het kwam niet goed uit. Ze moest nog aan haar Referendariat beginnen en een baby zou al die plannen totaal in de war schoppen. Bovendien voelde ze zich iedere ochtend strontmisselijk, dat wilde ze nu wel toegeven. Ik moest maar een abortuskliniek zoeken. Die waren er toch zoveel in Nederland! En dat alles met volstrekte koelte. Ze was niet bereid in snikken uit te barsten of een ander sentiment uit de bibliotheek der affecten te lenen.

'Wát zeg je, wát?' Ik voelde me helemaal verstijven. Hoe kon dit? Wist ze wel wat ze zei? Ze klonk gedecideerd op een manier die ik van haar nog niet kende. Ik realiseerde me in één klap dat ik de afgelopen dagen mijn eigen wil volledig van die van haar had laten afhangen, in de volstrekte zekerheid dat zij dat kind wilde. En dan wilde ík het ook natuurlijk. Maar na haar verbijsterende, ontwortelende woorden van zonet wist ik ineens niet meer waar mijn wil thuishoorde. Ze opperde iets waar ik volstrekt geen rekening mee had gehouden. En waarom niet? Waarom was die mogelijkheid niet in mij opgekomen? Omdat het mij absoluut onmogelijk leek dat zij, Else, het kind niet wilde. Natuurlijk wilde ze dat kind, zij was het groen geworden gravinnetje, van oude Pruisische landadel, en anders wel een boerendochter uit een achterlijke streek, daar kregen ze al eeuwenlang gewoon kinderen zonder discussie, het was een geschenk van God, je zette er je geslacht mee voort, punt. De breinaald, het ritje met de brommer over het keiweggetje, de engeltjesmakers, daar had ze nog nooit van gehoord, net zomin als van Joden en homo's, weet je nog.

Ik voelde dat ik haar verleden, haar achtergrond, alles wat ik bij haar had verondersteld, gebruikte om haar als het ware op haar plaats te wijzen. Weet je wel wat je daar zegt?! We zitten hier niet bij Sartre, bij de dolle mina's! Maar wat ik me ook realiseerde was dat mijn gedachten in paniek raakten, dat ik geen plan had, geen strategie om op Else te reageren. Gek voelde dat, verwarrend en hoogst onaangenaam.

Ik had de boterham met pindakaas opgegeven en was geagiteerd van tafel opgestaan. Daar was godverdomme wel reden voor, nietwaar? Werd me even een nazaat door de neus geboord. Maar ze wist natuurlijk niet wat het in mij aanrichtte, hoe zou ze ook, maar waar haalde ik dat begrip voor haar eigenlijk vandaan, wat betekende het? Ik had zin om weg te lopen en een deur knallend achter me dicht te slaan, maar iets weerhield me ervan, wie weet het gevoel dat er nog wat te redden viel. We moesten praten, praten, praten, maar om te beginnen stond ik met een mond vol tanden.

In plaats van zelf iets te zeggen probeerde ik haar woorden precies te wegen. Nu ik er goed over nadacht had ze niet gezegd 'ík wil het niet', dat had ik er inmiddels van gemaakt, om precies te zijn had ze gezegd 'het kan niet'. Het kon niet, vanwege onze positie, vanwege haar studie, haar baan, haar toekomst, haar misselijkheid.

Maar dat kon allemaal weggenomen worden. Toch? Dat waren toch geen doorslaggevende argumenten? Ze probeerde natuurlijk maar wat, ze had iets in een vrouwentijdschrift gelezen en probeerde dat nu op mij uit. *Weib und Welt*, weet je nog wel, Richard Dehmel! Maar ik keek haar aan, in die Ierse eilandjes die ze van haar aanbeden moeder had, en ik zag dat ze het volstrekt wél meende, dat ze niets meer en niets minder bedoelde dan te zeggen dat ze het kind, ons kind dacht ik nu ineens en ik vroeg me af of daar geen tranen in mijn ogen bij hoorden, niet kon laten komen. Kon laten komen, ik formuleerde het zo dat ik ineens het noodzakelijke vocht voelde opwellen. Het kon niet, bijna alsof Maria, na de aankondiging van de engel Gabriël zei: allemaal best met God en zo en de mensheid, maar ik wil het niet. Vergeet het maar. Het kan me niet donderen wie de vader is. Het komt er niet! Dan maar geen christendom! Hoe zat dat eigenlijk met haar cortisonenspiegel? Deugde haar amygdala wel?

'O,' zei ik ten slotte onbeholpen, meer wist ik niet uit te brengen. 'Daar moet ik even over nadenken hoor.'

'Denk rustig na,' zei ze, vriendelijker nu, 'ik snap het, maar ik heb al lang nagedacht.' Juist haar begrip voor mijn verbazing, verrassing, verbijstering, gekrenktheid, wat zou zij denken dat het was?, maakte me nog onzekerder. Ik vond diep in mijn hart dat haar stemming mij houvast moest geven, zij was erover begonnen, nu moest zij deze dans ook leiden. Als ze vastbesloten was, oké, dan was ze vastbesloten, maar niet pal daarop begripvol alstublieft.

Het voelde of ik in het water was gegooid en niet meer wist hoe ik moest zwemmen. Wat werd er nu van mij verwacht? Moest ik soms over eerbied voor het menselijk leven beginnen? Nee, eerst maar eens even niks. Ik keek opnieuw naar haar mond, naar haar ogen, maar niets verraadde haar emoties. Het was alsof ze erop had geoefend haar mededeling zo neutraal en objectief mogelijk te doen, als een vaststaand feit, niet als een discussiestuk. Ze had een manier om mij volkomen onzeker te maken, maar ik kon er de vinger niet op leggen en dat was het 'm juist. Moest ik haar ijzeren mededeling ontmantelen, gaan peuren in alles wat ze zojuist gezegd had, verwachtte ze zoiets, of moest ik haar nu met rust laten? Bijna leek dit vraagstuk mij belangrijker dan dat of wij dat kind wilden of niet. Ik merkte dat mijn gedachten over het kind pendelden tussen het kind, dat kind, ons kind, het wilde maar niet tot iets concreets uitgroeien.

'Zeg, je hebt het toch niet allemaal met Victoria bedisseld, hè?'

Daar reageerde ze wijselijk niet op.

Ik had het gevoel dat ik mijn jeugd definitief kwijt was geraakt, niet door met Else te trouwen en haar met kind te schoppen, zoals het in de wereld der Boeotiërs heet, en zo het podium van verantwoordelijke volwassenen te betreden, maar juist door deze abortus, die me de kans gaf jong en student te blijven, geen kinderen naar de crèche of naar school te hoeven brengen, 's avonds laat in kroegen te kunnen blijven hangen, mijn vrouw rustig te kunnen inwisselen voor een andere zonder gezeur over alimentatie en ouderlijke plichten.

Ik voelde me ineens oud, onstuitbaar op weg naar het einde. Maar ja, dat moet natuurlijk ook, je kunt niet eeuwig in je jeugd blijven geloven.

Ja, dacht ik nadat ik een tijdje op de nieuwe situatie had zitten broeden, de vrouw beslist, baas in eigen buik. Zo hoorde het. Daar had de maatschappij mij mee opgevoed. Misschien zou het anders zijn geweest als ik in Afrika of India geboren en getogen was, maar wat had het voor zin om dat te bedenken; ik was een West-Europeaan, de joods-christelijke beschaving had me gewiegd, dat was de vrucht die in mij was geplaatst en het was niet de bedoeling dat ik die nu liet aborteren, dacht ik in grimmige beeldspraak. Ik voelde weliswaar precies het tegenovergestelde, maar dat was ook precies waar het feminisme tegen gevochten had. Ik moest bewijzen dat ik een bijdetijdse man was die de rechten en gevoelens van vrouwen respecteerde. Ik moest de abortuskliniek gaan bellen met de mededeling dat mijn vrouw een afspraak wenste te maken. In Nederland dus want in Duitsland waren ze zover nog niet. En ik ging het doen, dat voelde ik. Ik zou de wil van mijn geliefde, mijn vrouw, respecteren.

IX

Lot

De ironie van het lot. Alsof het lot er stemmingen en gesteldheden op na houdt: de ernst van het lot, het chagrijn van het lot, de ironie van het lot. Terwijl het zich slechts grondeloos en grenzeloos over het mensdom heen buigt, dat haar nederig buien toekent omdat het zelf niet anders gewend is: de ironie van het lot. Ja, waarlijk. Het wilde (ook zoiets, alsof het lot iets wil, het heerst slechts zonder mededogen of wreedheid, zonder wil of voorstellingsvermogen, enfin), de ironie van het lot wilde dat de abortuskliniek in de straat van mijn grootouders was gevestigd. Die waren er intussen allang niet meer, weggevaagd door datzelfde onverschillige lot, de een na een hartstilstand omdat er een mof op zijn parkeerplaats was gaan staan, de ander omdat ze niet langer wilde leven in een wereld waarin de ene na de andere lotgenoot rond haar negentigjarig omhulsel werd weggenomen. Maar het huis was er nog, en de straat, die met aristocratische allure naar een zekere burgemeester Van Haburc de Sandalstraat heette, had haar zegen gegeven aan het feit dat zijn hoge vensters en plafonds geen families meer huisvestten maar daarentegen het mensdom probeerden uit te roeien.

Had ik als klein jongetje geweten dat ik hier nog eens mijn echtgenote van een veelbelovend vruchtje zou laten beroven, dan had ik indertijd beter om mij heen gekeken. Bijvoorbeeld als we terugkwamen uit het grote naburige park waar ik en mijn neefjes en nichtjes op onvergetelijke zondagen bij onze grootouders paddenstoelen en kastanjes hadden verzameld om ze in schoenendozen te laten zien aan belangstelling veinzende, geestdriftig knikkende ooms en tantes die zoveel herfstactiviteiten wel konden waarderen. Ik weet zeker dat mijn kinderjaren gelukkig waren, niet bedorven door onmin en scheidingen, en ook werden er geen beginnende vruchtjes fijngeknepen. We liepen onder de plaatselijke waterval door, kamden de franje van het grootouderlijk tapijt recht en mochten tijdens diners met de andere kinderen aan een apart tafeltje in de serre zitten, waar de chocoladevla met een gele dot vanillevla, die weer was opgehoogd met een toefje slagroom, beter smaakte dan bij de volwassenen, wier ernst meer bij het holst van het huis scheen te passen.

Ach, ik praat er nu met misschien ironisch klinkende weemoed over, maar ik wou werkelijk dat ik ze terug kon halen, die jaren van voor de zwart-wit-tv met de Eurovisietune en Raymond Ceulemans op het biljart, eventjes domweg gelukkig alvorens we de versplintering en de vergeefse illusies in werden geslingerd.

Ik wist waar het pand gevestigd was, ik had me er in stilte al op voorbereid, misschien had ik het zelfs Else al verteld, toch schokte het me toen we de straat in draaiden. Ergens begin jaren zeventig was de bedaarde, nette straat afgezakt; de herenhuizen met absurde torentjes en erkers waren in handen van vastgoedjongens geraakt die er kantoren in hadden gevestigd en zelfs seksclubs. Het huis van mijn grootouders, op nummer 47, priemgetal, mijne heren!, was omgebouwd tot een soort studentenwoning en het souterrain waar ik met zusjes, neefjes en nichtjes met de weegschalen van opa drogistje had gespeeld, was omgebouwd tot een garage. Ik wierp er een steelse blik op om de pijn van de vergankelijkheid niet al te zeer tot me te laten doordringen, niet op deze dag. Voor Else betekende dit allemaal niks, die zou zich deze straat slechts herinneren om wat er uit haar gedreven werd, een paar huizen verderop. Virginia heette de kliniek, misschien wel naar de eerste vrouw die er geaborteerd was. Of omdat je er maagd bleef, zo'n beetje.

Else kwam trouwens alweer naar buiten, bleek als een berk.

GEHENNA

I

Moge u boeiende tijden meemaken

Else, want over haar gaan we het de komende tijd hebben, mijn Else is na de abortus erg stilletjes geworden. Gelachen heeft ze al een hele tijd niet meer, zelfs niet geglimlacht. Maar natuurlijk lieve schat, alle begrip, zoiets gaat je niet in de kouwe kleren zitten, kan ik wat voor je inschenken? Je verpulvert willens en wetens een veelbelovend vruchtje en wie garandeert je dat als je er weer wel aan toe bent het peloerepetoetje alsnog komt; het is hier geen supermarkt. Misschien was deze eerste ook wel direct je laatste kans, wie zal het zeggen? En misschien viel die hele toestand daar in huize Virginia ook wel helemaal niet met je principes te verenigen. Het kan natuurlijk best zijn dat je uit zeg maar praktische overwegingen besliste om het te laten wegmaken terwijl je hart eigenlijk schreeuwde: nee nee, ik wil het houden! Misschien verscheurt deze tijd met zijn teveel aan mogelijkheden je pure, eenvoudige ziel wel. Was getekend, je man.

Niets van dit alles kom ik van Else aan de weet want zoals gezegd, ze is stilletjes geworden. Ik doe mijn best tot haar door te dringen, maar het is niet te doen. Zei ze maar iets over wat er in haar omgaat, of lag ze in elk geval zo nu en dan maar in bed te snikken, maar er lijkt een soort stomme verdoving over haar te zijn gekomen. Ik probeer het te vergelijken met mijn eigen stemming, maar eerlijk gezegd weet ik helemaal niet goed hoe ik er zelf aan toe ben. Opluchting en verdriet, is dat het woord? of schaamte? of gewoon een soort frustratie? strijden om voorrang. Soms denk ik dat we er goed aan hebben gedaan, dat we er inderdaad nog niet aan toe waren, maar het volgende moment lijkt het me te stom voor woorden om niet elke gelegenheid aan te pakken: als het komt wen je vanzelf wel, is dat niet wat onze ouders ook is overkomen?

Dat ik er zelf niet uit ben kan ik nog wel verdragen, maar dat Else er niet uit lijkt te zijn kost me heel wat meer moeite. Ik probeer me voortdurend haar helft van het verhaal voor te stellen, haar rol, haar reactie, maar het lukt me niet. Steeds kijk ik maar vanuit mijn eigen vensters naar buiten waar zij zich ophoudt. Ik zie haar zitten, ik hoor haar lopen, ik voel haar bewegen, maar het lukt me niet om me met haar te identificeren, om haar, al was het maar eventjes, van binnenuit te zijn.

Dat lijkt misschien niet erg, niemand hoeft iemand anders te zijn, dat was toch juist het aardige van individualiteit. Zij hoeft per slot van rekening ook mij niet te zijn, en toch breekt het me op. Ik snap haar niet. Hoe meer ik haar zie en voel, hoe minder ik haar begrijp. Het lijkt wel of ze zich onder mijn blik, mijn nabijheid steeds verder verwijdert. Alsof al mijn inzicht, al mijn gerationaliseer, al mijn waarheid haar wegduwt in plaats van haar aanhaalt. Ik voel me een allochtoon in haar wereld.

Maar oppassen, misschien moet ik minder kijken, minder op mijn hoede zijn, meer vanzelf, spontaan, alles waar de mensheid zo van houdt: echt, authentiek. Aan de andere kant, jongens, dit ís mijn authenticiteit, haar willen snappen, mijzelf onder ogen willen komen met wat ik van haar probeer te snappen. Zij is mijn slijpsteen geworden. Niet het kussen waar ik ook mijn hoofd op wilde leggen maar de voortdurende…

Hou toch op, mooie woorden, mooie formuleringen, ik geniet er zelfs nog wel een beetje van. Dat kan ik tenminste goed, geloof ik, formuleren, in kaart brengen. Maar intussen ontglipt de werkelijkheid me.

Misschien ligt mijn verstand ook wel voor op mijn emoties, dat sluit ik niet helemaal uit, wil ik dingen beslissen en doen waar ik gevoelsmatig nog niet aan toe ben. Modern zijn terwijl ik nog ouderwets ben. Misschien zitten mijn voorouders nog meer in me met hun primitieve gedachten, hun godsdienstigheid, hun stomme vertrouwen in de wereld, hun preutsheid, hun victoriaanse dromen, meer dan ik me met mijn ontwikkeling denk te kunnen permitteren. Misschien ben ik er te snel uit gegroeid. Else niet, zo te zien, die leeft nog half met het idee van een 'heile Welt', waar we zojuist met olifantspoten doorheen zijn gelopen. Die is gewoon verdrietig na een abortus, hoor je dat: gewoon verdrietig, meer niet.

Trouwens, wat wilde ik met dat kind? Geen flauw idee. Ik kan me voorstellen dat mannen zodra ze de vrucht hunner lendenen aanschouwen denken: o ja, prima, zus en zo, dat gaat wat worden, ik heb al kicksen, spitzen gekocht! Maar ik? Ik heb er eigenlijk helemaal niks van meegekregen. Hij, zij, het was weg vóór ik iets kon zeggen, vóór de buik van mijn vrouw begon te zwellen. Vóór, nou ja, vóór het er überhaupt was. Een windei of niet eens dat. Ik heb er niks van gevoeld, het is er niet geweest, maar nu zit ik wel met een vrouw die met stomheid geslagen is. Ik voel me, ja vooruit, ik voel me verongelijkt, een beetje maar, het valt nog te bestrijden met mijn verstand, maar het is iets nieuws en het smaakt niet goed, het smaakt naar bederf.

Jezus, wat een gezever, hoor ik mijzelf soms denken: gewoon kindje weggemaakt. Gebeurt dagelijks. Huize Virginia. Niks aan de hand. Niet aanstellen. Was noodzakelijk. Nuttig. Niet doen of je een winnend lot hebt weggegooid. Ook jij niet, Else!

Ik zou natuurlijk mijn arm zo nu en dan om haar heen kunnen slaan, vertrouwenwekkend knikken, Schumanns *Frauenliebe und -leben* voor haar spelen, maar een echt medicijn is er niet voor onze impasse. Of moeten we nu juist weer zo snel mogelijk vrijen, als beesten tekeergaan, doen alsof er niks gebeurd is? Feit is dat ik er niet over durf te beginnen, het voelt te kwetsbaar, niet bij mij maar bij haar. En misschien ook wel bij mij, weet ik veel.

Dit is, ja jongens, opgelet!, dit nu is een specimen van het menselijk tekort, de condition humaine, waarvan jullie allemaal sinds het gelijknamige boek van Malraux uit 1933 hebben gehoord. Komt dat zien, hier kun je het in vivo bestuderen! Breinermoor, voor uw typisch menselijke gebreken! Trouwens, dat boek werd oorspronkelijk vertaald met *Storm in Shanghai.* Laat dat eens goed tot jullie doordringen: storm in Shanghai. Het menselijk bestaan gaat gebukt onder een storm in Shanghai. Nu jullie weer.

Enfin, laat ik me maar in mijn werk begraven, het komt wel weer. We gaan het langzaam weer opbouwen. Mooi nieuw project, geen nieuwe wereldburger, dan maar een restauratie.

'Wil je erover praten?' vraag ik plompverloren op een avond, en omdat ik me schaam voor die soapachtige uitdrukking lach ik er ironisch bij, maar ze schudt al van nee. Oké, dan niet, baas in eigen bek, dat ook. Ik merk dat ik mijzelf prijs om mijn begrip. Niet mooi misschien, maar beter dan nergens tegen te kunnen.

Jaha, Else komt langzaam bij. Godzijdank, ze herstelt. Ik zie het aan haar ogen, aan de manier waarop ze 's ochtends opstaat vooral. Ze zegt nog niet veel maar dat komt nog wel.

Ik merk dat ik de neiging heb boven op haar verbeterde stemming te springen en er direct uit te persen wat erin zit maar iets houdt me ook tegen. Haar hervonden innerlijke rust is vast broos en ik moet uitkijken dat ik niks stukmaak, maar ja, ik ben opgelucht, wat wil je? We hebben een barrière genomen die lang niet ieder stel in het begin te verduren krijgt. Ik denk aan onze eerste dagen, toen we langzaam en geleidelijk haar vaginale krampen wegnamen door te, ja door wat eigenlijk?, door er te zijn, denk ik. Nu moeten we haar verdriet wegmasseren. Pluralis modestiae?

Op een avond, het is inmiddels al negen uur, kijken we, maar nu toch heus zij en ik, samen op de bank naar een film op tv, een beroemde rolprent, jammer dat-ie zoals alles in Duitsland is nagesynchroniseerd. *Brief Encounter. Begegnung* heet-ie in het Duits. Kort noch lang dus, gewoon Ontmoeting. Mooi, zwart-wit en terwijl Laura en Alec almaar dieper in elkaar verwikkeld raken telkens dat *Tweede Pianoconcert* van Rachmaninov. Maar ze dóén het niet. Het komt er net niet van. Sublimeren maar weer. Het is ook nog maar 1945, ónze wereld moet nog beginnen. Ik praat er wat wegwerpend over, maar het is werkelijk een mooie film al weet ik niet of het iets is voor een herstellend paar zoals wij, in technicolor op de bank.

En opeens schiet me te binnen dat de bioscoop waar ik ooit met Daphne Iglehart, die domme popcornvretende bimbo, belandde, ook Brief Encounter heette. Hoelang is dat inmiddels geleden? En de mislukking van die avond bracht me op een of andere manier dichter bij Else. Ik heb zin om haar dat verhaal te vertellen maar het lijkt me niet verstandig, na deze film, en juist nu, nu alles nog zo ijl is.

'Mooi,' zegt Else na afloop. De film heeft haar aangedaan, ik zie het.

'Ja.'

'Vooral die caféscènes.'

'Ergens jammer dat het niet geconsumeerd is.' Ik zeg maar wat, mij persoonlijk kan het geen bal schelen dat ze niet met elkaar naar bed zijn gegaan.

'Hoe kun je dat nou zeggen? Dat is toch juist het mooie eraan.' Ik hoor nota bene iets van verontwaardiging in haar stem. Maar gauw afkappen, dit onderwerp. Dit is geen geslaagde poging haar weer voor het liefdesleven te winnen.

'Alleen die Dolly was me wat te veel, wat een domme kletskous! Die maakt het afscheid wel erg mislukt, alsof niet allang duidelijk was dat het niks zou worden.' Laat ik vooral niet zeggen dat die Dolly me steeds aan Victoria deed denken, de vreselijke vriendin die nog altijd niet vertrokken is.

Ik neem me voor me in Elses geest of wat ik daarvoor aanzie, bij de abortus te houden, als verzwegen kern van ons gesprek, maar het lukt me niet. Het lukt me gewoon niet. Ik wil dat het voorbij is of bezig is voorbij te gaan. Ik wil gewoon dat we er allebei niet meer aan denken. Dat we weer over andere zaken kunnen praten. Ogen dicht en kiekeboe: weg! Maar Else voelt nog het tekort, het verdriet. Ze prijst de zelfbeheersing van die verrekte Laura en Alec natuurlijk omdat ze dan ook niet het risico lopen zwanger te raken en vervolgens abortus moeten plegen. Of overdrijf ik, lijm ik zaken aan elkaar die helemaal niet bij elkaar horen?

In elk geval kan ik maar beter aanvaarden dat het allemaal nog lang niet over is. Maar dan is er nu wel een nieuwe fase ingetreden. We raken in elk geval in gesprek, we gaan evalueren. Ha, evalueren, die fijne verworvenheid van de jaren tachtig. Voorzichtig aan maar. Porseleinkast.

Ik zoek naar de juiste woorden om te beginnen, maar ze komen niet, alle formuleringen stollen in mijn hoofd. Dan maar gewoon clichés, die zijn er nu eenmaal voor dit soort momenten, in de communale vergaarbak voor als je zelf niks kunt bedenken.

'Wat zit je nu eigenlijk dwars?' Ja, verkeerde gemeenplaats, ik weet het, dat had ik ook helemaal niet willen zeggen, het klinkt te kribbig, te negatief. Ik had moeten zeggen: 'Else, ik snap wat er allemaal door je heen gaat, wil je erover praten?' Misschien had ik er nog een glimlach overheen kunnen plakken, maar nu is het ook daarvoor te laat.

'Ach Titus, ik heb ook zo nu en dan een schouder nodig.' Een vreselijke zin maar ik moet hem opschrijven. Dat zégt ze zomaar, ze spreekt zich uit. Heiliger Dankgesang eines Genesenen an die Gottheit, in der lydischen Tonart! Ik zou opgelucht moeten zijn, maar dat ben ik helemaal niet, ik merk dat ik onmiddellijk geïrriteerd ben, alsof ze op een geheime knop heeft gedrukt. 'Een schouder nodig hebben', alsof het een prothese is. En dan dat 'ook', alsof het voor iedereen geldt en zij eigenlijk maar heel matig gebruik heeft gemaakt van haar recht op zorg en op een rots in de branding en op weet ik wat voor toegewijde, betrouwbare instantie en er daarom, áls het eens nodig is, extra recht op heeft. Ook in het oude Pruisen, het land van oom Bismarck, zijn de emoties kennelijk onderhevig aan de wet van het zinkende cultuurgoed. Nou ja, maar niks laten merken. Proberen de verongelijktheid te onderdrukken die zegt dat ik toch precies heb gedaan waar ze om vroeg, niet gezeurd, een abortuskliniek in Nederland uitgezocht, in de auto voor de deur staan wachten. Ik snap trouwens niet goed waar mijn plotse ergernis vandaan komt, maar ze is er. Iets is haar schuld, lijkt het wel. Ze wil me rijp maar ze maakt me onrijp.

'Maar schat, waarom vraag je daar dan niet om?' vraag ik met beheerste ergernis en ik voel me volstromen met opzettelijk gevoel. Wat voor uitdrukking zou ik op mijn gezicht hebben, ik moet toch iets uitdrukken waar ze op afgaat.

'Ik hoopte dat je het zou aanvoelen.'

'Maar hoe dan? Je bent ook zo gesloten als een oester.' Ik denk aan de oesters van Osias Beert, die ons ook al in zekere zin bij elkaar gebracht hebben, naast Daphne Iglehart natuurlijk.

'Maar ik wilde troost.'

'Dat is wel heel ingewikkeld voor een ander, zo'n als het ware geheim verlanglijstje. Je laat niks merken en toch moet de ander het maar aanvoelen.' Verlanglijstje, ook weer helemaal mis. Enfin.

'Maar zo'n man wil ik.' Het klinkt een beetje alsof ze moed verzameld heeft om het hoge woord eruit te duwen.

'En Victoria dan, dat is toch je beste vriendin.'

'Nee, niet vriendin, man.'

Stilte. Wat moeten we met de wetenschap dat ik niet de man ben die ze zich heeft voorgesteld? Beiden in snikken uitbarsten? Of gewoon humeurig verder: het zal wel overgaan?

'Liefde is dat je dat soort dingen aanvoelt.'

Nou moet het niet barrer worden. Barrer, klopte dat wel? Of moet het eigenlijk barder zijn? En moeten we soms ook een abonnement op *De Telegraaf* nemen? Liefde is... Ik heb het gevoel dat ik in de val ben gelopen, dat ik nu over de hele linie de allerordinairste gevoelens en sensibiliteiten krijg aangesmeerd die ik altijd zo succesvol heb weten te mijden. Kalm blijven, in godsnaam, niet laten merken hoezeer ik dit soort taalgebruik veracht. Misschien vergis ik me, zit er toch meer in dan ik denk. En je mag ook niet vergeten dat haar Nederlands niet volmaakt is, al klinkt het soms alsof ze nooit anders heeft gesproken, maar dat is juist het misleidende. En dat alles, alles wat er nu gezegd wordt, heel gevoelig ligt. Deze vrouw heeft voor haar gevoel net een kind verloren, zoiets. Maar waarom voel ik, de vader, dat dan helemaal niet?

'Waar heb je dat nou gelezen, *Frau im Spiegel* soms?' Ik probeer wat lucht in de conversatie te pompen maar mijn ironie slaagt niet erg en daar heb je 'm weer, dat net-niet-ruzietoontje, dat mijzelf misschien nog wel het meest verontrust omdat het van een buikspreker afkomstig lijkt.

Misschien heeft ze gelijk, moeten mannen hun vrouwen aanvoelen. Maar deden ze dat vroeger dan wel? Ach welnee, alleen klaagde toen niemand erover en legde iedereen zich erbij neer. Of de vrouw liep weg en veroorzaakte een schandaal. Effi Briest. Aanvoelen of liever gezegd aangevoeld worden is iets van de moeizaam geëmancipeerde vrouw. Eerst de straat op, schreeuwen dat mannen niet deugen, dat ze ongeslachtelijk moeten worden en dat allemaal tenslotte voor een kosteloos emotioneel cv. Ho ho, niet cynisch worden, Titus, er zit natuurlijk wat in, weet je best. Verstop jezelf niet achter cultureel of historisch relativisme. Dit is echt, dit hoort bij de relatie die je zo nodig wilt!

In de zware stilte hoor ik haar weer denken: zelf heb jij zoiets niet nodig want als jij wat wilt zeg je het. Maar ik ben anders en het probleem is dat je je niet in mij kunt verplaatsen en dat is precies wat ik mis.

En in het stuk hersens dat vervolgens mijn eigen reacties voortbrengt antwoord ik zwijgend: jawel, ik weet het misschien allemaal soms wel, voel het wel aan, maar misschien vergis ik me ook wel, daarom wil ik graag dat je zegt wat je wilt, anders ga ik als een mol rond in je wereld, trap ik je zo nu en dan op je ziel of 'leen een schouder', nou vooruit dan, als je 'm juist niet nodig hebt. Je bent toch geen baby, toch geen amorf wezen waar je maar naar moet gissen? Moet ik ook maar weer niet zeggen, dat van die baby. Ik merk dat ik vooral dingen denk die ik niet moet uitspreken.

'Zeg dan,' probeer ik nog eens.

'Wat?'

'Nou, wat je dwarszit. Dan weet ik het voortaan.'

Ze zucht diep, zeker om wat ik allemaal volgens haar niet aanvoel. Het spijt me, ik kan er ook niks aan doen. Ik doe m'n best. Misschien moet ik ook wel getroost worden, dokter. Voor iets anders.

Ik loop naar de piano en zoek in de stapel muziek naar de Bach-transcripties van Busoni: 'Ich ruf zu dir, Herr Jesu Christ.' Maar als ik het speel, traag en zwaar en orgelachtig, troost het me bepaald niet. Het verscheurt me eerder. Nou ja, dat is ook weer overdreven. Mensen overdrijven zo snel, alsof ze hun net ontdekte bewustzijn als een opgevoerde brommer even uitproberen. Maar het doet me geen goed.

Ik weet niet waarom het weer een beetje misgelopen is, maar het valt me niet mee. Het was kennelijk toch nog te vroeg. Het probleem met zo'n voortijdige opening is dat het alles nog erger maakt, de hele opbouw is verstoord, zal ik maar zeggen, zorgen dat het geen herdersmat wordt. Nu moet je ook de nieuw ontstane wond nog genezen. Of kan het gewoon niet anders, moet eerst de pus eruit voor het korstje komt. Hoe het ook zij, ik voel me lamlendig na *Begegnung*, the movie, nog verergerd door Bach-Busoni.

Het dringt tot me door dat we niet zonder meer voor elkaar bestemd zijn, Else en ik, dat we in verschillende werelden leven, dat we heel anders zijn maar niet zo dat we elkaar aanvullen. Maar wat kunnen we eraan doen? Moeten we er een einde aan maken? Twee mensen, elk een andere kant op, gebeier, exeunt en doek. Wat betekent dat eigenlijk: voor elkaar bestemd zijn? Het veronderstelt een hogere macht die ons bij elkaar gebracht heeft omdat dat zo hoort. Ik geloof er eerlijk gezegd niet in. Voorbestemdheid is iets van vroeger, in onze tijd moet je het zelf zien te rooien. Dat is spannender en riskanter, en misschien gaat het mis, maar je moet het proberen. Zo denk ík erover. Maar het probleem, bedenk ik tegelijkertijd, is dat ik niet weet of Else er ook zo over denkt. Niet echt. Dat we, al is dat van die onverenigbaarheid en die verschillende werelden lariekoek, misschien wel degelijk totaal uiteenlopen.

Ik heb wel boeken gelezen, van voor de oorlog trouwens, waarin stellen elkaar in zo'n geval in een brief uitlegden dat ze niet bij elkaar hoorden en beleefd voorstelden om uit elkaar te gaan, keurig netjes, er was trouwens ook al een ander, maar die zoete praktijk van nette scheidingen en nieuw opgevatte levens lijkt inmiddels onbereikbaar. Ze hoort thuis in een wereld waarin je toch al niet veel van elkaar verwachtte en waarin je, nadat je eeuwen uit economische noodzaak maar bij elkaar was gebleven, nu eindelijk de kans kreeg om te doen wat je moest doen, namelijk het uitmaken, maar ik verwacht wel degelijk wat van mijn huwelijk, dat is het probleem. Ik verwacht dat we eraan werken. Ik sta er zelf van te kijken, als een geleerde die onverwacht een zwakzinnig kind voortbrengt: aan je relatie werken. Niettemin, ik meen het. Maar opnieuw: wat verwacht zíj? Geen flauw idee. Als een ondoordringbare muur rijst haar onbekende innerlijk voor mij op, het gesloten bolwerk van haar gedachten, de Ierse mist in haar ogen, sela!

Ik moet denken aan wat ik in de dagboeken van Kierkegaard heb gelezen, over zijn relatie met Regine Olsen: 'Ze hield alleen maar van mij en toch begreep ze me niet.' Moet je dat 'alleen maar' als armoede of juist als rijkdom uitleggen? Maar hoe dan ook, Kierkegaard maakte er een einde aan omdat ze hem niet begreep. Dat kan ik van mezelf niet zeggen, ik ben juist als een mot op het licht van het onbegrip afgevlogen, heb ik het gevoel, op die onbekende blauw doorbloede Loreley met haar lichte maar ondoorzichtige ogen, en nu is het zaak vol te houden, allicht tegen beter weten in want wat is weten eigenlijk? En iemand almaar begrijpen, dat gaat natuurlijk niet, en dat is maar goed ook. Er moet wat geheim overblijven, een marge de secret, iets wat onopgehelderd blijft. Of moet je iemand nemen die je altijd al gekend hebt, een verwante oerziel, het buurmeisje uit je jeugd? Trouwens nemen? Er valt niets te nemen.

Enfin, ik zit maar in mezelf te plussen en te minnen. Het hogere doel dat ik er ongemerkt mee bereik is dat ik me weer enigszins gerust voel. Zolang we maar in gesprek blijven.

's Nachts lig ik lang wakker naast Else, die tenminste de indruk weet te wekken dat ze slaapt. Het kost me moeite haar niet wakker te maken, overeind te dwingen. We moeten praten, schat, vind je niet dat we moeten praten?

Ik voel me om een of andere reden schuldig, maar dat heeft natuurlijk geen zin. 'Guilt is a waste of time,' zegt Henry Miller, die er natuurlijk wel het nodige verstand van had; ik kan me beter afvragen wat voor iemand ik eigenlijk ben. Mijn gedachten liggen in een ambulance, eerst vaagweg die sirene die zich ongemerkt in je bewustzijn boort, dan de trage alarmtonen, dan opeens heel dichtbij, snel, er is haast geboden, dan langzaam en ongemerkt weer weggeëbt, het dopplereffect van je gedachten. Ik probeer hartgrondig niet na te denken. Was ik maar helderziend.

II

Boeiende tijden

Maar we gaan verder, we hebben geen keus. Het moet. Heldhaftig, vastberaden, barmhartig. Ik probeer nog meer houvast te vinden in boeken die ik gelezen heb, films die ik gezien heb. *Scènes uit een huwelijk*: Erland Josephson, Liv Ulmann. Gek, ik kan er wel college over geven maar nu ik ze nodig heb ontglippen alle ter zake doende citaten me. Net als dokters of psychiaters die zichzelf niet kunnen genezen.

We doen zo normaal mogelijk, al is dat nog iets heel anders dan normaal zíjn. We ontbijten samen, ik streel haar een enkele keer door het haar, op een nacht liggen we zelfs tegen elkaar aan. Dat is goed, denk ik, verdrietige liefde, nu niet te ver gaan. Of wil ze juist dat ik haar overweldig? Vast niet. Ik heb trouwens helemaal geen stijve, dat duivelse zwellichaam.

Gewoon lieve woordjes, dat werkt waarschijnlijk het beste. Liefje, slaap je al? Ik ben blij dat ik je ken. Zullen we binnenkort eens gezellig in Groningen naar de film? Of Oldenburg voor mijn part (hoor in gedachten die Duitse nasynchronisatiestemmen – nee, niet 'voor mijn part' zeggen). Het klinkt allemaal reuze geforceerd of misschien zelfs belachelijk, maar wat moet je dan. Zwijgen? Talking in bed ought to be easiest. Ha, toch nog een toepasselijk citaat, maar nu het in me opkomt weet ik niet wat ik ermee aan moet. We passen gewoon niet bij elkaar. Blijkt nu.

De studenten leiden me af, dat wel. Als ik in Groningen ben denk ik niet voortdurend aan onze echtelijke zorgen. Het zijn mijn Breinermoorse gedachten die me dwarszitten. Moeras van het brein, jazeker.

Er is de laatste tijd van alles en nog wat aan de hand, de subfaculteit gaat net als de rest van de universiteit en wie weet de hele wereld door een proces van veranderingen. We moeten beter vastleggen wat we doen, verantwoording afleggen, protocollen volgen. In het begin denken we nog dat het allemaal wel mee zal vallen, dat een of andere tijdelijke gek opeens de bibberatie heeft gekregen omdat ze er straks achter gaan komen dat achter de Gouden Muur van de universiteit een grote chaos heerst en dat we dat vóór moeten zijn, het gaat wel weer over als die gek weg is. Maar mooi niet, het wordt almaar serieuzer. Er komen formulieren die we daadwerkelijk moeten invullen, we worden in vergaderingen op onvolkomenheden aangesproken, eerst nog vriendelijk, maar het krijgt er steeds meer van weg dat we tot de orde worden geroepen, met zo'n gezicht van: 'Ik kan er ook niks aan doen, Titus, ze vragen het nu eenmaal van ons', en dan allengs strenger en compromislozer tot er op een zekere dag gewoon een handhavend ambtenaar voor ons zit.

'Weet je Henk,' zeg ik in de gang tegen een collega Scandinavisch, 'de universiteit heeft opeens ontdekt dat ze eigenlijk een fabriek is, wij zijn werknemers en moeten iets produceren. Als het goed is en Marx heeft gelijk dan vervreemden we straks van onze arbeid en rolt er aan het eind een student uit die we nooit les hebben gegeven.'

Henk, schraal, Gronings, geleerd, heeft er wel iets Nedersaksisch voor over: 'Joa m'n jong, as't nait gait zoas't mot, mot't mor zoas't gait.' Zou hij een vrouw hebben om 's nachts zijn hart over de neergang van de universiteit bij uit te storten. Geen flauw idee.

'Denk je dat dit de wil des Heren is?' zeg ik, 'of zit satan erachter?'

Henk grinnikt en loopt zijn collegezaaltje in om over Knut Hamsun of August Strindberg te doceren. Misschien ligt hij er binnenkort wel uit, met die Groningse onverschilligheid van 'm.

Hoe het ook zij, op de universiteit vergeet ik Else en die verdomde abortus een beetje. Wel denk ik soms terug aan de tijd dat ik in Amerika lesgaf, aan die brave, hormonale Amerikaanse studentjes die je 's avonds weer achter de kassa van McDonald's tegenkwam met zo'n lullig petje op, toen alles nog onbezoedeld was en Else een wereldvreemd, raar ijskonijn. Ho, daar niet aan denken. Maar het is moeilijker in je herinneringen te shoppen dan je denkt, soms ben je ergens aangeland in het verleden, allang voorbij, vervlogen, verdampt, waar toch nog een strikte orde lijkt te heersen en waar je aan bepaalde dingen móét denken, al wil je dat helemaal niet. Het lijkt wel of je geheugen zich verzet tegen je gewinkel en per se wat pijnlijke herinneringen kwijt wil die jij juist wilt overslaan. Maar soms lukt het werkelijk om ze te negeren en vandaag lukt het me om Else uit te schakelen. Natuurlijk, ze staat ergens buiten op me te wachten, dat weet ik ook wel, maar even niet. Ik drijf haar uit, ik duw haar weg, maar dat kan alleen maar door lichtjes aan haar te denken, Else light.

Wilt u zich mij trouwens alstublieft voorstellen terwijl ik, bewolkt door deze en aanverwante gedachten, door de Groningse binnenstad loop, langs het A-Kerkhof richting station, want ik heb een paar uur vrij en ik wil even naar het nieuwe Groninger Museum; dat staat er net, een hypermodern, democratisch bouwsel op een eilandje in het Verbindingskanaal. Er is daar een fototentoonstelling met foto's uit het interbellum van het Hogeland, en nu niet aan het Institute of Art denken, Titus! Gek eigenlijk, van alles bestaat wel een soort equivalent.

Maar 's avonds moet ik weer naar huis en ik merk dat ik me al stilletjes voorbereid op iets donkers. De treinreis past zich aan, we boemelen langzaam richting oosten, de duisternis tegemoet en ergens heeft Oost-Friesland ook iets donkerders dan Groningen. Ik weet niet, de bomen, de bakstenen, net een tintje ernstiger. De romantici waren daar hypergevoelig voor, veranderingen in het landschap, je zou een heel proefschrift kunnen schrijven over de kleuren en de tinten en de vormen die hun stemming beïnvloedden. Ik heb dat altijd heel interessant gevonden, die subtiele schakeringen die een hele wereld kunnen veranderen. Misschien hadden de oermensen dat ook, waren ze zonder het te weten afhankelijk van lichtval en schaduwen en wat niet al. Alles is sfeer tenslotte. Wie zei dat ook alweer? Heidegger geloof ik. Of was het Walter Benjamin?

En terwijl ik aan die grote Duitsers denk realiseer ik me opeens dat ik Else half en half gekozen heb juist vanwege die grote Duitsers in haar bloedbanen of althans in haar culturele genen. Nou ja, zo gek is dat toch ook niet. Je groeit er als kind al mee op, de molenaarszoon probeert de prinses te krijgen. Zelfs een verlichte geest als Multatuli viel op een barones en dubbele namen en had een zwak voor het koningshuis. En Balzacs alter ego Lucien Chardon bleef voortdurend z'n best doen graaf de Rubempré te worden. O, dat heb ik allemaal al beweerd, niet zo opzichtig in herhaling vallen, jongen! Else zelf heeft er trouwens niks mee. Gräfin, jazeker, afkomstig uit een Duits toplaagje maar bezig met de allergewoonste, menselijke dingen. Dat moet ik toch eens leren, dat je ook als gravin of als filosoof op aarde leeft en natuurlijk weet ik dat ook wel, maar ik moet dit weten in mij wel regelmatig bemesten. Koning, keizer, admiraal, poepen moeten ze allemaal.

Tegenover mij in de trein zit een wichtje van een jaar of vijftien. Middelbare scholiere, ze is geloof ik in Bunde ingestapt. Ze eet een Kinder Bueno en leest een blaadje dat *Blitz* heet. Foto's van schaarsgeklede sterretjes. Ik lees de achterkant mee: Liebe auf den ersten Blick. Und gewinne ein Candlelight-Dinner für zwei! Leidet F. an Magersucht? Dit is ook de wereld, iemand scharrelt al deze onzin bij elkaar en een ander leest het. Ik moet aan Adorno denken, die dit soort platvloersheid slechts met de grootst mogelijke tegenzin in zich opnam. En aan Umberto Eco, die het juist leuk vond en een volvette, genietende studie over de slechte smaak schreef. Twee soorten geleerden. Ik wil Eco zijn maar ik voel dat Adorno aan de deur rammelt.

En wat als ik dat wichtje tegenover mij, Antje of Ute geheten, eens aanspreek en zeg: je brengt me in verwarring. Moet ik jou met de blik van Adorno of met die van Eco bekijken? Misschien rent ze naar de conducteur om te zeggen dat er een enge vent in de trein zit, so ein Ekel. Ekel, Eco.

De trein is een voortreffelijke plek om maar wat voor je uit te mijmeren.

III

Ftalaten

We hebben nu al weken geen seks meer gehad, wat zeg ik, maanden, en die keer dat we 's nachts tegen elkaar aan lagen is ook een incident gebleken. Meestal kijk ik in bed aan tegen Elses rug. Ik probeer uit te rekenen wanneer we voor het laatst met elkaar geslapen hebben, maar iets verzet zich ook tegen die berekeningen. Ergens toen ze net zwanger was, denk ik, de kleine op komst, nou mooi niet, maar dat wisten we toen allemaal nog niet ja.

Erger is het dat Else aan reinheidsmanie begint te lijden. Ze is altijd al netjes geweest, kopjes en kranten weg als je ze niet meer nodig hebt, boekenplanken afstoffen, ook de bovenste, maar haar opruimdrang neemt nu dreigende proporties aan. Het lijkt wel of ze de schoonmaakactie in haar baarmoeder buiten nog eens dunnetjes over wil doen. Geen vuiltje ontsnapt meer aan haar aandacht. Ja ja, kindje fijngestampt is natuurlijk een trauma, een obsessie, maar nu moet de buitenwereld er ook aan geloven, inclusief de smeerlap met wie ze getrouwd is.

Begrijp me goed, het zijn allemaal gedachten die ik niet wil denken maar die ik niettemin wél denk, misschien juist des te harder omdat ik het niet wil. Zoals ik ook merk dat tegen mijn zin iemand in mij opstaat die ik lang niet meegemaakt heb, Ties de puber die zich verzet tegen zijn omgeving. Ties, zo liet ik me in mijn middelbareschooltijd noemen om mijn klasgenoten de al te makkelijke pesterijtjes te besparen, in mijn studententijd heb ik het weer opgehoogd tot Titus. Titus Orbaan... Zou een zeventiende-eeuwer kunnen zijn, rechtzinnig theoloog, schoenerkapitein. Maar jezus christus, hou eens op met dat poetsen, de wereld is er om geleefd te worden! Hoe het ook zij, vuil hoort erbij!

Ik kan niet anders vaststellen dan dat die Ties in mij steeds meer redenen vindt om zich teweer te stellen, angry young man noemde mijn moeder dat altijd. Had ze ergens na de oorlog gelezen, dat er een nieuw ras aan angry young men was opgestaan. Ben ik soms daarom getrouwd, om als een of ander burgermannetje de stoep schoon te vegen, het huis te stofzuigen? Weet je, als je wilt vind je overal wel ongerechtigheden en vuiligheid. Kijk maar eens als de zon de kamer in schijnt, stofjes dansen in het licht, het venster zit vol strepen. Laat ons dat aardse slijk vieren. Zeg, en weet je waarom de Zweden en de Amerikanen aan het begin van deze eeuw allemaal kinderverlamming kregen? Omdat ze alles lekker schoon hadden geboend en alle rotzooi weggegooid, in tegenstelling tot de negertjes die lekker polioloos in hun poelen van vuil ronddarden. Negertjes, ja weet ik, niet correct, moet tegenwoordig zwarten zijn, en ook niet zwartjes.

Het gekke is dat Else behalve netter ook steeds energiebewuster wordt. Dus terwijl ze de aarde wil opruimen wil ze hem tegelijkertijd zo veel mogelijk intact laten. Voor mij staat haar ziekelijke (is het dat al: ziekelijk?) smetvrees (nee nee, nu overdrijf je weer, Ties, iemand die het huis schoonmaakt heeft nog niet direct smetvrees), haar bezeten opruimdrift in contrast met haar zelfverzonnen rentmeesterschap over de aarde (hoe kom ik erbij: rentmeesterschap...).

We moeten minder gaan stoken, alle lichten moeten uit als we de kamer verlaten, ze wil dat we de auto zo veel mogelijk laten staan. Oké, auto's vervuilen, dat is ook een groen standpunt geef ik toe, en het valt te verenigen met een soort smetvrees. Ik probeer uit alle macht een soort logica, systematiek in de nieuwe Else te ontdekken. Maar het lijkt wel of ik een robot bestudeer, hij doet van alles, beweegt, voert innerlijke opdrachten uit, doet het huishouden, voert een nieuwe economie in, maar je snapt niet wie het allemaal bestuurt en waarom.

En terwijl ik almaar onrustiger word van mijn nieuwe, posttraumatische echtgenote ben ik toch ook nog steeds bereid alles van haar te slikken, en als ik de eigenaardigheden om haar heen wegdenk zie ik nog steeds de mooie, geheimzinnige Loreley voor me op wie ik ooit viel. Mazzelaar, ja hoor, je hebt me nog steeds in de ban. Ik ga hetzelfde doen als toen we nog niet met elkaar neukten. Ik zal je laten zien dat ik kan wachten, ik Titus Orbaan, meester der driften en hartstochten! Achtung!

Maar oké, seks zou het allemaal iets makkelijker maken, snap je dat? Een klein beetje oxytocine op z'n tijd, het zou al geweldig schelen. Ik weet wel dat het geen handelswaar is en dat je het niet moet willen wegstrepen tegen iets, maar... nou ja. Kom op, jongens, we zijn geen kinderen meer. Hé zeg, maar deze vrouw rouwt, die wil je toch niet met jouw loslopende lustgevoelens opzadelen, zoiets vulgairs. Maar dat zeg ik toch ook helemaal niet, ik zeg alleen maar dat haar schoonmaakmanie, die Dreft-drift van haar makkelijker te verdragen zou zijn als we zo nu en dan... Bij mijn ouders stond vroeger een boek in de kast, *Man en vrouw voor en in het huwelijk*. Ná het huwelijk, dat bestond toen nog niet, dat was ondenkbaar. Het was natuurlijk niet de bedoeling dat ik dat las, maar niemand hield me ook tegen. Wat je over de voortplanting moet weten en wat God met de lichamelijke liefde bedoeld heeft. Misschien moet ik dat boek in een of ander antiquariaat op de kop tikken en ergens laten rondslingeren.

Enfin, ik probeer zo veel mogelijk immuun te blijven voor al die veranderingen in ons huishouden. Dat brengt een soort verdoving met zich mee; als zij wil dat we de lichten en de verwarming op tijd uitdoen en de borden en kopjes na gebruik direct afwassen dan doe ik dat zonder erover te willen nadenken. Zodra er een opstandige gedachte in mij opkomt gooi ik er een doek overheen, alsof het een papegaai in een kooi is die zijn snavel moet houden. Een tijdlang heeft het zelfs wel iets grappigs om het haar zo slaafs naar de zin te maken. Het is natuurlijk nog maar de vraag of zij het merkt, maar bij mij voelt het een beetje alsof ik train voor wereldverbeteraar, niet omdat ik opeens rein en groen ben geworden maar omdat ik me naar de ander schik. Niet mijn wil maar uw wil geschiedde. Misschien ben ik wel op weg naar het klooster.

En ik ben ook echt van plan dit vol te houden, edelachtbare, maar ja, zult u zeggen, loze belofte, dat zegt ook iedereen die het op den duur niet volhoudt. Weet ik, weet ik. Ergens in mij zit behalve die puber ook nog een man die vermoedt dat vrouwen helemaal niet zitten te wachten op mannen die hen begrijpen, maar dat ze een primitieve en egoïstische minnaar willen, die ze zonder al te veel attenties overweldigt en in de keuken van achteren penetreert. We leven in tijden waarin we elkaar van alles wijsmaken omtrent menselijk gedrag en maakbare samenlevingen, maar misschien zitten we er met z'n allen wel helemaal naast. Of zijn de menselijke geslachten uit elkaar gegroeid, veronderstel ik dat de vrouw best een aap wil omdat ik zelf nog wel een aap wil zijn. Zijn vrouwen verder ontaapt dan mannen?

'Nee, niet die trui,' roep ik als Else op het punt staat een ouwe pullover van mij weg te gooien omdat-ie stuk is of stinkt, ik weet het eigenlijk niet. 'Dat is een ouwe vriend.' We hebben ooit afgesproken dat we allebei onze oude vrienden mogen hebben waar de ander niet aan mag komen, hoe onredelijk en onbruikbaar en overbodig ze ook zijn geworden. Meer nog, er mag over het veto niet gediscussieerd worden. Aan dat laatste principe begint Else nu te knagen.

'Hè toe nou Titus, in dat ding kun je echt niet meer verschijnen.' Ze heeft mijn trui nog steeds in haar hand, als Perseus het hoofd van Medusa, teneinde te laten zien dat ze haar missie niet zomaar opgeeft.

'Maar ik hoef ook helemaal niet te verschijnen,' zeg ik, 'ik heb 'm ooit in Denemarken gekocht, ik weet nog precies waar en wanneer. Ik was verdomd gelukkig toen.' Ik weet niet waarom ik dat laatste eraan toevoeg, het ontglipt me min of meer, maar nu het eruit is hoop ik dat het bij haar aankomt: toen wel, nu niet meer: denk daar maar eens over na, mevrouw!

'Je moet ook afscheid van dingen kunnen nemen.' Natuurlijk bedoelt ze daar niks bijzonders mee, natuurlijk zegt ze maar wat, maar ik moet onmiddellijk aan ons gezamenlijk vruchtje denken, of liever gezegd ik veronderstel dat zij eraan denkt. Zo leven we dus, stel ik vast, alles betekent meer dan vroeger, niets is meer vanzelfsprekend. We zijn eigenlijk een soort literatuur aan het worden, wat we zeggen staat voor iets anders.

'Ik snap wel dat je 'm weg wilt gooien, Else – ik gebruik haar naam om meer gewicht aan mijn mededeling te geven – maar voor mij betekent dat ding wat.' Om de waarheid te zeggen weet ik helemaal niet zeker wat die trui voor mij betekent. Hij betekent vooral dat ik niet wil dat Else erover beschikt. Hij betekent dat ik de angry young man wil zijn. Ik kan me voorstellen dat ze 'm wegsmijt zonder het mij te vragen en dat ik het niet eens zal merken. Maar dat ga ik haar natuurlijk niet vertellen.

Goed, ik ben dus bezig opstandig te worden, te herpuberen maar, Your Honour, leden van de jury, dat komt toch ergens door? Dat heb ik toch niet alleen zelf zo besloten? Ik wijs in dit verband toch naar de omstandigheden die mij zo gemaakt hebben. Ja ja, Dalrymple, ik weet het, maar ik ben het niet met hem eens, niet onvoorwaardelijk.

Het voelt bijna alsof ik me voorbereid op een tennispartij. Ik pak de ideeën en opmerkingen bij elkaar die ik voor het komende gevecht denk nodig te hebben. Maar terwijl het op die manier lijkt alsof ik met volle beheersing bezig ben heb ik ook het gevoel dat ik niet anders kan. Er huist een geest in me die ik niet kan uitschakelen. En wie weet is het bij haar net zo. We mogen dan geen kind op aarde hebben gezet, we hebben wel twee nieuwe volwassenen voortgebracht.

Wat er nu met die trui gaat gebeuren weet ik niet, ze legt hem onder zwijgend protest terug, dat is in elk geval íéts maar ik merk ook dat ik het eigenlijk jammer vind dat ik nu niet verder met haar kan twisten. Ik heb zin in mijn eigen kleine oorlogje.

Ze begint nu ook de pakjes sigaretten die hier zo nu en dan in huis liggen (wij zijn kleine gelegenheidsrokers, maar ik heb Else al in geen tijden zien roken, realiseer ik me ineens, ach ja, natuurlijk, de kleine... het windei, de gebakken lucht!) uit elkaar te halen om de verschillende onderdelen apart weg te gooien. Ze hebben hier in Breinermoor een buitenissige afvalscheiding die kennelijk erg besteed is aan vrouwen met een abortus achter de kraag. Alle mogelijke soorten glas, bruin, groen, transparant, moeten in verschillende containers worden gedeponeerd, hout, metaal, kunststof dient allemaal los van elkaar weggezet te worden. Een pakje sigaretten belandt ontleed en wel in drie vuilniszakken, eentje voor het papier en het karton (het pakje zelf), eentje voor het plastic (dat onnozele flubbertje doorzichtig plastic dat om zo'n pakje zit) en eentje voor het metaal (het zilverpapier dat om een of andere reden in zo'n pakje moet zitten). Is dat zilverpapier van blik of van aluminium? Als dat laatste het geval is, maar we hopen natuurlijk allemaal hartgrondig van niet, komen er te veel metaalionen in het milieu, en trouwens, aluminium komt van bauxiet en bauxiet komt uit Suriname, jullie eigen kolonie Suriname (niks kolonie, zeg ik, dat is al sinds 1975 een zelfstandig land) en Suriname gaat te gronde aan de winning van bauxiet.

'Overdrijf je niet een beetje?' vraag ik haar.

'Wil je soms dat we aan obesitas gaan lijden of dat onze geslachtsorganen verschrompelen; weet jij wat er overal in zit?' zegt ze zonder ironie.

En zo moeten we ook voortaan glazen potten en flessen rechtop bewaren omdat anders de deksels en doppen bisfenol A kunnen afgeven.

'Bisfenol A?'

Ja, ik mag dan wel niet weten wat bisfenol A is, maar het is een van de meest geproduceerde chemicaliën ter wereld, afschuwelijk gewoonweg.

En eigenlijk moeten we ook maar geen kunststof schoenen meer dragen want die geven voortdurend ftalaten af door de huid. Word je onvruchtbaar van. Ftalaten. Trouwens, weet ik wel dat er meer dan twintig miljard artefacten per jaar worden geproduceerd, meer dan er dieren en planten zijn en dat in Amerika ieder jaar zeven miljoen patenten worden geregistreerd, tegen de anderhalf miljoen soorten die we kennen. Soorten? Soorten wát?

Ik weet niet waar ze al deze verderfelijke, duivelse kennis vandaan heeft, maar ik weet wel zeker dat er in onze lasveganistische huwelijksakte niet vermeld stond dat we het na een jaar hierover moesten hebben. En ik moet ook aan Sonja denken, Elses zusje met haar macrobiotische kuren. Kennelijk heeft de oude adel na de jachtsloten en paarden te hebben ingeleverd het verantwoorde leven omarmd.

Ik blijf het echter allemaal als een metafoor voor die andere aardse mislukking zien en ik hoop dat het slijt. Ik wil niet denken dat het gewoon een vaste overtuiging van Else betreft die pas nu aan de dag treedt. Dat zou immers betekenen dat ik me volstrekt vergist heb in haar, dat ze heel iemand anders is dan ik dacht. Dus hou ik me in.

'Oké Else, ik snap het. Het is een soort collateral damage van de consumptiemaatschappij.' Ik krijg het uit mijn strot, ik hoor het mezelf zeggen.

'Het is gewoon zo zonde om de aarde te bederven.'

Ik voel me als een kind op de achterbank van de auto, pedagogisch toegesproken door zijn moeder. Alsjeblieft Else, alsjeblieft, doe niet zo, het past niet bij je. Maar ik weet dat het juist wel bij haar past. Voor de zoveelste keer proef ik haar diepgewortelde idee van de 'heile Welt', de ongebroken schepping waar de Ahlsteentjes in proberen te geloven en die ze in stand houden door in hun tuin te spitten en te wieden en radio en tv op tijd uit te zetten. Hé zeg, zet die oogkleppen eens af, steek je kop niet in het zand! We hebben het hier wel over de vooruitgang hè... Schopenhauer had het over het uit zichzelf rollende wiel dat je niet kunt tegenhouden. Ja, daar heb ik zin in, om haar te verpletteren met het wiel van Schopenhauer en met Nietzsche en Adorno, maar dat helpt natuurlijk niet bij het afval scheiden. Goed, het is dus overtuiging versus relativisme. And never the twain shall meet. Het vervelende is dat overtuiging qualitate qua sterker is.

Maar misschien moeten we gewoon weer eens iets leuks gaan doen, hè ja, zei Mietje met de kalfsogen, al zou ik niet weten wat. Het lijkt ook wel of Europa zoveel somberder is dan Amerika, die onnozele Nieuwe Wereld met haar optimisme en daadkracht en overdaad aan ftalaten, die andere ongebroken wereld waar ik best naar terug zou willen.

Leuk is... eh... seks... nou ja, dat dus nog even niet, het op een na leukste dan. Kom, we gaan naar Emden. Dat is wel een spuuglelijk stadje zonder enige allure, maar we hebben het per slot van rekening in miezerig Breskens ook uitgehouden, verblind door liefde weliswaar, maar niettemin. In de Kunsthalle is momenteel een tentoonstelling gaande. *Neue Sachlichkeit*, Grosz, Dix en nog wat van die lui, Schlichter, Hubbuch. Ach, het gaat er ook niet om wie je er allemaal kunt bezichtigen. Als wij maar weer eens samen uit zijn. Vaagweg heb ik ook het gevoel dat dit bezoek ons moet herinneren aan die middag in het Institute of Art, waar we ooit ronddwaalden, als onschuldige kinderen die nog niet wisten van seks en milieuvervuiling.

We pakken de auto. Godzijdank is het nog niet zover dat Else met paard-en-wagen wil. Het motregent de hele dag al, 'veelal bewolkt en regenachtig'; daar wordt Oost-Friesland niet vrolijker van. Ik kan me eigenlijk niet heugen dat het in Amerika ooit miezerde, maar dat moet een vergissing zijn, mijn geheugen heeft de snertdagen in de Midwest uitgefilterd en weggegooid.

Else rijdt, dat vind ik altijd wel iets hebben. Ik ben niet zo'n man die van mening is dat zijn vrouw niet kan rijden en bovendien wil ik graag dat zij de milieuvervuiler van dienst is. Het is een halfuurtje rijden normaal gesproken, eerst naar Leer en dan de A31 op. Else rijdt goed, ik kan niet anders zeggen, stevig en vol zelfvertrouwen. Ze geeft gas als ze de kans krijgt en haalt in als het kan. Beheerst in chaotische situaties. Een puike automobiliste, m'n kop eraf als ik zit te liegen. Alleen vind ik dat ze iets te voorbarig voor stoplichten stopt, maar die zijn er onderweg niet zoveel en het is bovendien een kwestie van gewoonte. Duitsers rijden vaak zo hard ze kunnen maar zijn ook gehoorzaam als het moet. Diep in mijn hart vind ik dat redelijke, rationele eigenschappen, maar ik merk ook dat ze me licht ergeren. Waarom niet gewoon eens iets impulsiefs gedaan?!

Maar goed, waarom wil ik dat ze iets doet wat ze zelf niet wil? Je moet mensen in hun waarde laten, heb ik altijd geleerd. En in dat stuk van de sociale catechismus leg ik deze dagen examen af. Dit alles begeleid door 'The winner takes it all' van Abba dat uit de autoradio klinkt.

Weer dwalen door zalen, peinzend staan, passeren, hand onder de kin, hoofd scheef, alle voorgeschreven bewegingen van de museumbezoeker. Trouwens, ik vind deze tentoonstelling een heel stuk interessanter dan het openbaar kunstbezit voor de schoolklasjes in het Institute of Art. Mijn god, *Neue Sachlichkeit*, toch verreweg de interessantste stroming in Duitsland van de afgelopen honderd jaar, nou ja, met het expressionisme dan. Dem Bürger fliegt vom spitzen Kopf der Hut. Eenvoud en krachtige spontaniteit, meneer. Ik wil niet beweren dat ik een kunstkenner ben, maar *Neue Sachlichkeit* toont Duitsland op z'n scherpst en z'n intelligentst. Ik overweeg mijn studenten ernaartoe te sturen. Helaas hangen er ook twee Madonna's met kind, zoals ik ze maar zal noemen, *Frau mit Kind* van Otto Dix en *Mutter und Kind* van Georg Schrimpf. Ik probeer Else af te leiden, maar er is geen ontkomen aan. Onbewogen kijkt ze naar de doodskoppen van Dix en de dromerige vrouwen van Schrimpf. Misschien moet ik eens ophouden met te denken dat ze maar met één ding bezig is. Misschien is het onderhand meer mijn obsessie dan de hare.

'Nou, wat vind je ervan?' vraag ik.

'Zo naar soms,' zegt ze, 'zo moedeloos.' Moedeloze kunst, dat hoor je niet veel. Ik denk aan de warme Chagall in onze slaapkamer. Ze meent het allemaal.

'Vind je het niet interessant?' probeer ik. 'Je voelt dat het politieke kunst is, haast karikaturaal en toch ook zo menselijk.' Ik zwatel maar wat, maar helemaal onzin is het misschien toch niet. Het is Kafka in beelden. Döblin. Maar ik heb het gevoel dat het aan Else helemaal niet besteed is. Misschien voelt ze diepweg wel hetzelfde wat de nazi's voelden, dat het allemaal niet deugde, dat het de gezonde arische moraal ondermijnde, godverdomme ja, het zou me niet verbazen.

'Ik vond het portret van die oude mensen mooi,' zegt ze als we in het museumcafé koffiedrinken.

'Welke oude mensen?'

'Van die oude boertjes, ik weet niet hoe het heet.'

'Ik weet niet wat je bedoelt, o misschien dat ding van Merz?' Ik herinner me een schilderij van Erwin Merz gezien te hebben, *Grootouders* of zo. *Bildnis der Großeltern*, of nee *Porträt*, ja dat zal ze bedoelen. Typisch. Haar eigen wereld min of meer. En als ik het

Ik herinner me een schilderij van Erwin Merz gezien te hebben, Grootouders *of zo.* Bildnis der Großeltern, *of nee* Porträt, *ja dat zal ze bedoelen. Typisch. Haar eigen wereld min of meer. En als ik het nou ook eens mooi ga vinden. Helpt dat misschien? (p. 174-176)*

nou ook eens mooi ga vinden. Helpt dat misschien?

'Ja, dat is mooi.' Het ís ook mooi, maar het is mooi omdat het voor hetzelfde geld conventioneel is, ontmythologiserend en warm tegelijk. Een beetje Van Gogh, *Aardappeleters*. Niet qua stijl maar... Je kunt je voorstellen dat het je grootouders zijn bij wie je in de zomer graag komt, of juist in de winter. Huisje, hutje, brandende schoorsteen. Bedompte lucht binnen. Slapen in de bedstee. Of moeten we veronderstellen dat opa 's avonds als oma het even niet ziet bij je kruipt, zijn verweerde, bevlekte hand op je mond legt en... Horen dit soort fantasieën bij het herpuberen? Alles maar zo smerig mogelijk. Niks schoonheidservaring?

Misschien helpt het al als ik leer mijn gedachten te beteugelen.

IV

Vasa

Maar weet je wat, we gaan gewoon vol goede moed door op het ingeslagen pad. Puik plan zeg. Of we? Ik bedoel ik. Ik doe zo veel mogelijk net of er niets aan de hand is, of we op weg zijn naar restauratie en herstel. Ik leg me niet neer bij de neergang. Ik maak mezelf wijs, of nee, ik overtuig mezelf ervan dat de beproeving waar ons huwelijk zo te zien op uitdraait terecht is. Ik wíl ook helemaal niet dat het makkelijk gaat, fluister ik mijzelf toe, het moet veeleisend zijn, en ik moet als een Faust mijzelf testen. Dat betekent ook dat ik mijn mond moet leren houden.

Probleem is natuurlijk dat Else helemaal niet weet wat er in mij omgaat en ik weet trouwens ook niet wat er in haar omgaat. Zijn we nu onbekenden voor elkaar geworden? Welnee, wat een onzin! Wie kent elkaar nu helemaal? Ha, de fundamentele onkenbaarheid van de mens, W.F. Hermans. Je ziet iemand, hoort degene praten, luistert, gaat met hem of haar naar bed, deelt je leven samen en toch kom je er niet achter. Ik zie dat je van Chagall houdt en niet van Otto Dix, nou, dan weet ik genoeg. Genoeg? Wat zegt dat nou helemaal, oelewapper!

Oké, en is het dan zo erg dat je elkaar niet door en door kent, dat is de vraag. In zoverre dat ik er onzeker van word ja, ik durf haar bijvoorbeeld niet meer aan te halen. Misschien maakt zij daaruit op dat ik niet meer van haar houd, en dan hebben we dus een kolossaal misverstand. Nou ja, kolossaal... Ja, kolossaal!

Het probleem is helemaal niet dat we elkaar allicht niet kennen of doorgronden maar dat ik er eigenlijk niet over wil nadenken. Iets in mij verzet zich tegen deze hele situatie, iets, je ne sais quoi.

Ik moet erachter zien te komen wat dat is, dan kan ik het de nek omdraaien voor ik helemaal gek word.

Maar vooruit, genoeg bespiegeld, mijn verhaal wordt eentonig, even wat actie ondernemen. Ik slaap, laatste nieuws, tegenwoordig in de logeerkamer. Voor ik de slaapkamer wordt uitgezet alvast gescheiden van tafel en bed. Of van bed dan toch. We hebben er niets over afgesproken, maar op een avond kwam ik laat thuis uit het goede Groningen; Else was al naar bed en ik wilde haar niet storen, dus scharrelde ik wat beddengoed bij elkaar en maakte het veldbed in de logeerkamer op. Hier slaap ik rustiger, een eindje bij de Elserug vandaan. Hier kan ik bijvoorbeeld masturberen. Noodonanie heet dat als ik me niet vergis, lees hierover *Gehuwd en ongehuwd* van C.J.B.J. Trimbos, Hilversum/Maaseik 1967. Voor alle duidelijkheid, ik heb er zelf voor gekozen, ik zweer het bij de Almachtige. Ik lig op last van mijzelf in de logeerkamer en trek mezelf met opgeheven hoofd af. Om mijn vrouw te ontzien. Mijn vrouw die een abortus heeft ondergaan en wie weet wat nog meer in de tussentijd, en die vooralsnog niet in staat is liefde te geven of gewoon als Moeder Aarde haar benen te spreiden. Mijn vrouw, die wil dat de wereld schoon is en dat kunst ons mensen niet ontmoedigt. Uit liefde voor haar lig ik niet langer naast haar in bed. Trouwens, ik ben de laatste dagen ook verkouden en dan kun je het beste alleen liggen; je steekt de ander maar aan met je bacillen, of je snurkt omdat je neus verstopt zit. De ander kan niet slapen van je gekuch. Echt, het is voor iedereen het beste zo.

En vertel me vooral niet dat de wind in ons bestaan gedraaid is. En als-ie wel gedraaid is moet je zelf ook maar meedraaien.

Het logeerkamertje ziet er nog net zo uit als voorheen, anoniem, half een rommelhok, het is eigenlijk een raadsel dat Else het tolereert. Maar we gaan het niet zo inrichten dat het lijkt alsof ik er ga blijven. Laat het vooral iets tijdelijks hebben, zoals ons hele bestaan op aarde. Heel even overweeg ik om een leuk dingetje aan de muur te hangen, maar nee, het moet een ongezellig rotkamertje verbeelden.

Veel actie heb ik trouwens sinds mijn aankondiging dat er nu iets ging gebeuren nog niet ondernomen, ik geef het eerlijk toe, maar goed, men wil toch weten hoe ik erbij zit en dat vereist nu eenmaal een beetje gezever, wat oninteressant oponthoud, woorden waar niemand op zit te wachten. Het metselwerk van de werkelijkheid. Maar nu kom ik in actie.

Ik ga, schrik niet, een bouwpakket in elkaar zetten. Ik heb in Groningen, in speelgoedwinkel Het Kinderparadijs niet ver bij de Universiteit vandaan, een schaalmodel van de Vasa gekocht, de beroemde Zweedse driemaster, in meer dan duizend partjes. Als je gestrest bent omdat je leven fout loopt kun je het best dingen aan elkaar lijmen, tong uit de mond, smalle genummerde houtjes in je net iets te dikke vingers. Precisiewerk. Verbinden wat in het dagelijks leven niet lukt.

De Vasa was een Zweeds schip uit 1628, zo'n vaartuig als waarmee bij ons de VOC voer. Het was trouwens ook door een Nederlander gebouwd. Maar direct bij de eerste tocht al kapseisde het gevaarte in de haven van Stockholm, zonk en bleef ongestoord op de bodem van de haven liggen, tot ze het pas in 1961 weer boven water wisten te trekken, nog vrijwel intact en gloednieuw. Het heeft dus nooit dienstgedaan en verhuisde direct naar een museum. Ter wereld gebracht om tentoongesteld te worden, zoals doodgeboren kindjes op sterk water.

Ik lees het allemaal in de handleiding want ik weet niets van schepen. Het gaat mij om het gepruts. Als het af is, is het af en doe ik er niks meer mee of ik zet het ergens neer, maar tot die tijd leidt het af.

Ze zeggen dat verzamelaars en modelbouwers mannen zijn die eigenlijk een vrouw in huis halen, een vrouw die nu eens niet wegloopt. Psychologie van de kouwe grond allicht, maar wie weet wat mij naar de modelbouw drijft. Anderzijds deed ik het als jongetje al graag. Tientallen vliegtuigjes en auto's en huisjes heb ik in elkaar gelijmd. Ik weet dus waar ik aan begin en ja, op een of andere manier verbindt het me met mijn voorhuwelijkse leven.

Oké, ik knutsel dus, tegenwoordig het tijdverdrijf der laaggeletterden. Er is niks aan te doen, cultuurhongerigen, we zullen erdoorheen moeten. Eerst maar eens kijken wat ik nou precies gekocht heb. Ik inspecteer de verschillende onderdelen, sla een blik op de bouwinstructie. Ziet er haalbaar uit. Ik leg de verschillende onderdelen voor me op tafel, eigenlijk niet zozeer om te kijken hoe ik eraan moet beginnen als wel om de sfeer op te snuiven. Nu ben ik weer veertien. Mijn ouders kijken goedkeurend toe. Zolang ik maar geen joints rook of blijf zitten gaat het goed, zijn ze tevreden met me. Ze willen niet ongerust worden in deze tijd waarin alles al zo vreselijk verandert en ik help ze daarbij. Op ouderwetse spellendozen en folders van modelbouw staan jongens van veertien met een korte broek en een leuk overhemd vol verwachting de toekomst in te kijken. Zo eentje willen ze hebben. Zo eentje ben ik. Nog wel. En thans wederom.

Modelbouw mag dan iets jongensachtigs hebben, het lijkt me eigenlijk vrij hoog te staan op de evolutionaire ladder. Hoe verstandig het ook zou zijn geweest om eerst een model te maken alvorens je aan het origineel begint, het kwam niet direct bij de mens op. Bouwers maakten eerst het grote schip of gebouw en daarna kwam Faller of Revell langs om het na te maken. Ook Noach begon niet met een klein arkje, schaal Ho. Zelfs God, almachtig en alwetend toch, kwam niet op de gedachte van een proefaarde, of het zou die van ons moeten zijn, interessante gedachte. Imiteren, verkleinen is een late kunst. Op school leerde ik dat de Japanners na eeuwen isolement tot de grote wereld toetraden door ons uit het Westen na te doen, en altijd klonk daar iets smalends in door alsof ze niet in staat waren zelf iets te bedenken, maar ik denk dat de ontdekking van de imitatie juist iets heel groots is. Dat het de wortel van alle kunst is.

Nou ja, het lijkt misschien of ik mijn acute aanval van hobbyisme probeer te rechtvaardigen, maar dat vind ik helemaal niet nodig, het is heel eerbaar om dingetjes te vouwen en te lijmen en het houdt mensen af van woedende gedachten en zelfmoord.

Ik heb er nota bene een symfonie van Mozart bij opgezet, de *Jupiter*, uitstekende muziek voor hobbyisten dunkt me. Je moet er geen Mahler bij hebben of Satie, dan doe je je bezigheden geen recht.

Laat ik maar eens beginnen met de romp. Je kunt ook overwegen eerst de kanonnen in de schietgaten aan te brengen, maar dat kan net zo goed later. Het is een beetje een onevenwichtig bouwpakket, sommige stukken zijn heel groot en daar hoef je niks aan te doen, maar dan opeens moet je een klein prutsding ergens aan bevestigen. Innerlijke logica zit er niet in, dunkt me, het is een typisch bezigheidsproject. Je kunt zo'n schip natuurlijk ook kant-en-klaar kopen, maar misschien heb je dan meer last van moeizame zelfmoordgedachten. De vraag is ook of je de verschillende onderdelen niet eerst moet schilderen voor je ze bevestigt, of kun je dat beter doen als je een overzicht over het geheel hebt?

Terwijl ik de zeilen alvast sorteer voor later komt opeens Else binnen, papieren zakdoekje in haar hand. Wat nou zeg, heeft ze gehuild? Wil ze misschien dat ik daar zeiltjes van maak?

'Hier,' zegt ze, 'verkeerd weggegooid, meneer Orbaan.'

'Verkeerd weggegooid?' herhaal ik, opkijkend van het hakkebord.

'Dat moet bij het biologisch afval, Dreckspatz. Moet je eens zien wat je erin gesnoten hebt!'

Demonstratief wappert ze met het ding.

'Kom nou, dat meen je niet! Wat maakt dat nou uit en trouwens, het is toch meer papier dan snot, zou ik zeggen.'

'Je wilt er echt niet aan hè?' Ik hoor aan haar stem dat er een geduld op is, een langdurig, taai geduld, maar nu is het voorbij, gravin von Birkenstock zu Ftalaten is overgestapt op boosheid. En alsof het sein voor algehele mobilisatie gegeven is ben ik onmiddellijk ook kwaad.

'Ik zie alleen maar dat jullie Duitsers op dezelfde manier met afval omgaan als met de Joden, sorry, had ik niet moeten zeggen, maar heb ik nu al gezegd, weet ik, sorry nogmaals maar echt, ik vind het zulke onzin!' Een schubertiaanse zin, een enharmonische modulatie.

Ze kijkt me niet eens aan.

'Weet je, ik weet het goedgemaakt, ik zal het snot er voortaan af pulken en bij de schillen deponeren of nee, nog beter, ik snuit mijn neus alleen nog boven de groene bak, helemaal volgens het Reinheitsgebot ja!' Stemverheffing, inderdaad. Ja zeg, is die vrouw soms helemaal gek, leven we in een politiestaat? Wat een schrikbewind!

Ik begin op toeren te komen. De Vasa houdt me niet langer tegen. 'Moeten we dan maar in een boomhut gaan wonen?' Ik schreeuw inmiddels een beetje merk ik, maar dat moet dan maar. 'Laten we de verwarming de deur uit doen, de ventilator, ons zachte bed waar we toch niet samen meer in slapen. Weg met antibiotica, Mozart uit en terug naar de grottekening, is dat wat je wilt? Lekker op de Afrikaanse savanne, gaan we de omgang met mensen stopzetten, mevrouw de groene gravin, nou vertel me dat eens?'

Het is voor het eerst dat ik tegen haar schreeuw. Eén keer moet de eerste zijn.

Else kijkt me aan zonder iets te zeggen. Misschien heeft ze hier wel al die tijd op gewacht, die Pruisische geitenharen sok. Het maakt me nog woester. Ik moet haar een slag toebrengen, nu onmiddellijk, maar ik begin van kwaadheid te stotteren en het momentum is al voorbij. Dit is geen misverstand meer, dit is ruzie, ze weet nu dat ik kan schreeuwen en ze zal het nooit meer vergeten, zo iemand is ze wel. Wie de ongebroken wereld breekt zal meer dan lijf en goed verliezen, dan dooft het licht.

Ik haal adem. 'Sorry,' zeg ik, 'sorry.'

Maar ze heeft zich al omgedraaid en is de kamer uit gelopen.

V

Nacht naast de Elserug

'Jozefs verveling vermeerderde met den dag. Zij steeg tot in zijn keel. Zijn eetlust zelfs verloor hij bijna. Dat was een geslenter en geslof over de trappen, een even stilstaan in den gang en weêr in de binnenkamer en er weêr uit, dat niet langer duren kon. Hij kreeg een zekere matheid door zijn leden.'

Zo begint een hoofdstuk in Van Deyssels *Een liefde* en ik herken mezelf wel in deze echtelijke impasse. Onze woorden over de volgesnoten papieren zakdoek zijn overgegaan in een soort zwijgend bestand waarbij we elkaar proberen te ontzien. Maar het heeft onmiskenbaar schade aangericht en ons huwelijk is een naargeestige affaire geworden, een 'match made in purgatory' noemde iemand in Amerika dat eens tegen mij.

We leven nu langs elkaar heen, voorzichtig bijna. De Vasa staat onaf in de logeerkamer en ik denk dat dat zo blijft, het was een al te opzichtige vlucht in het hersenloze. Ik probeer in plaats daarvan weer wat piano te spelen en Else brengt het zelfs op om na een *Intermezzo* van Brahms te zeggen dat ze het mooi vindt. En dat terwijl ik er halverwege in verstrikt raak. Ach, ze zegt het waarschijnlijk gewoon omwille van de lieve vrede. Ik moet dat waarderen, maar het attendeert me ook juist weer op de geslagen wonden. Alles is nu gevoelig geworden; ik vraag me af of we ooit weer gewoon, vanzelfsprekend met elkaar zullen omgaan. Bij veel stellen veroorzaakt het eerste kind een soort verwijdering, zeggen ze, bij ons is dat het non-kind. Ach ja, Who is afraid of Virginia Woolf.

Ondertussen ruimt Else met haar rechterhand onverminderd de hele wereld op, terwijl ze met haar linkerhand het milieu tegen onze aanwezigheid beschermt. Wij gedragen ons tegenover elkaar nu net als haar ouders, ieder conflict mijdend en net doend of we het goed hebben. Dat is ook nog een hele kunst merk ik: een huwelijk van niks spelen.

En als om verder aan zo'n suf, illusieloos leven te borduren en ons aan onze rolmodellen te laven gaan we op een dag haar voorbeeldige ouwe luitjes weer eens bezoeken, die onveranderlijk in Sleeswijk-Holstein residerende burgergraafjes. Ze weten van niets, niet van het weggeschraapte kind, niet van onze problemen, nergens van, prijs God. Ze willen ook nergens van weten. Nare wereld, doen wij niet aan.

Ik ben nog niet binnen of ik weet het al: dit gaat niets opleveren. Hier is niets veranderd. Hier wonen slaven van hun gewoonte. Ik denk aan *Der Stechlin*, waar de oude Pruisen zich nog meer ontwikkelden dan Elses ouders. Van mijn fascinatie voor het blauwe bloed is inmiddels weinig meer over, ik neem aan dat dat duidelijk is. In ben integendeel haar familie in gedachten een beetje zielig gaan vinden. Eigenlijk lijden ze aan een posttraumatische stressstoornis. Wat een opluchting om zo over ze te kunnen denken! Ooit zijn ze uit het paradijs verdreven, hun Shangri-La van jachtsloten en paarden, en nu staat de cherub met het blinkende zwaard voor de poort van dat verleden; het is al lang weg, onbereikbaar geworden, maar in hun gedachten smeult het nog na en ze hebben de erfenis in hun kinderen geplant, die de landgoederen en de paarden weg hebben gedonderd maar het groen van alles hebben behouden, de sloten en de bomenrijen en de ochtend die zich dampend in de mist langzaam ontvouwt. Amen.

In mijn gedachten zijn ze weer verschrompeld tot de fotootjes die Else in haar kamer in Amerika had opgehangen, tot de boerenleukjes van Merz.

Het is dan ook meer hun miezerigheid dan hun kwartierstaat die me tegenwoordig opvalt. Ik zie hoe vrouw schoonmoeder, veel te dik in haar gebloemde jurk, in de keuken de karbonades staat te braden in een gelige laag vet die zo te zien telkens opnieuw gebruikt wordt. Benieuwd wat Else daarvan vindt met haar allergie voor viezigheid, en vlezigheid ook trouwens.

'Dat is juist goed,' zegt ze, 'hergebruik. Dan spaar je het milieu.' Kennelijk legt ze het gedrag van haar ouders zo uit dat het haar goedkeuring kan wegdragen. Maar bij mij doet ze precies het tegenovergestelde, stel ik geërgerd vast. Bloedverwanten hebben kennelijk een streepje voor op de aangetrouwden. Ach ja, het hemd is nader dan de rok.

Schoonmoeder roept man binnen voor het eten.

'Ja ja, kom!' hoor ik hem roepen.

Elses vader komt uit de tuin de keuken binnen, zonder zijn bemodderde laarzen uit te trekken. Overal in de keuken liggen brokjes aarde en gras. Een tuinman komt thuis.

'Kun je daar dan wel tegen?' vraag ik aan Else als we even onder vier ogen zijn. Ik probeer het niet al te hatelijk te laten klinken maar dat gaat natuurlijk niet. Anders kan ik het net zo goed niet aan haar vragen.

'Je moet die mensen respecteren,' zegt ze, 'het heeft geen zin om ze te willen veranderen.'

'Ik neem aan dat je je realiseert hoezeer je met twee maten meet!'

'Mijn ouders zijn mijn ouders.'

'Ja, je ouders zijn je ouders, dat is waar. Geen speld tussen te krijgen.'

Ik had misschien beter met dat dikke propje uit mijn klas kunnen trouwen, aan wie ik zelfs onder de douche nog nooit heb gedacht.

Omdat haar ouders geen weet hebben van onze nieuwe gewoontes en we ze niet voor onverwachte ontwikkelingen willen stellen, nee natuurlijk niet, we moeten ze respecteren, slapen we voor de duur van onze visite weer even in een en hetzelfde bed.

De oude Ahlsteens zijn om tien uur 's avonds al naar hun slaapkamer vertrokken om in hun bittere ballingschap over de Duitse wouden te dromen en met hun paarden langs lijnzaadvelden naar landhuizen te galopperen, en Else volgt hun voorbeeld niet veel later. Ik blijf nog even zitten tussen de vergane glorie van achttiende-eeuws aardewerk, verjaagde koningen en Olifantsordes en probeer er minstens een biedermeiergevoel aan over te houden, maar om een uur of elf ga ik toch ook maar. Else ligt al in bed, maar ik vermoed dat ze heeft liggen lezen, ze doet alsof ze slaapt maar ik weet heus wel dat ze wakker is.

Voorzichtig schuif ik naast haar. Geen wanklanken alsjeblieft, we zijn op bezoek. Ik lig een tijdje naar het plafond te staren, zo nu en dan zucht ik hoorbaar want ik wil dat ze weet dat ik er ben en naast haar lig, goddammit. Een spinnetje hijst zich aan zijn eigen draad op, Baron von Münchhausen.

Na een tijdje daalt aan een andere draad god Priapus in mij neer, ja nou, ik heb er ook allemaal niet om gevraagd hoor, die dingen gebeuren. Ik weet niet wat me bezielt maar hij fluistert me in dat dit het goede moment is om weer eens toenadering te zoeken. Dat is het natuurlijk helemaal niet, dat dankt je de koekoek, al is het maar omdat we onder het dak van haar ouders slapen, maar mijn verstand heeft het allang begeven als het om dit soort zaken gaat. Ze zal hier allicht ook geen scène willen maken en mij tegen haar zin maar toelaten. Natuurlijk, ideaal is het niet maar dat kun je ook niet verwachten na zo'n lang moratorium. We moeten weer opstarten, dat zal Else toch ook begrijpen, of is ze van plan dit celibaat de rest van ons leven vol te houden? Ik móét het proberen, anders gebeurt er nooit meer wat. Dat alles lig ik voor me uit te denken terwijl ik mijn hand langzaam en voor mijn gevoel plechtstatig naar haar uitstrek. Eerst zie ik nog een hobbel in de matras voor een lichaamsdeel van Else aan, maar dan bereik ik eindelijk haar rug. Ik voel dat ze even rilt of trilt maar wat het betekent, afwijzing of toestemming? Pas als ik mijn arm langzaam over haar onderbeen leg richting buik kom ik erachter.

'Alsjeblieft,' fluistert ze voor zich uit terwijl ze haar been optrekt, weg van mij, 'nee, nicht tun.'

Het is vernietigend. Ik heb het gevoel of ze iets doodmaakt. Nicht tun, Duits ook nog. Vernichtung. Mijn hele armzalige poging om weer eens te vrijen bladdert in één keer af, alsof er napalm op is gegooid.

Ik draai me met een ruk om om haar duidelijk te maken dat deze afwijzing te veel voor me is en mompel zachtjes voor me uit maar wel net zo dat ze het hoort: 'Het is verschrikkelijk, werkelijk verschrikkelijk.'

En even later omdat ze niet reageert en doet alsof ze acuut in slaap gevallen is mompel ik er nog wat achteraan: 'Man en vrouw schiep hij hen.' Dat is misschien nog wel het ergste, dat ze van mij een soort SGP'er heeft gemaakt die de huwelijkse consummatie als een goddelijke verordening voorstelt. Ja, ik beken, ik verpak voor de gelegenheid mijn geilheid in een religieus velletje, ik weet het. Mijn ranzige geslachtsdrift opgehoogd tot sacrament. Maar nog weer erger is dat ze er niets van wil weten. Ze negeert mij volkomen en met succes.

Ik voel me machteloos, kan net zo goed dood zijn. Dus maar weer verweesd de koude, holle nacht in. Ik kan er nauwelijks over praten, het beneemt me de adem en ik zou er graag bij kokhalzen, maar die demonstratie van onmacht en frustratie is me niet gegund.

VI

Actief heteroseksueel

Of moet ik me maar laten castreren?

Van de universiteit naar het station loop ik gewoonlijk via de Folkingestraat, je kunt er ook via de Herestraat komen, een gezellige winkelstraat bovendien, maar ik prefereer de Folkingestraat, die geeft me een, hoe zal ik het zeggen, intiemer gevoel, met die kroegjes en kleine bedrijfjes, en dat, lieve vrienden van de verbeelding en van het woord, kan ik deze magere dagen van ftalaten en frustraties goed gebruiken. De Herestraat is voor mensen die echt willen winkelen, etalages kijken, de Folkingestraat is voor het andere volk, mensen met haast of met duidelijke bestemmingen, zoals bijvoorbeeld dat station van Gosschalk, misschien wel het mooiste van Nederland zeggen ze, 'gebouwd in een virtuoze mengeling van renaissance- en gotische stijlelementen'.

Waarom vertel ik dit, literair voegwerk of zinvolle bijdrage? Ja, geloof me, het doet er wel degelijk toe. Er was eens een man wiens vrouw niet meer met hem wilde slapen. Daarom liep die man dit keer niet in één keer door naar het station. Aan het eind van die Folkingestraat had je namelijk Nieuwstad, en Nieuwstad was de warme buurt van Groningen, goed voor zo'n honderd peeskamertjes. Eén lange galerij met etalages. En daar, zo heb ik besloten, moet ik wezen. Ik kan er wel allerlei verhalen over ophangen, dat ik en mijn vrouw al tijden geen seks meer hebben, dat ze na een abortus is ingestort en zich van mij heeft afgekeerd, dat ons huwelijk in staking is gegaan en dat de toekomst geheel verduisterd is en de zon zwart zal worden als een haren zak, maar al die argumenten heb ik onderweg eerlijk gezegd allang achter me gelaten en iets als waardigheid kan ik me ook niet langer permitteren, het is zonde dat ik het zeg. Nu word ik gedreven door achterstallige geilheid, klieren en hormonen. Ik honger niet langer naar vrouwen met vaginale krampen of postabortieve trauma's, maar naar gezonde, of voor mijn part ongezonde, vrouwen met veil en, zoals ik ooit ergens las, ook weer bij Van Deyssel geloof ik, wat een schrijver is dat toch!, 'verslijtend' vlees. Meedogenloos opgedirkt, met lillende borsten boven hoerencorsetjes, heupwiegend in het raam, tikkend op het glas, wie weet achteloos kauwgum kauwend en bellend met hun pooier die ze pas weer neerleggen als jij in je onderbroek voor ze staat. Nu ik mijzelf deze liederlijkheid heb toegestaan ga ik ervan genieten ook, die hele verlichte straat langslopen en weer terug, keuringsdienst van waren. Ik hoop alleen dat ik er geen bekende tegenkom, een collega of wie weet, een student. Weet je, ik praat er misschien wat afstandelijk over maar echt, ik heb er zin in. Zin van zinnelijk. ZIN met hoofdletters.

Ik ben nooit een hoerenloper geweest, ik zweer het, misschien in mijn dromen een enkele keer en ik herinner me van de laatste klas van de O.Q. van Swinderenschool, ja ook u!, dat voorlijke vriendjes mij quasitoevallig langs vensters vol borstige vrouwen met getoupeerde kapsels loodsten, die allemaal een beetje leken op een mislukte Liz Taylor in haar rol van Cleopatra, maar naar binnen gingen we natuurlijk niet, hadden we trouwens ook geen geld voor. Onervaren jongens waren we, maar geile jongens. En later, in mijn studententijd twee of drie keer, en dan met een groepje, half dronken, half voor de grap, meer ervaring heb ik niet met de dames temeiers, en ik keek meer verbaasd om me heen dan dat ik ervan genoot. Ik ben er niet trots op, op het bezoek noch op de onervarenheid, maar je hoeft er niet op neer te kijken vind ik. Ik verzeker u, tollenaars en hoeren gaan u voor naar het koninkrijk van God.

Met die schriele geloofsbrieven ben ik nu op pad. De nood is aan de man, houd ik mezelf voor. En terwijl ik voorzichtig die straat in schuifel, toch een beetje op m'n hoede en klaar om weg te duiken mocht ik onverhoeds een bekende zien, spoelen scènes uit vroegere tijden langs, halfverteerde flarden Couperus, Flaubert.

Ha, die goedkope parfumgeur, het schamele, onvertrouwde bed met een onbestemd kleedje erover, het krukje voor je kleren. En nergens een foto van familie of vrienden te zien, niet van haar pooier, niet van haar dochtertje, niet van haar ouders. De hoer is een kinder- en ouderloos wezen, zonder vrienden, net zoals jij. Ze is er voor jou alleen en jij voor haar. Het enige wat even roet in het eten kan gooien is de geldelijke transactie, daarom wikkel je die direct aan het begin af zodat je daar verder geen last meer van hoeft te hebben. Hoer zal zorgen dat je zo snel en goed mogelijk aan je trekken komt, dan hoef je daar niet over te zeuren. Het is de ideale samenleving in dat minikamertje en met een duidelijk begin en eind. Geen huwelijk, geen scheiding, geen onbegrip, halleluja!

Natuurlijk weet ik wel dat ik te veel loop te lullen, subsidiair bazelen. Maar echt, ik kan me zo goed voorstellen dat mannen het bij de zogeheten lichte vrouwen zoeken. Natuurlijk ontbreekt er bij de roze lampjes ook van alles, een bankje om samen naar *Brief Encounter* te kijken, een aanrecht om samen af te wassen en de dag door te nemen (je zou natuurlijk na afloop samen het condoom kunnen uitspoelen), een tafel om over Bruckner en Dostojevski te bomen of om aan te scrabbelen, maar die vrijwel woordeloze kern van samenzijn is er. Na het zwoegen versmelt je zomaar. Trouwens, alsof ik met Else nou zoveel te bespreken en te delen heb... Dat is goed beschouwd ook een behoorlijke sof geworden, die gesprekken tussen ons. Soms maak ik me wijs dat een heel boeiende Else langzamerhand is verdwenen in een suffe, frigide en rigide nobody, maar is dat eigenlijk wel zo? Hoeveel inspirerende discussies hebben we nou eigenlijk gevoerd over hoe je in het leven staat? Hoe vaak glorieuze seks gehad? No thrills, no talks.

Al met al heb ik deze verkapte ode aan de prostitutie nodig om naar binnen te gaan. Lieve ouders, ooms en tantes, er is heus wel iets in mij wat het allemaal weerzinwekkend en vernederend vindt! Nog maar net een jaar geleden heb ik mijn vrije leven ingeruild voor de huwelijksband, laten we daar niet luchthartig over doen, ik meen het, Else was mijn vrouw, ik wilde kinderen krijgen, oud met haar worden. En nu al sta ik op het punt die hele verdomde boel aan mijn laars te lappen. Natuurlijk maak ik mezelf wijs dat ik alles geprobeerd heb, maar wie zegt dat je het niet nog veel en veel langer moet proberen, misschien wel een leven lang, tot je ergens aan het eind tot de conclusie komt dat het niet veel heeft opgeleverd maar dat het je ook niet veel meer kan schelen. Is een gelegenheidshoerenloper als ik niet eigenlijk iemand die het voortijdig opgeeft?

Maar natuurlijk word ik ook op onweerstaanbare wijze getrokken door de smakeloze grotto's waar deze snollen in nestelen, sneeuwbollen, aquaria met wuivende en wellustige waar. Kitsch is de ontkenning van shit, zegt Milan Kundera, en zo is de hoer de ontkenning van huwelijksperikelen – u mag me citeren als u door de knuffels, kinderen en romantische komedies heen bent.

Intussen wordt het tijd dat ik de boel hier eens inspecteer, de waren waarvoor ik gekomen ben keur. Ik praat er misschien een beetje afstandelijk over, maar dat is ook maar een houding, dat snapt een kind. In werkelijkheid loop ik met kloppende klieren door dit vunzige straatje. Veel van het hoerenlopen moet Vorfreude zijn, maar natuurlijk denk ik dat soort analytische dingen nu niet, wel: zo meteen gaat het gebeuren, wie zal ik kiezen. Het is jammer dat er ook zoveel andere mannen lopen voor wie je je een beetje schaamt, anderzijds zijn het vertrouwenwekkende lotgenoten, die schaamte heeft dus weinig grond. Zou je hier trouwens wel in je eentje wíllen lopen, je bent per slot geen sultan in zijn serail. Toch gaan we hier ook niet gezellig met z'n allen staan overleggen welke vrouwen ons het best bevallen of ervaringen uitwisselen, we staan er alleen voor, ook dat is hoererij, de bevestiging van het individualisme.

Maar nu wordt het toch echt tijd voor een vrouw, een lekker geil wijf, met goeie tieten en een moederlijke schoot, maar niet zo ruim dat je erin verzinkt natuurlijk, er zijn grenzen. Ik zeg het maar zoals het is.

Else heeft echt prima borsten, niets dan lof, maar, hoe zal ik het zeggen, een beetje vreemde tepels, Warzen heten die trouwens in het Duits, Brustwarzen, borstwratten, enfin, 's lands wijs, 's lands eer. Het is maar een detail, ik struikel er niet over, maar nu ik het toch helemaal voor het kiezen heb moet ik ook maar volmaakte tepels inslaan. De tepels zijn immers de ogen van de hoer. Maar haar borsten moeten ook weer geen ballonnen zijn. Beetje hangen beslist niet erg maar niet zo dat je ze op moet tillen. Ik hoorde een geleerde de borsten van een vrouw een keer omschrijven als vetbulten en hij verbaasde zich er zogenaamd over dat mannen er zo dol op zijn. Ik kan de arme man ook niet verder helpen, misschien stelt het allemaal niks voor maar als je het al bulten wilt noemen, dan magische bulten, iedere gedachte aan die van kamelen werp ik van mij.

Maar wie zegt dat de vrouw bij wie ik, echt, beloofd, zo meteen binnenga dat ideale model heeft. Of kun je nog terug; laat even zien voor ik beslis? Maar nee, kijken is kopen. Wie denkt dat hoerenlopers voor gemak kiezen heeft het mis. Ze moeten hun portemonnee omkeren, ze voelen zich bespied en veracht en het is nog maar de vraag of ze de juiste keus maken. En een vrolijke stemming hangt er ook niet echt in het Groninger Red Light District. Heel anders dan in *Ulysses* als ik het mij goed herinner: Leopold Bloom gezellig aan de zwier, omringd door leuke zingende hoertjes: Zeg kereltje, waar ga je heen? Hoe staat het met je middelbeen? Heb je een stokje aan je lijf? Kom hier, dan maken we het stijf! Nee, riskante onderneming hier. Weinig achtenswaardig bovendien, thuis zit de vrouw die zich als mijn echtgenote heeft opgeworpen te wachten, bevangen door kuisheid en smetvrees, en hier loop ik mezelf op te geilen bij de verdorven liefde. Die zich als mijn echtgenote heeft opgeworpen... Het mocht wat.

Ergens halverwege de straat ben ik er wel uit. Er bestaat zoiets als 'l'embarras du choix', ook in de warme buurt, maar kiezen moet. En deze hier die ik gedurende al deze bovenstaande regels heb geobserveerd en goedgekeurd, neem ik, misschien een beetje overhaast maar vooruit: blond, halflang haar, 'üppig'. Ze heeft me al toegeknikt, met haar enorme ervaring weet ze dat ze beetheeft.

Üppig zit in een hoge rieten stoel met zo'n grote ronde rug, net een negentiende-eeuws prulschilderij, beetje alsof ze zit te zonnen. Het bevalt me wel dat ze iets romantisch wil uitstralen. Ik wil een illusie kopen, anders kan ik net zo goed de hand aan mezelf slaan. Toch?

Ze lijkt niet op mijn moeder en heeft ook niets weg van Else, maakt u zich geen zorgen. Ik ben een gezonde man, als ik ervoor moet betalen wil ik een vulgaire vrouw die anders onhaalbaar voor mij is. Ik ga mij ook niet in haar geestesgesteldheid verdiepen, ze is er om mee te neuken, al moet dat met de nodige ceremonie omgeven worden, alsof we een fijne afspraak hebben.

Ik posteer me voor haar raam, zoals ik andere mannen zie doen, en maak een beweging met mijn hoofd. Üppig knikt weer, dit keer niet uitnodigend maar instemmend, ze lacht er een beetje bij alsof ze het al die tijd druk heeft gehad en blij is dat iemand haar van haar werk komt bevrijden. Ze drukt op een knopje en ik hoor de deur naast haar raam opengaan.

Nu laat ze me binnen en ze draait het geluid van de radio waarnaar ze kennelijk heeft zitten luisteren weg. Ik hoor nog net hoe Bonnie St. Clair afscheid van ons neemt. 'Hoeveel?' vraag ik terwijl ik haar verschijning taxeer, die zo te zien niet erg verschilt van de door al te gunstig licht aangeprezen versie.

'Dag schat, vijftig,' zegt ze, 'mét natuurlijk.' Vijftig is kennelijk de bodemprijs. Voor ieder extraatje zal de prijs verhoogd worden, zoveel weet ik er wel van, net zo lang tot je berooid naar buiten rolt. Dat zal mij niet gebeuren. Ik heb een duidelijke afspraak met mezelf gemaakt. Honderd, meer niet. Zelfs lust heeft z'n plafond.

Bedoelt ze trouwens dat ik niet extra voor het condoom hoef te betalen of dat ze het alleen met een condoom doet? Vast het laatste, anders had ze wel 'inclusief' gezegd, alhoewel, we moeten misschien niet te veel van haar taalbeheersing verwachten. Het is misschien niet eens een Nederlandse. Uit de paar woorden die we nog maar gewisseld hebben kan ik niks opmaken. Het kan heel goed zijn dat ze de toverwoorden 'Dag schat vijftig met condoom' vlekkeloos uitspreekt om vervolgens in een soort Oost-Europees koeterwaals uit te breken. Want als ze niet gewoon Gronings of Nederlands is komt ze uit Polen heb ik bedacht. Een Poolse hoer. Zolang het maar geen Duitse is, dat zou ik niet verdragen.

Nu maar weer even geconcentreerd bezig want ik merk dat mijn gedachten beginnen te schiften en dat kun je niet hebben als je op het punt staat zonder omhaal de geslachtsdaad te bedrijven met een veile vrouw, want ja, dat is ze zonder meer, veil.

'Hoe heet je?' vraag ik. Ik neem tenminste aan dat je een hoer tutoyeert. Waarom zou ik eigenlijk willen weten hoe ze heet? Ze zal wel met een nepnaam op de proppen komen, Cherry of Lola of zo. Je gaat aan de gang met elkaars intiemste delen, maar voor de rest moet je niet te dichtbij komen. Ik proef een raar soort evenwicht in die houding; wat je bij elkaar neukt moet er aan de andere kant weer af.

'Claire,' zegt ze.

Claire, daar word je niet veel wijzer van.

'Ben je gezellig wezen stappen?' vraagt Claire terwijl ze de gordijnen voor het winkelend publiek sluit. Oké, een Nederlandse dus, en niet eens met een Gronings accent. Wie weet import uit het westen, zoals ik. Maar ter zake, ben ik wezen stappen? Nee, natuurlijk ben ik niet wezen stappen, onnozele hoer! Maar hoe zal ik mijn aanwezigheid dan verklaren? Zeggen dat ik de hele dag heb gedoceerd en nu wel eens wat anders wil. Gewát? Gedoceerd met een c. Ik merk dat de hele zaak me vrolijk stemt. Zo ver van Else, helemaal met een andere vrouw, betaalde liefde. In geen tijden heb ik me zo licht gevoeld. Straks gaan we neuken, ga ik mijn zaad storten in een keurig latex hoesje, geen donderkopje dat de kans krijgt het eitje op te zoeken, alles gewoon voor de lol, Luxuria: kom maar op met die aflaat!

'Ja, wezen stappen.'

Ik ga op de rand van het bed zitten, me heel goed bewust van het feit dat op diezelfde rand misschien een uur eerder een andere, onbekende vent ook heeft gezeten, met zijn al half wassende of afnemende lul, of hoe zal ik het dit keer eens noemen: piemel.

'Ga maar daar liggen,' wijst ze; op het bed ligt een soort handdoek, of zeiltje. Zal wel hygiënisch bedoeld zijn, maar het ziet eruit alsof er zo dadelijk een baby verschoond moet worden. Niet zeuren, Orbaan, kleed je uit en ga liggen. Zelf gaat ze zich even wassen op het bidet achter in haar grotto. Schaamteloos in mijn zicht, maar ja, wat wil ik dan? Dat ze zich preuts en vol decorum terugtrekt alvorens mij tussen haar dijen te laten klaarkomen? Even doet ze me denken aan Bathseba van Rembrandt.

Ja hoor, ik heb me uitgekleed, kleren op het stoeltje gelegd, en nu lig ik te wachten. Daar komt ze naast me liggen, steunend op haar elleboog. Ik heb een briefje van vijftig in mijn hand dat ze aanneemt en als een goochelaar zo snel ergens laat verdwijnen. We gaan het voor een zonnebloem doen.

'En hoe heet jij?' vraagt ze, terwijl ze mijn bovenbeen begint te strelen. Ik ruik koolzaad. Niet ruiken, denk ik, niet doen.

'Hans,' zeg ik, 'ik heet Hans.'

'Oké Hans, wat vind jij lekker?'

Daar ben ik eerlijk gezegd niet op voorbereid, op die vraag.

Ik wil gewoon, ja wat... Neuken toch? Moet ik nu met een voorkeursstandje komen, iets uit de *Kamasutra*?

'Neuken is vijftig,' zegt ze, 'maar als je wat langer wilt blijven is het honderd, dan doen we het rustiger aan.'

Ze heeft nog steeds haar bh niet uitgedaan. Ik hoop wel dat dat ook bij de prijs inbegrepen is; moet ik erom vragen?

'Waar val je op, Hans?' vraagt ze. Ze klinkt niet onvriendelijk, niet eens ongeïnteresseerd. Ik weet heel goed dat ze professioneel bezig is, maar daar hoort toch kennelijk ook het toneelspel bij. Ik merk dat ik de neiging heb haar dankbaar te zijn omdat ze het me niet al te moeilijk maakt.

'Ik, eh, ik denk dat je borsten me wel bevallen,' zeg ik schutterig.

'Mijn borsten?' zegt ze, alsof ze er voor het eerst van hoort, 'wil je eraan zitten, maar niet zuigen hoor.' Ze bevrijdt ze zonder het keurslijfje helemaal uit te trekken, het moet ook niet te gek worden, daar komen ze al naar buiten. 'Dus je blijft langer.' Geen vraag maar een constatering, en het klopt: ik blijf langer. Twee zonnebloemen.

Ik begin een beetje over haar rechtertepel te wrijven, terwijl zij zich over mij heen buigt en zachtjes aan mijn lul trekt, ja, lul maar weer, die overigens allang stijf is. Ik voel het zaad al komen.

'Wacht even,' zeg ik, 'niet te snel.'

Ze zegt niks maar begint me over mijn borst te strelen. 'Kom je altijd zo gauw?' vraagt ze, als iemand van de sociale dienst.

'Hm,' zeg ik terwijl ik haar andere borst teder beetpak. Ik wil me verbeelden dat zij het ook lekker vindt; er hoeft heus geen liefde in het spel te zijn, natuurlijk is er geen liefde in het spel, maar dan toch misschien een vorm van waardering. Ha, waardering, wat een woord!

Nu wil ik mijn gezicht tussen haar borsten drukken, ze ruikt er een beetje naar kaneel of wat is het, vanille?, maar al gauw duwt ze me er weg. Te intiem zeker, doet het haar denken aan thuis? Jammer, maar ik durf het toch niet nog een keer. Dan maar elkaar met lichte bewegingen strelen, roerloos haast, een beetje verveeld routineus, lijkt het wel. Hoelang? Drie minuten? Vijf?

'Zullen we dan maar?' oppert ze na een poosje.

Ik knik, maar omdat ik niet zeker weet of ze dat ziet voeg ik eraan toe: 'Toe maar'. Alsof ik het voor het zeggen heb. Want het is duidelijk dat zij in dit tafereeltje van begin tot eind de regie heeft. Ze heeft natuurlijk een innerlijke wekker, zo lang voor dit, zo lang voor dat, nu even zus, dan wat zo, een soort recept. Ze draait zich om en ik ga boven op haar liggen terwijl ik probeer niet te veel op haar te drukken, maar daardoor voel ik me ook enigszins onvast als ik mijn stijve bij haar naar binnen breng.

'Toe maar,' zegt zij nu ook. Ze voelt natuurlijk dat ik niet helemaal lekker lig maar het toch ga proberen. Ook in haar beroep zal het iedere keer wel weer anders zijn. Ik ben vast een makkelijke klant. Als ze wil wringt ze het zaad er in een mum uit, maar ze moet aan klantenbinding doen en me een goed gevoel geven. Ze kreunt zelfs een beetje, of verbeeld ik me dat? Ik wou dat ik me niet voortdurend van alles zo bewust was. Maar dan opeens kom ik klaar in een paar korte scheuten. Ik zou wel wat willen janken als een hond maar gêne weerhoudt me ervan. Toch nog snel. Jezus, dat verwachtte ik niet, maar nu het gebeurd is kan ik er ook niks meer aan doen.

'Dank je wel,' zeg ik sullig.

Ze knikt, gaat rechtop zitten en steekt een sigaret op.

Daar heb ik ook zin in.

Samen roken we op de rand van het bed, naakt, Adam en Eva na de heenzending uit het paradijs, even paffen hoor. Het was me ook wat!

'Ik krijg nog vijftig van je,' zegt ze, als ik mijn sigaret op heb. Dat is waar, ze krijgt nog vijftig van me. Ik scharrel mijn portemonnee op in de broek die verfomfaaid op de stoel ligt. 'Hier,' zeg ik en nu zie ik waar ze haar geld bliksemsnel stopt, onder een presse-papier van glas met een prentje van Madame de Pompadour of zoiets erin.

'Dank je,' zegt ze. 'We gaan afronden.'

Ik loop naar buiten, een beetje schichtig natuurlijk, want na gedane zaken wil je hier zo snel mogelijk wegwezen. Maar uit een nis komt een man tevoorschijn die kennelijk heeft staan wachten tot ik klaar ben. Hij richt het woord tot mij. Dat wil je natuurlijk niet, dat je pal na je beschamende hoerenbezoek wordt aangesproken door een of andere vent met een uitdrukkingsloos fooiengezicht, zoals ik het ooit ergens beschreven zag. Maar dit is een gewone kleurloze man die geen kwaad in de zin heeft.

'Is ze lief?' vraagt hij.

Wat een vraag? Wat moet je daarop in godsnaam zeggen? Was deze hoer lief?

'Ja hoor,' zeg ik, 'reuzelief.'

Hemel, een man die een lieve hoer wil! Misschien speelt dat gedichtje van Dick Hillenius in zijn kop: 'twee lieve hoeren hielpen de oude boer / zij vroegen geld maar 't was met liefde / en zorg en vakkennis dat zij hem uitkleedden, / streelden, zweven lieten / over zijn eigen land / dat hij zo nog niet kende'. Zou Hillenius uit ervaring spreken? Is hijzelf die oude boer, blij met een triootje? Ik probeer het gedicht om te draaien: 'twee lieve boeren hielpen de oude hoer'.

Ik haast me intussen de Nieuwstad uit, zo snel mogelijk om niet gezien te worden want niemand ziet aan mij af dat ik na de betaalde seks alweer tot de literatuur ben toegetreden. Vanbuiten ben ik nog gewoon een hoerenloper. Stel dat ik op het nippertje nog een collega tegenkom: 'Ha die Bram, ik was even veldwerk aan het doen in verband met dat onderzoek van Deelstra naar de Hillenius-receptie, je weet wel. Maar zeg kerel, wat brengt jou hier?'

Hoelang het heeft geduurd? Kwartiertje netto ongeveer, schat ik.

VII

Friede Freude Eierkuchen

Spijtig maar mijn bezoek aan de Hoer van de Nieuwstad, waartoe ik me toch als een verachtelijke geilaard heb vernederd, deze illusieloze proeve van Realpolitik heeft in de oneindige orde der dingen niets veranderd. Geen relatiereveil. Niet bij Else, die van niks weet, hoe zou ze ook, maar ook niet bij mij. Is het dus weggegooid geld geweest? Ja, natuurlijk, betaalde liefde is per definitie weggegooid geld, maar ook niet, ik weet in elk geval dat er buiten Else ook nog wat is, dat was ik de afgelopen tijd glad vergeten, Else extra quam nec salus est.

Het gekke is, de verkoeling tussen ons begint te wennen. Zo gaat het dus, je daalt steeds een beetje verder de trap van het voltijdse huwelijksgeluk af, blijft een tijdje op het volgende platform dralen tot er weer een nieuwe crisis optreedt en je de volgende trap naar beneden neemt. De grote misverstanden uit het begin worden kleinigheden, details, maar natuurlijk passen we niet bij elkaar, wie heeft dat in godsnaam ooit beweerd!, en verder maar weer tot je een nieuwe vreselijke eigenschap bij de ander ontdekt. Ik heb altijd gedacht dat er een soort standaardleven was, maar langzaam kom ik erachter dat dat helemaal niet bestaat, dat je voortdurend van het ene in het andere leven wordt gegooid. Maar we houden stand, we zijn van elastiek. Trouwens, nog even over dat hoerenbezoek van zo-even, niks bijzonders gedaan natuurlijk, geen beulskapje op, niks zweepje met weerhaken, zero anaal, alles geheel volgens de basisvoorschriften van de gemeente. Nou ja, zoals ik het beschreven heb dus.

Else kookt het avondeten. Ik zit in de voorkamer wat werkstukken na te kijken. De televisie staat aan. Tagesschau. Keurige mevrouwen en meneren die ons vertellen wat er vandaag buiten gebeurd is. In Brunsbüttel ist ein Personenzug entgleist, in Strassburg beraten die Aussenminister der Europäischen Gemeinschaft, deshalb kann es in den Bergen schneien.

Op een of andere manier maken de Duitse nieuwslezers een veel stijvere indruk dan hun Nederlandse collega's. In Amerika zitten meneer en mevrouw Newsreader losjes met elkaar te kletsen en gooien elkaar de bal zo nu en dan toe. In Nederland glimlacht de nieuwslezer zodra het nieuws het toelaat om de kijker het gevoel te geven dat het wel heel erg is in de wereld maar toch niet allemaal zó erg. In Duitsland zitten ze emotieloos, als robotten, het nieuws voor te lezen als waren het de waterstanden of de aanvoerberichten voor slachtvee. Hier das Zweite Deutsche Fernsehen mit der Tagesschau. Meine Damen und Herren. De Duitse nieuwslezers en -lezeressen staan boven de partijen, ze oordelen niet, ze glimlachen niet, ze maken geen grapjes. Misschien komt het omdat Duitsland, dat monarchale land bij uitstek, ongelukkigerwijs geen monarchie meer heeft. Nu moeten de nieuwslezers het karweitje van boven het volk en zijn beuzelarijen staan zien op te knappen.

Ik merk überhaupt dat de Duitse televisie me steeds meer begint tegen te staan. Laatst keken Else en ik met een schuin oog naar een tenniswedstrijd waarin een Nederlander en een Duitser elkaar bestreden. Ik heb niks met tennissen, maar het Duitse commentaar was onverdraaglijk en grievend. Der Niederländer ist eindeutig unterlegen. 'Der Niederländer' alsof het om alle Nederlanders ging, de soort, het volk.

Else vond me kleinzerig, het was toch ook waar, de Nederlander, hoe heette-ie, Haarhuis?, was duidelijk de mindere van Michael Stich. Oké, dat moge zo zijn, maar moet het daarom zo nadrukkelijk vermeld worden? Je kunt toch ook, juist omdat de Nederlander het niet zo goed kan, wat mildere uitdrukkingen gebruiken, om hem te sparen als het ware. Ik proefde in de stem van de commentator en die van Else dat ze onder één hoedje speelden, met een verwerpelijk soort nietzscheaanse minachting voor het zwakke. Dat krijg je misschien ook als die Duitse nieuwslezers eens uit de plooi komen, nieuws waaruit slechts dedain over anderen spreekt: Die russischen Vollidioten haben heute ihr lächerliches Parlament gewählt. Parteitrottel Gorbatschow versprach den blöden Delegierten ein lustiges Affentheater.

Oftewel ik, germanist, begin een hekel aan Duitsland te krijgen. Overal hoor ik dat de relatie tussen Duitsers en Nederlanders sinds de Tweede Wereldoorlog nog nooit zo goed is geweest, zelfs München 1974 lijkt min of meer vergeten en vergeven maar hier, in het kleine maar o zo weerbarstige Breinermoor, staat het conflict, de aloude broederstrijd, nog vol op het vuur! Maar ja, wat moet ik ermee, met een Nederlandse vlag uit het raam wapperen ten teken dat ik in gevaar ben?

We eten vanavond spaghetti, lekker makkelijk, spaghetti carbonara maar dan zonder de spekjes. Ik heb het gevoel dat vlees de laatste tijd geruisloos uit dit huis geweerd wordt. Is natuurlijk ook niet groen genoeg. Al die bio-industrie, die weerzinwekkende megastallen. Geen spekreepjes meer voortaan. Ons spijsverteringskanaal is namelijk ingesteld op plantaardig voedsel, moet je weten, en door die enorme veestapel warmt de aarde geweldig op, en trouwens het is ook nog eens goedkoper bla bla bla.

Maar goed, we moeten ons niet opwinden tijdens het eten, dat is slecht voor diezelfde spijsvertering.

'Kun je me de sla even aangeven?'

Bovendien, vegetarisch eten is natuurlijk niet slecht, dat hoor je mij niet zeggen, ik ben geen bekrompen, principiële vleeseter, maar het is het hele complex waar ik zenuwachtig van word, al die nieuwe mozaïsche wetten. Wanneer een man of een vrouw een aangetaste plek op het hoofd of in de baard heeft, dan zal de priester die aangetaste plek bezien; wanneer het blijkt, dat zij dieper zit dan de huid, en daar geel, dun haar op is, dan zal de priester hem onrein verklaren. De schaamte van uws vaders broeder zult gij niet ontbloten; tot zijn vrouw zult gij niet naderen, het is uw tante. Want ieder die vet eet van het vee, waarvan men een vuuroffer voor de Here brengt – wie dat eet, zal uit zijn volksgenoten uitgeroeid worden.

Trouwens, nu ik eraan denk, hoe zit het eigenlijk met Victoria, wier opstokende geest ik in al deze nieuwe praktijken vermoed, is die al verhuisd naar Görlitz was het toch?

'Ik hoor je helemaal niet meer over haar?'

'Nee, nog niet verhuisd, volgende maand. Haar vriend heeft het huis nog niet klaar.'

'Vriend?'

'Ja, ze heeft een vriend in Görlitz, had ik je dat niet verteld?'

Het valt me om een of andere reden mee van onze Victoria, dat ze gewoon vanwege een nieuwe relatie haar boeltje pakt, om haar hormonenhuishouding op orde te brengen en niet om de verlorenen in het oosten te redden.

Maar nu stagneert ons gesprek alweer, we hebben elkaar werkelijk niks meer te vertellen.

Allemachtig, wat frustrerend! Ik ben in feite dag in dag uit bezig een nederlaag te lijden, mijn plan mislukt faliekant. Zelfs de bonus-malusvariant gaat niet door. Ik geef opdat jij geeft. Die stomme Pruisische trut ook, met haar groene passie en alles netjes opgeruimd! Waarom kan dat schepsel alleen maar leven in die ongebroken wereld waarom ik haar benijd en waaraan ik me wild erger: kom op zeg, de wereld trekt zich niks van jou aan, stap over die paar ongerechtigheden heen! En dan nog, ik vind het allemaal best, wat kan mij het schelen dat ze slapeloze nachten heeft van een onopgemaakt bed, dat ze een volgesnoten papieren zakdoek... Maar waarom moet ze mij, die haar volkomen vrijlaat in haar obsessies, haar smetvrees, zo nodig veranderen in een poetser, een dekbedovertrekker? Waarom niet gewoon gezegd: Lieve Titus, laat me nou maar, dit is mijn afdeling? En dan nog, ik zeg het nog maar eens, ik ben bereid haar zin te doen als ik haar daarmee kan bevredigen, maar waarom doe ik het nooit goed?

Zo zie ik mijn gedachten de laatste tijd onverdraaglijk versmallen, en dat neem ik haar misschien nog wel het meest kwalijk, dat ze mijn verstand, mijn intellect heeft gevloerd, dat ze gewoon een onnozele gefrustreerde vent van me heeft gemaakt die niet verder kan denken dan zijn neus lang is, vreemde uitdrukking trouwens. Waar zijn mijn grootse gedachten gebleven, de verre vlucht van mijn brein, de troostende romantiek van mijn zelfbewustzijn?

Nou bedankt, ze heeft me zover gekregen, bedenk ik terwijl ik de vegetarische sliertjes naar binnen lepel, ja hoor, ik ben bitter, verongelijkt. Verongelijkt omdat mijn tolerantie beantwoord wordt met haar intolerantie. Misschien heeft ze opdracht gekregen me te beproeven. Eens zien waar die onverschilligheid van meneer, want daar komt het toch feitelijk op neer, die tolerantie van hem is pure onverschilligheid, waar die ophoudt, wat het omslagpunt is en waar hij zich tóch begint op te winden. Nou, ze krijgen hun zin, ik ben eerlijk gezegd woest, ja woest. Op mijzelf ook, omdat ik, die vond en verkondigde dat nooit iets vaststond, opeens vind dat dit wel vast moest staan, onze liefde, onze relatie, ons huwelijk, dat slecht gerepeteerde, te snel gebrachte stuk.

Ik moet bekennen dat mijn eigen innerlijke razernij me verbaast en beangstigt. Want laat ik het maar eerlijk toegeven, ik kan die emotionele analfabeet daar aan de andere kant van de tafel op sommige momenten wel slaan. Ik doe het niet, geen sprake van edelachtbare, hooggeboren dames en heren, en ook u, mijnheer de Raden Adipatti, regent van Baten Kidul, en u, Radens Demang en u, Raden Jaksa, Grote Smurfen van Lebak, maar toegegeven, het komt soms in mij op, ik overweeg het, ik kan me voorstellen dat iemand anders, mijn alter ego, het wel zou doen. Ooit vroeg ik een oud-klasgenoot van me die psychiater is geworden, of ik niet ook een psychopaat was omdat ik wel eens droomde dat ik iemand die mij betrapt had op al mijn vergrijpen, onder de vloer had begraven. Zei vriend: wat je ook aan moordgedachten hebt, zolang je ze niet ten uitvoer brengt ben je geen psychopaat; trouwens, zou jij in die droom zelf niet het slachtoffer kunnen zijn? Dat laatste laat ik voor zijn rekening of voor die van de thaumaturgen, maar houdt mij dus niet voor een bruut die zijn vrouw slaat; ik laat slechts vol zelfverachting weten dat ik het in gedachten wel eens heb gedaan. Kent u de regels 'Stick and stones may break my bones, but talk don't bother me', bij ons 'Schelden doet geen zeer, slaan zo des te meer'? Is er bij mij ingeramd, excuses voor de beeldspraak, ik ben een man van het woord geworden, u ziet het, papieren tijger. Vergeef me mijn koketterie met het Engels, ik ben gewoon hartstikke onzeker en daardoor ben ik zo druk aan het praten, maar ter zake. Ik vrees trouwens dat ik het onderspit zou delven. Ze zou allicht terugslaan, dat staat volgens mij wel vast, en zonder zich in te houden. Wer A sagt muss auch B sagen. Al die opgespaarde pruisigheid in haar, die onderdrukte intolerantie en agressie, zou zich een weg banen. Sorry, had ik niet moeten zeggen, Pruisen, weer niet, ik weet het, ik weet het. Het is te gemakkelijk... Zie het alsjeblieft als een slip of the tongue, een onbedoelde gedachtescheet, haha, ziet u, ik kan er soms nog om lachen ook, maar niet lang meer.

'Wat zit je allemaal te denken?' vraagt Else.

'O niks,' zei ik, 'van alles.'

Ze wil straks naar een of ander afschuwelijk Duits showprogramma kijken, met de verschrikkelijke Thomas Gottschalk en allerlei flauwe grappen van lolbroeken die Beierse boertjes met een accent spelen. Alsof het carnaval is. Johann Sebastian, Johann Wolfgang, Immanuel, waar bestu bleven? En opeens moet ik aan Bach denken, die in dienst van een of andere keutelvorst met diens vrouw te maken had, een volstrekte amusa, zoals het in alle biografieën heet. Dus, daar kon je ook niet van op aan, de geestesadel van zulke vorstjes. Geen wonder natuurlijk, ze waren voor het leger gemaakt, het Soldatentum. – Hallo Orbaan, Frederik de Grote hier! Oké, ik geef het toe, zo nu en dan komt de fluitspelende uitzondering langs, maar het is verstandig daar geen staat op te maken.

De telefoon gaat alvorens Else verder kan informeren naar mijn gedachten, en het ordinaire kapsel wordt het zwijgen opgelegd. Haar moeder.

Het spijt me echt geweldig dat het hierop uitdraait. Geloof me als ik zeg dat ik van meet af aan iets heel anders op het oog had, een leuke relatie, spits en spiritueel, een toonbeeld van verlichting. Iets met speelse minnarijen en leuke filosofische dialogen, niet om eronderdoor te gaan maar om ons te verheffen. Een soort sprezzatura. Koopt dat boek! Ga daarom vandaag nog naar de Ford-dealer voor duizelingwekkende aanbiedingen! Muziek van Dowland en Couperin op de achtergrond. Ook tijdens de menstruatie! Of zou het misschien leuk zijn als er zo nu en dan een klein orkestje op de achtergrond speelde, een luie jazzpianist en wat gepluk aan de contrabas? Of een zoet strijkje, bemand door onderbetaalde orkestmusici en die spelen dan de tune van *Love Story*. Maar er is iets fout gegaan, een of andere idioot heeft aan de knoppen zitten klooien en de hele boel in het honderd laten lopen. Ontmanteld, zeg maar. – Weet je, de waarheid, al deze waarheid of vermeende waarheid, is volstrekt niet interessant, het gaat om de emoties. Waarheid is iets voor dieren. Sorry, ik klink misschien verward. Even concentreren maar weer.

Elses moeder, de vrouw die haar gedragen en gebaard heeft, godbetert, gravin A zu B, heeft als ik Elses reacties aan de telefoon goed begrijp iets heel simpels en oncontroversieels te vragen want ik hoor Else zeggen: ja, is goed, zal ik doen, ja, nee, hier gaat alles goed, nee, doe ik, groet vader.

Ik heb de aanvechting om erdoorheen te schreeuwen: nee, gaat helemaal niet goed hier, we hebben al maanden geen seks meer gehad en je, ja jé dochter is veranderd in een groene nazi en o ja, we hebben jullie eerste kleinkind fijngeprakt! Sloegen de stoppen maar door, maar dat gebeurt natuurlijk niet. Het zal niets opleveren, niet alleen zal moeder Ahlsteen het allemaal niet willen horen, Heile dat weten we nu zo onderhand Welt immers, maar ook Else zal het me niet vergeven, op haar solidariteit kunnen ze rekenen, die lieve oudertjes, op aarde neergezet om ontzien te worden!

Dus slik ik alles in, hoezeer het ook aan me knaagt, ik vreet mezelf op, ik weet niet hoeveel eetmetaforen ik er nog op moet afvuren. Sliertjes met niks...

VIII

La Clemenza di Tito

Was er maar iets met me. Een klein defect. Was ik maar licht invalide, liefst vanaf mijn geboorte zodat ik zelf eigenlijk niet beter weet. Geen heupluxatie of een struma maar een klein, onzichtbaar weeffoutje, waardoor ik langer dan een ander in een stoel mag zitten, omringd door zorg die nooit gênant wordt. Hans Castorp ja, ik droom er soms van om Hans Castorp te zijn en vanuit het sanatorium de witte toppen om me heen te aanschouwen. En al ligt die mislukte ingenieur er met zijn onduidelijke kwalen een beetje te kwijnen, hij gaat lekker niet dood, ja misschien na afloop, in de Eerste Wereldoorlog pal na maar niet gedurende die achthonderd pagina's *Toverberg* van Thomas Mann.

Je mag het niet denken, die wens om een beetje, desnoods eventjes, tijdelijk, een paar jaar, invalide te zijn. Daarmee kwets je de mensen die het werkelijk zijn, alhoewel, waarom eigenlijk? Je benijdt ze toch juist, dat is toch heerlijk voor ze, iedereen wil toch wel benijd worden? Maar nee, het ideaal is gezond, daar mag niet aan getornd worden, dat hebben de Schepper en Darwin zo geregeld. Toch ben ik soms liever een beetje ziekjes, misschien dat jongetje dat een dag thuisblijft en met verhoging vanuit zijn bed de geluiden van de straat hoort en denkt: mooi dat ik hier lig. Het huis murmelt en zucht maar het heerlijkste geluid komt toch van buiten, mensen lopen langs, op weg naar hun werk, bezig met hun wissewasjes. Je hoort ze niet spreken, wandelende mensen praten niet, maar ze kraken, ze verplaatsen lucht, en er komen geluiden van de overkant, waar om mij in mijn rustige schuilplaats te gerieven een school staat, voor 'moeilijke jongens' heet het, er wordt in de winter inderdaad wel eens een sneeuwbal door het slaapkamerraam gegooid, en waar het nu net speelkwartier is, een gebeuren dat, als een sprookjesfeest, achter een haag plaatsvindt en waarvan de gesmoorde geluiden tot mij doordringen. En door het raam zie ik een strook blauwe lucht met een stukje boom. Ik ben niet lekker, ziek genoeg om niet naar school te gaan, maar niet ziek genoeg om niet te genieten. Soms dommel ik wat weg, dan weer lees ik een Prisma-pocket die mijn moeder uit de bibliotheek heeft gehaald, *Jennings, het zwarte schaap*, rare naam, soort achternaam eigenlijk, Jennings. Rond om mij ruist de stad, met haar arbeidzame burgerdom, ik kan het al een beetje uittekenen, onlangs is de wereld voor mij opengegaan toen in het verre Amerika de door eenieder geliefde president is doodgeschoten, geliefd ja, behalve door de moordenaar dan, al weet niemand zeker wie dat is. De collectieve rouw, het gesprek van de dag, heeft me de ogen geopend voor de wereld, je kunt wel zeggen de kosmos. En hier lig ik nu, een beetje alleen, dat wel, verscholen in mijn door lichte verhoging, 38,1, wat opgewarmde lichaam, precies in het middelpunt van alles, met alle voetstappen en jongensgeluiden als satellieten om me heen, voorbodes van nog veel meer geluid en actie, en ik luister. Luister naar mijn bloedbanen en mijn gedachten die iets mompelen als: vergeet me niet, ik ben er, vergeet me niet, dit is het, alles is er. Extatisch.

Na dit alles, in een flits toch, een beeld van misschien een tel, maar met alles erop en eraan, vraag ik me af hoe het zover gekomen is. Hoe dat gelukkige, beetje zieke ventje uit het sprookje hier terecht is gekomen in het ongelukkige Breinermoorse huwelijk. Wat zat er in de hoek gehurkt, welk omineus signaal aangaande de toekomst heb ik in die jongenskamer over het hoofd gezien?

Ik probeer het moment terug te halen dat mijn zintuigen zich nog scherpten, als om het latere leven slim en gevoelig tegemoet te treden, die trouwe dienaren van mijn innerlijk: geluiden, luchtjes, vermoedens van dingen die komen of uitblijven. Je vraagt je af of er iets in die geheimzinnige wereld is waaruit je al had kunnen opmaken wat je later overkomt, of je had kunnen ingrijpen, een stapje opzij, iets eerder opgestaan, ergens het weeffoutje ontdekken. Onzin natuurlijk, voor je het weet zit je in de waarzeggerij of in de voorbestemming, maar het is soms een verlokkende gedachte om te denken dat je nu ongelukkig getrouwd bent omdat dertig jaar geleden tijdens een schoolreisje naar het Kopje van Bloemendaal een vleugje helmgras langs je neus streek. Maar nee, zo werkt het niet. Wie probeert de dag van nu uit te stippelen aan de hand van gegevens van gisteren tast er volledig naast. Het fundamentele kenmerk van toekomst is immers haar volstrekte non-existentie. Dat geldt voor nieuwe maar net zo goed voor oude toekomst.

Ik zit trouwens in de auto, voor alle duidelijkheid, ik rijd voort, teder doch vast omklem ik het stuur en gevoelvol bespeel ik met mijn voeten de pedalen. Het weiland aan de rechterkant van de weg ligt er vruchtbaar bij, met plukjes koeien tot aan de horizon, links van mij het begin van een industrieterrein, alsof deze weg bebouwing en natuur van elkaar probeert te scheiden, nurture en nature uit elkaar wil houden. De automobilist mag kiezen, de industrialisatie in of de oude, pure wereld, maar het liefst rijdt hij toch aan beide voorbij, muziek op de autoradio of een nieuwsprogramma. Wit-Rusland roept de onafhankelijkheid uit. De paus opent een kopie van de Sint-Pieter in Yamoussoukro, hoe zegt u?

Misschien is de grootste fout wel dat ik haar niet in haar gezicht sla, haar niet aan haar haren door het huis sleep, zodat dat rottige blauwe bloed eruit gutst. Dat ik dat volstrekt niet durf. Ik voel een haat in mij opsteken die misschien dezelfde is als die waarmee het Franse gepeupel Marie Antoinette naar het schavot sleurde en het hoofd van de prinses De Lamballe op een piek spieste. Psychopaat? Welnee. Zolang je niets doet... Denken staat vrij. Toch voel ik me ten prooi aan een paroxisme van haat en afkeer. Hè, wat zegt u, paroxisme? Ja, paroxisme, dat hoort u goed!

Ik rijd om mijzelf te kalmeren, nergens naartoe, ik ben de opperste milieuvervuiler, mijn naam is Grote Bederver der Aarde, Prins der Uitlaatgassen, Hij die het Licht nooit uitdoet, mijn frustratie stoot duivelse dampen uit. Toen ik vanochtend het huis verliet was ik ziedend; de woede om het hele bestaan kneep mijn keel toe, maar nu voelt het op een bepaalde manier als een opluchting dat we niet bij elkaar horen, we hoeven de schijn niet langer op te houden: ik moet bij haar weg, ik hou het niet vol, het leven in een politiestaat.

Het is tijd voor harde conclusies. Ik ben haar in mijn hart kwijt en nu moet ik haar ook in de werkelijkheid kwijt. Kwijt voor ik haar echt heb bezeten. Misschien maar beter ook; zonder intense, verschroeiende liefde om op terug te kijken doet het minder pijn, hoeveel pijn het desondanks ook doet.

De vraag is nu: hoe heb ik dat voor elkaar gekregen, hoe heb ik haar verspeeld, de vrouw op wie ik zo trots was, die ik een tijdje vanzelfsprekend dacht te bezitten, of is dát het juist, de gedachte dat je iemand kunt bezitten: word je daarvoor gestraft? Of zijn het de woorden geweest waarmee ik haar in gedachten heb gebombardeerd, en die als het ware de toegang tot mijn, en in elk geval háár diepere gronden hebben versperd. Almaar redeneren, praten, praten, uitleggen, verklaren. Ja vast, daar kon ze niet tegen, die oester van Osias!

Maar nu moet ik weer even op de weg letten want er zit zo'n kloterige vrachtwagen voor me die ik wil passeren, terwijl op de inhaalbaan juist een BMW komt aangeraasd. Ze rijden hier soms als Hunnen, dat wil zeggen zodra ze de kans krijgen trappen ze het gaspedaal in, maar als er een bord met een snelheidsbeperking staat trappen ze weer net zo hard het rempedaal in. Ik probeer in deze extremistische praktijken het typisch Duitse te ontdekken, iets nietzscheaans of kantiaans of desnoods iets van Der Goldene Schuss of het Oktoberfest in München, opdat ik ten slotte iets van mijn vrouw zal begrijpen, maar het lukt me niet. Ze rijden gewoon idioot hard, die Duitsers, maar ze zijn ook uiterst gehoorzaam. Misschien moet ik me er ook helemaal niet mee bezighouden, wat kan het mij per slot van rekening schelen hoe Duitsers zich over de Autobahn spoeden, maar sinds ik op de toppen van mijn zenuwen leef wil ik iets van het Deutschtum begrijpen, hoe onnozel en overbodig de bedrijvers ervan me ook voorkomen. Zelfs de holste noot wil gekraakt worden, wist Zarathustra.

Die kut-BMW, die het me onmogelijk maakt in te halen, is trouwens ook zo weer voorbij, wat dat betreft is het een tamelijk pijnloze operatie, het heeft kortom een glans van efficiency. Misschien kunnen wij buitenlanders, ik roep nu maar even alle niet-Duitsers tezamen, daar slecht tegen, dat gevoel dat alles berekend is, dat ze ergens op een conferentie waarop wij niet zijn uitgenodigd bedacht hebben dat de problemen die het dagelijks leven met zich meebrengt het beste zus of zo opgelost kunnen worden. Die verdomde efficiency, *Forschungsökonomie* is het ja, waar andere culturen zo tegen opkijken, o die arbeidzame, succesvolle Duitsers, die fijne geslaagde moffen!, maar die je als individu voor ondoorgrondelijke raadsels stelt omdat ze in strijd lijkt met het rommelige, geïmproviseerde karakter van je eigen bestaan. Weer een vrachtwagen, weer zo'n snelheidsduivel. Het zou het beste zijn als je gewoon op de inhaalbaan bleef rijden, maar dan zit er binnen de kortste keren een kokende Mercedes- of BMW-rijder achter je.

Mooi zo, ik ben in elk geval niet voor niks in de auto gestapt, het rijden windt me op en leidt me af. Ik stel er daarom zelfs prijs op te vertellen in wat voor auto ik rijd. Wij, mijn vrouw en ik, nog altijd, hebben een Citroën BX, Duitsers kijken daarop neer, 'Leichtbau' noemen ze het, wat een verschrikkelijk arrogant volk is het toch!

Ik rijd richting Bremen over de A28. Een snelweg van dertien in een dozijn zoals eigenlijk alle snelwegen dat zijn. Maar deze is nog eens extra saai omdat er nauwelijks bos langs de weg staat. Nou ja, wat is er tegen saai? Het grootste gedeelte van het leven is saai. Ik heb een keer een documentaire gezien over de Himba's, een stam in het noorden van Namibië, dat vroeger een Duitse kolonie was: Duits Zuidwest-Afrika. Ze lopen daar topless rond, de vrouwen smeren zich in met een mengsel van vet en oker en ze wassen zich nooit, bij jongens en meisjes worden op hun tiende de twee voortanden met een stok of een steen uitgestoten, al hebben ze geen flauw idee waarom, ze eten voornamelijk mais en groente, enfin, de hele rimram aan spannende exotica, en terwijl wij te zien kregen hoe ze 's avonds dronken rond het kampvuur dansten vertelde de commentator dat de Himba's zich de hele dag stierlijk lopen te vervelen en iedere dag dezelfde verhalen moeten aanhoren. Dat was nog eens een andere kijk op de nobele wilde: ze verschilden niet wezenlijk van ons met onze nette bloedeloze kantoorbanen, al zaten ze ook gehurkt steentjes te gooien in de Epupawatervallen. Misschien is het helemaal niet zo'n gek streven, een prikkelloos leven, gas geven, remmen, op weg en weer op de terugweg. O ja, die Himba's zien de toekomst als iets wat achter hen ligt, een rivier die nog niet langs is gestroomd; wat voor hen ligt, de rivier die al wel langs is gestroomd is het verleden. Merkwaardige metafoor. Ik probeer me het concept voor te stellen maar het lukt niet, het komt voor mijn gevoel neer op een verwisseling van voor en achter, enfin; ik haal gewoon die toekomstige auto voor me in zodat die achter me in het verleden komt te liggen.

Al het geschapene zal denken dat ik op weg naar iets ben, of liever gezegd, niemand zal dat denken want het interesseert niemand ook maar iets, maar feit is dat ik op de vlucht ben. Ik ben een escapist. Ik ben op de vlucht voor mijn vrouw. Laat onze breuk in godsnaam onherstelbaar zijn! Ik rij in het wilde weg, zonder doel. Gek eigenlijk dat ik Duitsland dieper in ben gereden, realiseer ik me ineens, het had misschien meer voor de hand gelegen als ik naar Nederland was gegaan, maar ik heb er eerlijk gezegd helemaal niet bij nagedacht. Ik ben in de auto gaan zitten en vertrokken. En o ja, ik wilde mijn Citroën flink op z'n staart trappen en dan moet je in Duitsland wezen, in Nederland krijg je direct zo'n witte Porsche met helm achter je aan.

Mijn vrouw was niet eens thuis toen ik wegreed, geen ruzie of misverstand. Ik had er opeens gewoon schoon genoeg van. Op zich nog wel interessant hoe zoiets gaat. Het huwelijk is een organisme, het pulseert, het zwelt, je denkt: wat een mooi ding of: wat een scharrig geval en op een gegeven moment begint het te verleppen. Dat je zelf meedoet aan die neergang is een kwestie van solidariteit, van mimicry misschien wel. Je kunt niet als enige recht overeind blijven in een wereld vol verval.

Zo, en nu neem ik de uitnodiging om hier af te slaan aan, de afrit bij Hatten op om een kop koffie te drinken. Zo'n ding uit een automaat. Illusieloos, half gehaast. En plassen. Ik neem een punctie uit het bestaan op Raststätte Hatten, eens zien wat de wereld hier te bieden heeft. Alles loopt zo te zien gesmeerd, automobilisten tanken en lopen na afloop rustig naar binnen om te betalen en een gevulde koek te kopen. Mensen houden zich kalm. Wie van de klanten zou hier een strafblad hebben, een moord op zijn geweten? We zullen er vandaag niet achter komen. Ik moet zien dat mijn snerthuwelijk me niet alle levensvreugde ontneemt. Ik moet geboeid blijven. Het hele schouwtoneel, ook het nietszeggende: 'Es ist wirklich unglaublich, wie nichtssagend und bedeutungsleer, von außen gesehen, und wie dumpf und besinnungslos, von innen empfunden, das Leben der allermeisten Menschen dahinfließt. Es ist ein mattes Sehnen und Quälen, ein träumerisches Taumeln durch die vier Lebensalter hindurch zum Tode, unter Begleitung einer Reihe trivialer Gedanken.' Schopenhauer. Zeg, kan dat niet eens in het Nederlands? Jazeker wel: 'Het is werkelijk ongelofelijk, hoe nietszeggend en onbetekenend, van buitenaf gezien, en hoe dof en wezenloos, van binnenuit ervaren, het leven der meeste mensen heenvliedt. Het is een matte opeenvolging van verlangens en kwellingen, een dromerig tuimelen door de vier levensperioden naar de dood, onder begeleiding van een reeks triviale gedachten.' Maar ik vind dat 'mattes Sehnen und Quälen' zo mooi.

Naast mij bij de koffieautomaat staat een dikke vrouw, in haar eentje (zo eentje als bij Edeka Kirsch, maar nee, dat kan ik op dit moment nog niet weten), misschien heeft ze geen man kunnen vinden. Ik moet er ook niet aan denken om het met haar te doen, al doe ik het daarom juist wel, denken bedoel ik, ze zal wellicht makkelijker en williger, ja gezelliger zijn dan mijn vrouw. Maar zo zit de natuur niet in elkaar. Het gaat om kracht en schoonheid, niet om overtollig vet en gezelligheid. Moet nodig Nietzsche weer eens herlezen trouwens. Of Sloterdijk, die Duitse filosoof met de oer-Hollandse naam en zijn gezellige Nico Haak kop. Erg in de mode tegenwoordig. Zelfs mijn studenten vragen er wel eens naar. Hij zou zeker iets verstandigs kunnen zeggen over de menselijke beweging op zo'n tankstation. Kijk, beste mensen, ik ben Hollander, zoals jullie het noemen, maar getrouwd met een Duitse, van oude adel nog wel, al zijn de landgoederen allang verkwanseld. Ons huwelijk is sinds een naargeestige abortus, maar hebt u wel eens van een vrolijke abortus gehoord?, in het ongerede geraakt; van een imposante, begerenswaardige vrouw is mijn echtgenote een groene, smetvrezige maniak geworden. Jullie kennen dat wel, misschien hebben jullie thuis ook zo'n vrouw zitten en houden jullie het er wel bij uit. Maar ik niet. Ik kom uit de Nederlandse jaren zestig moet u weten, ooit van gehoord? Ons is iets beloofd en die belofte wordt niet gestand gedaan, er zou een nieuwe wereld komen zonder het moeilijke en stijve gedoe van onze ouders. Ik snap trouwens niet helemaal hoe deze automaat werkt, eerst geld inwerpen en dan kiezen of andersom? Bekertje pakken en eronder zetten of komt het vanzelf uit de hemel gevallen? Wát als dit een toeristische attractie was met iemand die groepjes Japanners rondleidt. Wat als dit het sjiekste viersterrenrestaurant van het land was. Wat als ik een geslaagd huwelijk had, met twee kinderen, een meisje en een jongen.

Fijn eigenlijk, zulke anonieme plekken, drenkplaatsen voor de mensensoort. Hier kom je van je individualiteit af. Al die neutrale koppen, niemand met huwelijksproblemen, een weggelopen dochter of geldzorgen. Brandstof, in plastic verpakte broodjes, startkabels en wegenkaarten, meer heb je kennelijk niet nodig. Geen mens die de caissière vraagt: kunt u mij ook helpen aan *Wat je moet weten over de voortplanting* of *Die Welt als Wille und Vorstellung*? Hier herademt de mensheid van haar kopzorgen. Straks weer verfrist en gelaafd in je faradaykooitje de weg op. En opeens treft een eigenaardige sensatie me: ik voel me gelukkig. Mijn frustraties verliezen snel terrein. Hier tussen de nobody's die niets om me geven ben ik op mijn plaats, het was een vergissing te trouwen, samen te willen zijn. Else kan er ook niks aan doen.

Als jongen wilde ik in een hutje op de hei wonen, ja, kluizenaar leek mij mijn roeping, maar nu weet ik beter, ik moet opgaan in anonieme mensenmenigten, in winkelcentra, op roltrappen, tijdens concerten. Geen band met iemand aangaan, gewoon meedeinen op het kloppende bestaan. Moet ik daarvoor in behandeling, dokter? Is mijn verlangen onnatuurlijk?

Ik loop weer terug naar de auto, het hete plastic bekertje koffie dreigt al te misvormen in mijn hand. Niemand die op me let, als ik hier de boel wil vervuilen, dan mag dat. Iedereen doet het, de vuilnisbakken puilen uit van ongesorteerde troep, frisdrankpakjes, klokhuizen, half opgegeten broodjes. Een vrijplaats voor smeerkezen. Komt allen die vermoeid en belast zijt en ik zal u rust geven. Ze hebben hier nota bene om het te vieren ook nog kampeertafels en banken neergezet waar je gezellig tussen de dieseldampen kunt eten. Op de rug van een van die banken heeft iemand in forse hanenpoten gekrast dat J.W. von Goethe Pamela Anderson bemint en wie weet. In het schrale gras zie ik konijnenkeutels liggen, je vraagt je af wat die beesten bezielt om hier rond te huppen, 's nachts, neem ik aan. Ja, hier ligt het geluk voor het oprapen, op een smerige Raststätte, waar ze af en aan rijden, waar niets gebeurt, geen enkele geschiedenis geschreven wordt.

Ik ga weer in de auto zitten, rijd de parkeerplaats af, man zonder eigenschappen. Misschien dat een of andere snelwegcamera me heeft geregistreerd, maar ik voel me ongezien. Ik kan met mijn verleden de aanwezigheid van de Almachtige niet helemaal uitsluiten, maar aangezien die zich de afgelopen twee eeuwen niet meer met ons heeft bemoeid kun je hem dunkt me het beste als een onschuldige voyeur beschouwen met het wolkendek als struik.

Beetje bij beetje is mijn stemming in de droefgeestige, anonieme mensenplek Hatten opgefleurd. Vanmorgen zag ik het, na de zoveelste nacht in het logeerbed, eventjes helemaal niet meer zitten, weg met die hele Breinermoorse ellende, opgesodemieterd! Maar nu moet ik vanwege een of andere onherleidbare kronkel in mijn gedachten opeens denken aan het feestje bij professor Galinsky, zo onschuldig en pijnloos nog, waar ik mijn vrouw aan te danken heb, of te wijten liever gezegd, al mag je nooit zo causaal denken natuurlijk, alles ligt buitengewoon veel complexer, maar niettemin heb ik haar daar min of meer voor het eerst gesproken, en nee, niet het hof gemaakt. Ze wilde niet eens met mij naar huis rijden na afloop, weet u nog? Misschien was dan alles anders gelopen, had ze zich, mirabile dictu, bedwelmd door de gistende kersen die avond aan me gegeven zodat het bij een ordinaire onenightstand had kunnen blijven. Waren we wellicht nooit terechtgekomen in die casinotrouwkapel in Las Vegas waar mijn vrouw en ik ja tegen elkaar zeiden, onbegrijpelijke lichtheid van het bestaan.

Zo dwaal ik voor de tweede keer vandaag wat rond in mijn eigen kleine if-history, op zoek naar signalen die iets over nu voorspellen, lichte Vorausdeutungen alstublieft. Probeer vergeefs de vrije val die ons huwelijk de laatste tijd heeft gemaakt te herleiden tot de punch in de Galinsky-mansion. Ik had haar natuurlijk ook halverwege kunnen vervangen door een beter exemplaar. Stom, niet aan gedacht.

Hola, weer zo'n vrachtwagen die niet opschiet in dit land van het Wirtschaftswunder, of zijn we die epoche inmiddels gepasseerd? Per slot van rekening houdt alles op een mirakel te zijn als het maar lang genoeg voortduurt. Zo ook ons huwelijk (dank voor het bruggetje, o oppermachtig brein). Kijk, daar heb ik een punt. Waarom zou een echtverbintenis, ondanks alle mooie woorden aan het begin, zich onttrekken aan de algemene wetten van afvlakking en bederf? Waarom wind ik me eigenlijk zo op over de verslechterde betrekkingen tussen ondergetekende, Titus Orbaan, ter ener zijde, en ter anderer zijde mevrouw de gravin Von Ahlsteen-Brockenfels, echtpaar bij de gratie van het ondoorgrondelijk lot, laten we het daar dan maar op houden? Vraagteken? Ja, deze zin moet een vraagteken!

Langzamerhand dringt zich echter de vraag op waarnaartoe ik op weg ben. Niet figuurlijk bedoel ik want dat weet ik echt niet, maar letterlijk, waar rijd ik heen? Richting Bremen, dat staat wel vast, maar daar heb ik niks te zoeken. Misschien moet ik er stadsmuzikant worden en onderweg nog wat vluchtelingen oppikken. Maar serieus, ik weet het niet. Het voelde vanochtend goed om in het wilde weg weg te rijden, maar het momentum is voorbij, er begint zich nu een soort doelloosheid in mij te nestelen. Misschien bij Bremen gewoon rechtsomkeert maken? Niemand zal mijn vlucht gemerkt hebben. Wie weet is dat het beste. Je wilt een daad stellen die helemaal geen daad is en halverwege besluit je om te keren. Nederlaag? Welnee. Inzicht? Ook niet. Je kunt ook gewoon vaststellen dat iets vrijwel niet gebeurd is. Doorsukkelen met je bestaan. Wie heeft gezegd dat je faustisch moet leven?

'Hij was nu rustiger geworden. Rondom hem zong het bos. Het licht werd guldener en warmer. De blaadjes aan de struiken, de grasjes op de bodem en de vochtig dampende aarde begonnen nieuwe geuren te verspreiden.'

Ik bedoel maar. Als ik flink doorrij ben ik over anderhalf uur weer thuis. Maar misschien moet ik op tournee met mijn inzichten.

IX

Se non è vero

Een boswandeling maken. Een volkstuintje huren. Kamperen bij de boer. Een motor kopen en samen door Oost-Friesland rijden. Allebei bij de fanfare of op het dorpskoor gaan. Werken met bordercollies. Hoe doen andere mensen het?

Ik denk aan het ritje naar kabouterkapitein Iglo en onze paringsdans na afloop in de natuur. Dat had natuurlijk het begin van nog veel grotere heerlijkheden en extasen moeten worden, maar het is zo'n beetje het hoogtepunt gebleken, waarna ons liefdesleven al tamelijk snel in het verkoolde bos verdwaalde. Maar het kan me eerlijk gezegd niks schelen. Mijn gevoel dat we er wat aan moeten doen heeft plaatsgemaakt voor een soort gramstorige berusting. Misschien zit die berusting wel in onze genen, jongelui, let op. Hoeveel mannen zijn er gedurende de hele geschiedenis niet achter gekomen dat ze in plaats van de vrouw uit hun dromen er een uit hun nachtmerries bleken te hebben getrouwd en legden zich er vervolgens in arren moede bij neer? In arren moede ja. Niks beters te krijgen. Maandagochtendmodel. De tering naar de nering zetten. En omdat je ook niet gekweld verder wilde leven slikte je even en ging door.

En nu lijk ook ik ten prooi aan deze neerslachtige waarheid. Het menselijk lot. Jezus, wat een sof maar wat doe je eraan? Scheiden natuurlijk, weglopen, maar dan loop je weer tegen een volgende domper aan. Domper, doofhoedje voor kaarsen. Je maakt me ongelukkig, lieveling, maar weet je, ik kan ertegen. Ik ben een fijne vent, een lot uit de loterij, jammer dat je het niet ziet, trutje dat je er bent, tant pis voor jou. Zullen we nog eens neuken? Baat het niet, het schaadt ook niet. O nee, sorry, het gaat je naar de wijze der vrouwen natuurlijk. Even goeie vrienden. Of koers je misschien op Lesbos aan, zoals mijn leermeester het ooit fijntjes formuleerde?

Neuken is fijn maar ook neuspeuteren kan een enorm genot met zich meebrengen. Corpora aliena uit de neus verwijderen met behulp van een vinger. Daar hoor je mensen heel weinig over. Geen filmpjes van neuspeuterende stellen, opgewonden feestjes met mensen die in elkaars neus spitten. Het is een kwestie van accenten. Kennst du das Land wo Rotz und Popel blühen?

We hadden het beter bij dat bezoekje aan het Institute of Art kunnen laten maar zijn nu meer dan een jaar getrouwd en mijn vrouw is verder van me verwijderd geraakt dan ooit, maar zo gaat dat, ook kinderen uit je kleuterklasje raken weg als je maar lang genoeg doorleeft. Het heeft iets te maken met vergankelijkheid. Dingen vergaan. Maar onze liefde blijft eeuwig bestaan. Mooi niet dus. Waarom dus monogaam gebleven? Joh, super origineel onderwerp, vertel er eens wat over!

Ik heb het gevoel dat ik een andere sprong moet maken. 'Ga je mee, laten we op Spitsbergen gaan wonen, in Timboektoe. Er was eens een boer in Timboektoe, die ging naar de hoer om de hoek toe.' Gek hoor, woon je in Timboektoe, moet je zo nodig naar de hoeren...

'Ik ga bij je weg. Ik laat een penisvergroting doen en daar pas jij niet bij. Zit ik er ver naast als ik denk dat je het al zag aankomen?'

'Kindje, ik heb gelijk de dappere held Simson een lichte vrouw bezocht en nu ga ik onze tempel uit elkaar drukken, einverstanden?'

'Kom hier, kusje erop.'

Of misschien moet ik nog een heel eind verder springen, deze hele bliksemse geschiedenis uit!

Ben ik bezig gek te worden? Heeft de eerste de beste huwelijkscrisis me onder de voet gelopen en lig ik nu op de grond onzin te kraaien?

Pak jullie boeken, jongelui, dan gaan wij het verschijnsel Liefde eens bestuderen. Hier: de denkers! Voor Kant kon de mens alleen maar doel zijn, nooit middel. Niet om je honger te stillen met vlees. Geen hoeren dus maar ook geen echtgenotes voor je eigen bevrediging.

Schopenhauer beweerde dat onze zoektocht naar de ideale partner, hoe romantisch ook, alleen bedoeld is om kinderen te maken. Die romantiek maken we ons wijs zodat we niet per se over de volgende generatie hoeven na te denken. Maar eigenlijk zoeken we gewoon een goede ouder. Nietzsche: Niet het tekort aan liefde, maar het tekort aan vriendschap is de oorzaak van slechte huwelijken.

Wat weten deze filosofen ervan? Nul komma niks, allemaal vrijgezellen, wie weet maagden, geen flauw benul van de hormonenhuishouding, schaamden zich zo te zien voor de vleselijke lusten en verhieven hun angst tot wijsbegeerte. Zeker, het waren mensachtigen, maar kwenen met hun castratenzang!

Maar weet je, je kunt het ze niet kwalijk nemen, het onderbewuste stond ook nog niet op de agenda, die lui zaten alleen in hun bewustzijn te wroeten, dan krijg je dat. Maar ik, uw dienaar, weet niet eens wat me allemaal overkomt. Pas geleden reed ik door Nieuweschans en zag met grote letters op een winkelpand ALLES VOOR UW GESLACHTSDEEL staan. Maar er stond ALLES VOOR UW GASKACHEL. Misschien begin ik af te takelen. Op weg naar de midlifecrisis.

Heb ik eigenlijk wel een innerlijk conflict, vraag ik me af. Hoe erg vind ik het allemaal? Is het niet gewoon een narcistische kwetsuur? Ja hoor, ordinaire narcistische kwetsuur! En wat nu? Hoe nu verder? Een bevrijdende huilbui? Ophouden te bestaan?

We kunnen maar het beste verstandig zijn, dat staat vast. Maar wat is verstandig? Verstandig, Titus, beste kerel, goede vriend, gefrustreerde aap, is de zaak in de juiste proporties te zien, je niet te laten meeslepen door verhitte gevoelens. Applaus. Maar om dat voor elkaar te krijgen moeten we een aantal hebbelijkheden opzijzetten. Ik voel bijvoorbeeld hoe de woorden onophoudelijk door mij stromen, zich vormen tot welbespraakte bespiegelingen alsmede tot hopeloze klonters, maar allemaal woorden, taal! Misschien stelt het hele gebeuren per saldo weinig meer voor dan

Beethovens *Für Elise* (scheelt maar één letter trouwens), maar dan toch platgewalst tot eindeloze pagina's symfonie. Het is niet anders, de een trommelt met zijn vingers op het tafelblad, de ander, ik dus, trommelt op het toetsenbord. Maar al dat gepraat, al die noodzakelijke woorden vertroebelen de zaak ook aanzienlijk. Rilke, een waarlijk grote, schreef: 'De angst dat ik mij zou kunnen verraden en alles zeggen, waarvoor ik bang ben; en de angst, dat ik niets zou kunnen zeggen, omdat alles onzegbaar is.' Ik doe het dit keer in het Nederlands want misschien moet het maar eens uit zijn met al dat gekoketteer met het Duits. Angst dus om iets fundamenteels te zeggen en angst om helemaal niks te kunnen zeggen. Zo is het, tussen die twee angsten beweegt zich het verlangen om je uit te drukken maar zo dat anderen je begrijpen, niet het diepste wat je zelf denkt, niet het onzegbare, maar iets wat de ander overtuigt. Wat is zwijgen, zoals mijn vrouw dat doet? Het is onmacht, het is niet kunnen zeggen dat je zwijgt. Spreek of zwijg maar verzwijg niet waarom. Maar de taal gijzelt ons ook, geef het maar toe. Ik heb wel eens gedacht: misschien wil ze alleen maar stil zijn, wil ze een stil leven leiden met de handen boven de tafel en een tikkende pendule op de achtergrond. Teleurstellend, zoiets sufs, geen trauma, geen frustratie of verdriet. Stel je voor dat ik tenslotte met een duf, stil vrouwtje blijk te zijn getrouwd. Ondenkbaar.

Enfin, nu eens heb ik gelachen, dan weer gehuild om mijn versie van de huwelijkse ellende, maar nooit was het de hele waarheid. Ach, de waarheid, 'die chaos van heldere verschrikkingen om onze dierbare illusies heen', zoals de zoveelste schrijver die ik hoog heb zitten het ooit noemde. Daarom hebben de experimentelen zich van de taal afgekeerd, zoals de atonalen de klassieke kunst verlieten: het was mooi, het roerde tot tranen maar het was nooit waar! Misschien was het ongearticuleerde leven in spelonken wel waarachtiger dan het onze. Armzalig gekleed, ten prooi aan de elementen en de wilde dieren, met een werpspies op pad maar in elk geval waarachtig. Zelfs nu, vlak bij de kern van de zaak, ben ik al zo ver vervreemd van mijn verre voorvader dat ik mijn eigen woorden nauwelijks serieus kan nemen. Wat zal ik u verder nog vertellen over mijn huwelijk met die Duitse gravin? Dat het een grote leugen was? Wacht even, ga zitten en luister.

Wij bevinden ons aan het eind van de statiën, nog een paar pagina's dan is het voorbij, beloofd, even wat zweven en suizen, waar bevinden we ons precies? En dan... Laten we alsnog oprecht zijn, zo oprecht mogelijk, als een godloochenaar die op zijn sterfbed biecht. Onvoorwaardelijke en totale capitulatie! Mijne heren, aanschouw simsalabim! alsnog de geboorte van nieuw leven!

Eerst maar eens waar ik me bevind, ik bedoel, dat valt relatief makkelijk vast te stellen, thuis, achter mijn schrijftafel, maar voor je het weet ben ik daar ook weer weg, al was het maar naar de keuken om een biertje te halen of misschien vertrek ik zo meteen wel om een douche te nemen. Het heeft kortom nauwelijks zin om vast te stellen waar ik ben, zoals je ook niet naar Duino gaat om de *Duineser Elegien* te lezen. Maar wat dan wel?

Wie ik ben dan, de schrijver van het plaatje of die van het praatje? T.O., wiens initialen me nu ineens aan 'ter overname' doen denken, genoeg, mijn goede Titus, ik ruil je in! Ik, Rob Schouten, neem de pen over! Rob Schouten, opeens uit de duisternis van deze woorden opgedoken, ik zweer het! De literatuurwetenschap doet altijd erg moeilijk over hoofdpersonen, vertel mij wat. Ook al noem je ze naar jezelf, toch zijn het anderen, vinden ze daar. Ik las onlangs *Nacht* van Karl Ove Knausgård, waarin de hoofdpersoon Karl Ove Knausgård heet, maar denk maar niet dat je hem daarmee hebt geïdentificeerd. Wat je ook probeert, het lukt niet schrijver en hoofdpersoon over elkaar heen te leggen. Het mág gewoonweg niet. Hoe ik ook schreeuw dat ík het ben, Rob Schouten, ik zal het nooit worden, nooit degene die hier zit te pennen in dit afgrondelijke universum. O, hoe graag zou ik me blootgeven, naakt met u dansen, met u naar bed gaan, ja, u daar! Maar het zal niet gaan, ik heb er onbewust voor gezorgd dat mijn verhaal in zichzelf gekeerd is geraakt. Of onbewust? Toe nou! Niet zo liegen! Enfin, misschien is het rechtvaardig, wie een masker afwerpt laadt direct de verdenking op zich een volgend masker op te hebben, het zij zo. Het is allemaal bijzonder spijtig, ik had ook graag de illusie van het vorige verhaal in stand gehouden, maar het ging nu eenmaal niet. Nu moet ik priegelend en prutsend naar het einde.

Ter zake, mijn huwelijk, ik heb het beschreven, ik heb het verheven tot een mesalliance, iets hogers was onbereikbaar. Nederlandse man van doodgewone komaf huwt Duits gravinnetje en het loopt mis. Ach ja, het zal niet tot mijn arrestatie leiden als ik beken dat ik heb overdreven, Helga, Else heb ik haar herdoopt, was een burgermeisje, haar moeder was weliswaar gravin (zo kwam ik erop) maar verder niks. Moeilijke vrouw, Helga (haar moeder trouwens ook), propvol groene Prinzipienreiterei, dat wel en dat met die kabouternazi is ook werkelijk gebeurd, ik zweer het, net als de volgesnoten papieren zakdoek en de doodgeprakte wesp. Maar hoe meer waarheid ik aandraag, hoe verder ik het verhaal verscheur, dat is van nu af aan het noodlot. Mijn verhaal is inmiddels volstrekt onherstelbaar geraakt, ook al zou ik zo meteen mijn Titusmasker weer voorzetten en doen alsof er niks gebeurd is.

Grappig hoe snel dat gaat. Handomdraai, echt. Even een kleine volta en de hele boel ligt in duigen. Schijnvertoning. Alles gelogen. Wat dat betreft is fictie net breekbaar porselein. Maar wat houd je na de scherven over? Geen autobiografie dus (zie boven: hoofdpersoon is per definitie iemand anders dan de schrijver), misschien een ander, een volgend verhaal. Hoofdpersoon verscheurt hoofdpersoon maar blijft hoofdpersoon, zoiets.

Wacht, we gaan er even uit voor de reclame. Kunt u even op adem komen na deze onverwachte zielsverhuizing. Plaspauze? Ook goed.

O ja, nog even, u had het allemaal kunnen weten, *Keeping Up Appearances* startte in 1990 terwijl Reagan zijn leugens over Iran in 1987 debiteerde: anachronisme, viking met bril. Enfin, waar hebben we het over...

Nieuwe alinea. Ben ik weer. Het was wel degelijk een rothuwelijk, geloof me, niks Lucretius' *De Rerum Natura* uit mijn mooie motto waarachter ik graag 'maar niet heus' had geplakt; na acht jaar hebben we het in gezamenlijk overleg aan de elementen prijsgegeven en het is inmiddels volkomen verteerd, weggevreten. Twee dochters aan overgehouden, dat wel, allebei studerend in Heidelberg. Leuke meiden, ik hoop dat jullie het niet erg vinden dat ik jullie hier heb weggelaten. Of, schatje, ik zal je naam niet noemen, had ik jouw neiging tot obsessieve discipline in een ander, waarachtiger boek moeten toeschrijven aan de perfectionistische controlfreak die je moeder is? Maar nu, hier op het eind, nu we de zaak afzomen, zijn jullie van harte welkom. Dat fijngestampte vruchtje had trouwens nummer drie moeten worden; een bevriende schrijfster raadde me aan me hierop te concentreren, een collegiale raad waar ik wat aan had.

En nu wilt u, die het tot hiertoe dapper hebt volgehouden, ik herhaal, nu wilt u, los van dit lezenswaardige proza dat opeens zo'n bekoorlijke wending richting realisme heeft genomen, uiteraard weten of ik ook die hoer in de Groningse Nieuwstad heb bezocht. Het ongezellige antwoord: nee. Natuurlijk heb ik wel eens een hoer bezocht in mijn lange, onheilige leven, maar niet daar in Groningen. Toen ik daar woonde, in mijn jonge jaren namelijk, had ik de hoergerechtigde leeftijd nog niet bereikt maar ik had er wel een krantenwijk, in Nieuwstad bedoel ik, en de peeskamertjes die ik daar in de vroege ochtend van het dagelijks nieuws moest voorzien maakten altijd een romantische indruk op mij, in opgewonden visioenen lag ik daar op een bed met zo'n grietje in babydoll naast me. Het moet wel haast dat ik daar mijn eerste echte hoeren heb gezien toen vriendjes van de lagere school, hoogste klas, dat wel, al waren het vroegrotte crimineeltjes, mij erlangs sleepten. Volrijpe, halfnaakte, geverfde vrouwen met enorme borsten en getoupeerde kapsels, mode halverwege de jaren zestig, ik wist niet wat me overkwam en vertelde het na afloop ademloos en in alle onschuld aan mijn moeder. Hoe zij reageerde kan ik me werkelijk niet goed meer voor de geest halen. Het was de tijd van de Profumo-affaire, de moorden van Hans van Z., Zwarte Jeanne werd uit de Schinkel gevist, overal zaten de temeiers, en niet in de laatste plaats in mijn hoofd.

Ik heb nog overwogen om, met de lezer als ramptoerist, die zogenaamde Else tijdens een aanval van hormonale razernij in elkaar te laten slaan door of zelfs om zeep te laten helpen, althans in de gedachten van ons aller protagonist, mijn geschikte handlanger en dubbelganger T.O., maar het lukte me niet echt om hem zo godsliederlijk te laten ontsporen en om te scholen tot de overtuigende psychopaat die je nodig hebt om je vrouw te wurgen omdat ze om welke reden dan ook geen seks met je wil. Hier een kruimel probeersel van zo'n ontzaglijk wapenfeit: 'Ik gooide een glas wijn kapot tegen de muur. Daarna trok ik haar aan haar haar van de bank af en sloeg haar in haar gezicht. Ze was beresterk, maar op een of andere manier bood ze nauwelijks weerstand, misschien omdat ze mijn gelijk voelde. "Toe maar, prinses De Lamballe, loop maar naar de buren, bel het steunpunt huiselijk geweld maar!" schreeuwde ik. Toen zag ik de pan frituurvet staan.' Nou, u ziet het, haar aan haar haar en sloeg haar in haar et cetera. Lijkt nergens op, dus daar maar van afgezien. Ook geen pillen in haar wijn gedaan en het huis in brand gestoken, zoals ik bij een vergeten inktbroeder las, of mijn eigen hoofd in de gasoven gestoken.

Toen het puntje bij het paaltje kwam leek het me verstandiger om in mijn eigen achting te dalen en koning Titus de Zachtmoedige vermoeid en dof zijn huwelijk uit te laten sloffen, weer op te lossen in die menigte van besluiteloze nobody's, maar hopelijk op weg naar nieuwe frisheid.

En nu ik hier toch ben beland, misschien wordt het tijd om zijn uiterlijke verschijning eens aan u voor te leggen. Daar ben ik tot nu toe niet aan toegekomen. Hebt u het niet gemist? Gewoon die doodenkele blik in de spiegel? Even een puistje uitdrukken? Zo'n heel boek zonder gezicht, gek eigenlijk dat je dat gewoon accepteert. Ach natuurlijk, iedereen heeft zijn liefdesverhaal en er zijn dingen die u niet hoeft te weten en ook dingen die ik welbewust heb verzwegen – zou dat trouwens kunnen, in een fictioneel verhaal iets verzwijgen? Maar wie weet ligt alles doodgewoon aan zijn uiterlijk. Heeft-ie een stuitende moedervlek, een radiogezicht, een onaangenaam lachje. Snurkt-ie als een bazuin. Spreekt hij zo nu en dan met consumptie, wordt die uitdrukking nog gebezigd? Draagt hij een colbertje of een T-shirt? En heeft u zijn achtergrond, van huis uit baptist met keurige ouders en een macht aan honoraire ooms en tantes, maar allang agnost geworden, wel echt meegekregen? Ik zou natuurlijk liever hebben dat iemand anders dat biografische klusje opknapt maar dat gaat nu niet.

Of weet je, het is nu toch te laat.

Nou aftitelen maar, zou ik zeggen.